TOM WOLF

ROSÉ POMPADOUR

Mord in Versailles

Preußenkrimi

berlin.krimi.verlag
be.bra verlag

Die Handlungen dieses Romans sind frei erfunden. Ähnlichkeiten mit tatsächlichen Geschehnissen sind zufällig und nicht beabsichtigt.

Bibliografische Information der Deutschen Nationalbibliothek
Die Deutsche Nationalbibliothek verzeichnet diese Publikation in der Deutschen Nationalbibliografie; detaillierte bibliografische Daten sind im Internet über http://dnb.d-nb.de abrufbar.

Originalausgabe

KulturBrauerei Haus 2, Schönhauser Allee 37, 10435 Berlin
post@bebraverlag.de
Lektorat: Claudia Jürgens, Berlin
Umschlag: Hauke Sturm, Berlin, unter Verwendung eines Gemäldes von Jean-Honoré Fragonard
Satzbild: Friedrich, Berlin
Schrift: Stempel Garamond 9,5/13
Druck und Bindung: Finidr, Český Těšín
ISBN 978-3-89809-531-0

www.bebraverlag.de

Für Ernst Karlipp –
Koch, Gourmand, Philanthrop

Die wichtigsten historischen und *fiktiven* Hauptakteure

Joseph d'Abadie, Gouverneur der Bastille
Jean le Rond d'Alembert, Mathematiker und Brieffreund Friedrichs II.
Johann Friedrich von Balbi, preußischer Ingenieur-Major
Abbé Jean-Jacques Barthélemy, Numismatiker und Archäologe
Pierre de Beaufrange, Schriftsteller, Protegé der Madame de Pompadour
Dominique Guillaume Le Bel, Kammerdiener von Louis XV.
Nicolas René Berryer Comte de La Ferrière, Lieutenant général de police
François Baron de Craisbillet, Schriftsteller
Denis Diderot, Schriftsteller, Herausgeber der *Enzyklopädie*
August Friedrich Eichel, Kabinettsrat Friedrichs II.
Friedrich II., König in Preußen, *alias Graf Le Constant*
Marie Thérèse Rodet Geoffrin, Pariser Salonière
Jean-Paul Juge, Gardist in Versailles
Honoré Langustier, Zweiter Hofküchenmeister Friedrichs II. alias Honorius von Toepffer
Louis XV., König von Frankreich, *alias Comte de Bierzot*
Pierre-Louis Moreau de Maupertuis, Mathematiker, Astronom und Philosoph
Marie Louise O'Murphy, Mätresse Louis' XV.

Jeanne-Antoinette Poisson, Madame de Pompadour, Mätresse en titre Louis' XV.

Jean-Michel de Quattre, Gesellschafter Friedrichs II.

François Quesnay, Leibarzt und Vertrauter der Madame de Pompadour

Adeleide de Scudery, Freundin der Madame de Pompadour

Bertrand Simon, Diener der Marquise du Tessin

Gabriel Simon, Diener von François Craisbillet

Simon Simon, Diener der O'Murphy

Comte de Stainville, französischer Gesandter in Italien

Sophie Louise Marquise du Tessin, Gönnerin des Dichters Craisbillet

Alphonse Comte de Vavigny, Protegé der Madame de Pompadour

Du aber, Fremdling, iss, trinke, liebe;
was sonst der Mensch hat, ist der Rede nicht wert.
Sardanapal

Ein Augenblick der Lust gilt dem Genießer mehr
als ein Jahrhundert trügerischer Ehr'.
Friedrich II.

Nach uns die Sintflut!
Madame de Pompadour

Besser Reste als schlechte Gäste!
Honoré Langustier

I

»Ich glaube, meine Lieben, dass mit dem Tod alles vorbei ist! Sollte ich mich täuschen, so werde ich eine hübsche Überraschung erleben und mich darüber aufrichtig freuen! Nun, und wenn ich richtig liege, so bin ich wenigstens nicht enttäuscht!«

Der sogenannte *Graf* war guter Dinge, dachte an seine geliebte Hündin Biche, die mit dem Kammerdiener Karl und allem Gepäck in einem kleinen Wagen vorausgefahren war. Er lachte über die eigenen Scherze und visierte seine Begleiter über den Rosenquarzknauf seines Stockes hinweg an, auf dem seine Hände bevorzugt ruhten, wenn er saß – den schmächtigen Kabinettsrat an seiner Seite, den jungen Kandidaten der Rechte, den man unterwegs aufgelesen hatte, und dessen Sitznachbarn vis-à-vis. Diesen korpulenten Menschen fixierte er nun, während die Kutsche über ein Schlagloch grätschte und alle der Bewegung träge folgten:

»Was meinen Sie dazu, mein lieber Toepffer, der Sie für gewöhnlich jeden Tag morden?«

Anders als die Vorgenannten schien der beleibte Herr dem Gespräch nicht mit so lebhaftem Interesse gefolgt zu sein und mit den Gedanken völlig bei jener üppigen Wirtin in Breteuil zu verweilen, die ihm so augenfällig zugetan gewesen war. Alles deutete auf einen zur lukullischen Laufbahn Geborenen: mittlere Statur, eher rundes als eckiges Gesicht, glänzende Augen, eine leicht fliehende Stirn, rote, runde Backen, eine markante breite, gerade, wiewohl eher kurze Nase und ein rundes Kinn. Dazu kam natürliches dunkelbraunes, mit Puder nur andeutungsweise bestäubtes, mäßig gewelltes eigenes Haar, im Nacken mit einem schwarzseidenen Bande zusammengehalten. Freundlich strahlten die braunen Augen, die ganze Gestalt bebte vor Lebenslust, und seine Stimme – ein warmer Tenor – ver-

hieß Offenheit und Direktheit. Der *Toepffer* Genannte entgegnete ungerührt:
»Es gibt für alle Hühnchen, die ich über den Jordan begleite, ein Leben danach ... Im Munde und im Magen Eurer ... gräflichen Durchlaucht!«
Das Erstaunen über die gut verhüllte Geistesgegenwart des Dicken wich rasch dem Gelächter, in das nach gebührender Verzögerung, gewissermaßen mit allerdurchlauchtigster Erlaubnis, auch die zwei anderen einstimmten.
»Trefflich pariert, Toepffer«, meinte der Graf. »Wo Sie die Hühnchen erwähnen – da fällt mir eine Anekdote ein, die man sich vom Urgroßvater und Vorgänger des jetzigen hiesigen Königs erzählt. Er warf bei Tische einmal die Frage auf, wozu das Lesen diene. ›Die Lektüre‹, antwortete der lebhafte Marschall von Frankreich – der Herzog von Mortemart und Vivonne –, ›tut meinem Geiste das, was Ihre Rebhühner meinen Wangen tun – sie erhält ihn in frischer Blüte!‹«
Man schmunzelte, lachte auch geziemend, um zu zeigen, dass die Botschaft angekommen war, während sich der Graf in einem kleinen Viereck Licht sonnte, das durch die Scheibe hereinfiel. Offiziell war er hier nichts weiter als ein Tourist auf dem Weg nach Paris. Recht eigentlich aber war er ein Schelm und Komödiant. Fragte ihn einer, wer er denn sei, so antwortete er mal dies, mal das. Seinen Begleitern – dem Ingenieur-Major (vorn neben dem Schwager auf dem Kutschbock sitzend), dem Kabinettsrat und dem Küchenmeister – hatte er in Wesel eingebläut, dass man die echten Namen unbedingt vermeiden müsse!
Jean-Michel de Quattre, der Kandidat der Rechte, schien nichts Verwunderliches an der Reisegesellschaft zu finden, in die er so unvermutet geraten war. Er hatte allen Grund, sich über diesen Zufall zu freuen. Am Freitisch des reichen Kunstsammlers van de Loo in Brüssel hatte sich ihm dieser Herr im zimtfarbenen Rock genähert und ihn – nach einigen höchst tiefschür-

fenden Debatten über die stilistische Unerreichbarkeit der Alten in Malerei und Skulptur – freundlichst eingeladen, ihn nach Paris zu begleiten. Ihm sei sehr daran gelegen, weiter über die Künste mit ihm zu plaudern. Es solle auch zu seinem Nutzen sein, denn dieses kleine Amt eines sachkundigen Gesellschafters sei mit freier Kost und Logis, bezahlter Traverse und einem wöchentlichen Salär von zehn Louis dotiert, hatte der Herr gesagt. Sodann hatte er sich als *Graf Le Constant* vorgestellt, seines Zeichens Kapellmeister des Königs von Polen, zugleich aber hinzugefügt, er bekleide dieses Amt nur nominell und dem höfischen Amtsregister nach. Von Musik verstünde er nämlich nichts weiter, als ein wenig die Flöte zu blasen. Sein Bruder Henri habe ihm das Hofamt abgekauft und erfülle nun brüderlich die Pflichten, teile indes mit ihm den guten Lohn, wie es sich gehöre. Im Übrigen sei der dritte August aber fast gänzlich taub, sodass es einerlei sei ...

Zehn Louis die Woche! Nichts hätte de Quattre zu diesem Zeitpunkt gelegener kommen können, wollte er doch in Paris seinen Traum verwirklichen und ein Studium der Medizin beginnen. Sein alter Herr in Breda beharrte noch immer auf der Vorstellung, der Sohn sei zum Brüsseler Anwalt geschaffen. Dieser lähmenden Aussicht war dauerhaft nur durch Flucht und Untertauchen zu entkommen. Offiziell freilich blieb de Quattre erst einmal beim *Candidatus juris*. In seinem Kopf summte es. Zehn Louis waren zweihundertvierzig Livres die Woche! Drei Wochen, und er würde ein ganzes Jahr in Paris bestreiten können, wo ein durchschnittliches *table d'hôte* eine Livre und ein Milchkaffee zwei Sou kosteten! Schon für hundert Livre bekam er ein Pferd! Zwei Pferde pro Woche plus ... Da riss ihn die Stimme des Grafen aus seinen Berechnungen:

»Wären Sie nun gar sehr überrascht, mein Lieber, wenn ich der dünne *König Arthur* zu diesem stattlichen *Merlin* hier wäre?«

Er lächelte verschmitzt, drehte leicht den Kopf, bis der Blick zwischen von Toepffer und de Quattre hin und her springen konnte. Der Angesprochene, von den rosigen Aussichten auf seinen Reichtum angespornt, reagierte flink:
»Wie denn nicht? Ihr Koch kämpft mit seinen zauberischen Mitteln an Ihrer Seite, Ihr Major und Ihr Kutscher draußen und Ihr Rat hier tun nichts anderes. Daher wäre ich nicht erstaunt, wenn Sie mich gleichfalls mit einem Charakter aus Purcells Halboper belegten.«
Das Grafenlächeln verbreiterte sich.
»Ah ja? Und welcher könnte das denn wohl sein?«
De Quattre zögerte keine Sekunde mit der Response:
»Wer anders als Philidel, den Merlin durch seine dunklen Kräfte vom Sachsenkönig Oswald fort auf des Engländers Seite zieht! Stammte das zauberhafte Dessert bei van de Loo doch erklärtermaßen von Ihrem Küchenchef, dem Herrn von Toepffer!«
Für den Grafen war der Fall damit entschieden.
»Bravo, mein Lieber! Sah man je einen Mann in diesem Alter, der eine derart entlegene Oper trefflicher memorierte? Kennen Sie auch meinen Lieblingsdichter Racine so gut? Ich vermag Ihnen fast alle seine Stücke auswendig herzusagen.«
Er neigte sich zu von Toepffer und flüsterte ihm ins Ohr:
»Bemerken Sie, wie gut meine Wahl ist? Wir nehmen ihn unter unsere Fittiche. Eröffnen Sie ihm im Geheimen, was nötig ist, damit er sich bloß vorsieht! Wir können uns in dieser gefährlichen Stadt keine Blöße erlauben. Paris ist ein heißes Pflaster, da dürfen wir keinem Menschen trauen. Wenn man mich enttarnt, ist Pommern offen!«
Der Vertraute nickte und seufzte. Diese ganze verfluchte Reise hatte etwas Unheimliches. Erst sollte Wesel die Endstation sein, dann war Brüssel das Ziel. Doch nun – der quirlige Mathematiker d'Alembert hatte dem *Philosophen* (wie der *Graf* bei den Seinen auch hieß) diesen Floh ins Ohr gesetzt – war es Paris! Man

würde ihn im Kreise der Enzyklopädisten freudig und mit aller Hochachtung empfangen! Von Toepffer hasste dieses Versteckspiel – war er etwa Schauspieler? Unweigerlich musste er daran denken, dass er selbst vor fünfzehn Jahren auf einer ähnlichen Inkognitoreise dieses kleinen großen Mannes geködert worden war. In seiner Straßburger Wirtschaft war 1740 ein angeblicher *Graf du Four* abgestiegen und hatte sich lang und breit über Kunst und Literatur, Philosophie und Musik mit ihm unterhalten. Der einfache Gastwirt hatte Witz und Geist im Übermaß bewiesen und damit sein Schicksal selbst besiegelt. *Honorius von Toepffer* bereute seinen Schritt jedoch keineswegs, nahm er nur alles in allem, auch wenn der Privatmann, den er in Straßburg kennengelernt, ein gänzlich anderer gewesen war als der König, den er in Charlottenburg getroffen hatte. Es war wohl ein glanzvolles und ruhmreiches Leben seither gewesen, indes kein Zuckerschlecken. Der Herr war launisch, oft jähzornig, er liebte es, jene, die ihm blindlings vertrauten, aus heiterem Himmel zum Besten zu halten, zu verspotten und zu quälen. Bisweilen stürzten sie urplötzlich ins Bodenlose ab. Manchmal freilich blieb er denen, die er sich einmal zum Freund erkoren, ewig treu. Dieser Mann war dazu in der Lage, stundenlang in der gleichen Intensität nachzudenken und zu reden. Für die Personen in seiner Gegenwart waren seine Reserven ein rechter Fluch – keinen Augenblick konnte man sich dieser Präsenz entziehen, musste immer auf dem Quivive sein, denn ein Nachlassen der Aufmerksamkeit würde vielleicht das Ende bedeuten. Die meisten Bedienten des *Grafen* alterten daher rasch und zerfielen, wurden zu mürben Gerippen und Nervenbündeln schon zu Lebzeiten. Von Toepffer schützte nur eine dicke Schicht aus Lebenslust vor der inneren Verödung. Er war gespannt, wie sich de Quattre machen würde.

Der Graf begann, nachdem er eine gehörige Prise Schnupftabak genommen und mit einem heftigen Laut in die Nase gezogen hatte, aus seiner Lieblingstragödie *Britannicus* von Racine zu lesen. Als er zu der schönen Szene im dritten Aufzug kam, wo Burrhus zu Nero sagt:

> Berauscht Euch der Gedanke nicht wie Wein:
> Wohltäter eines großen Volkes zu sein?
> O köstlich Glück, wie es kein schönres gibt,
> Ein Volk zu führen, das Euch herzlich liebt ...

da vermochte er nicht weiterzulesen. Tränen liefen ihm über die Wangen.

»Dieser Racine zerreißt mir das Herz!«

Alle schwiegen, da erst keiner diese Stimmung der Durchlaucht mit profanen Worten stören wollte.

»Verdammt! Morgen ist Sonntag!«, rief von Toepffer unvermutet und schlug sich auf den Oberschenkel.

»Was wollen Sie damit sagen?«, fragte der Kabinettsrat.

»Sonntags gibt es in den Wirtshäusern dieses großartigen Landes nichts als verdorbenen Fisch und faule Eier!«

Der Graf wollte, da ihm schwül ums Herz war, das Schiebefenster herunterlassen, konnte damit jedoch nicht fertig werden.

»Das verstehen Sie offenbar nicht, Durchlaucht!«, sagte de Quattre zum Schrecken der anderen. »Überlassen Sie es einmal mir!«

Er beugte sich vor und versuchte es herunterzuziehen, war aber nicht geschickter als der Graf. Der sagte nun, äußerst erbost:

»Mein Herr, erlauben Sie mir nun, Ihnen meinerseits zu sagen, dass Sie – auf Ehre! – es ebenso wenig verstehen!«

»Lassen Sie mich helfen!«, sagten gleichzeitig der Kabinettsrat und der Küchenmeister.

Mit einem Mal hingen alle auf einem Fleck an der kleinen Scheibe, die sich standhaft weigerte, auch nur die kleinste Bewegung zu tun.

Die Kutsche neigte sich dafür gefährlich auf die Seite. Ein höllisches Quietschen mischte sich in das ohnehin schauerliche Gerumpel der Räder. Ein heftiger Knall ertönte, und im selben Augenblick verloren sie den Boden unter den Hinterbacken. Der Kasten überschlug sich, und wo eben noch alle beisammen klebten, wurden sie erst getrennt, dann wieder auf einem Punkte vereint: Der Koch raste wie eine überdimensionale Kanonenkugel auf seinen Arbeitgeber zu und zerquetschte ihn fast unter seinem Anprall an der Wagenwand.
»Mein Herr! Ich muss doch sehr bitten!«, stieß der Blaublütige gepresst noch im Augenblick des größten Unheils hervor.
Neben den beiden bildeten Kabinettsrat und Kandidat ein ähnliches Paar. Dann überschlugen sich die Ereignisse, und sie flogen wie Spielbälle im engen Kasten herum.

II

Nur ein Rad war noch am dürftigen Wagenrest und drehte sich, als der sogenannte *von Toepffer* wieder ans Tageslicht kroch. Von den perlenden Fluten eines kleinen Baches namens Brêche trennten ihn knapp drei Schritte. Er rappelte sich auf und streckte sich knackend. Zum Glück war nichts gebrochen, sein gut trainierter, straffer und voluminöser Leib hatte die erlittenen Schläge abgefangen. Der dünne Graf dagegen, der hinter ihm herauskam, klagte jämmerlich über ein verrenktes Kreuz, schien aber ebenfalls ohne ernstliche Blessuren zu sein. Hier war es die hölzerne Härte, die schützend gewirkt hatte. De Quattre schließlich zog den Kabinettsrat hervor, der sich offenbar übel ein Fußgelenk verstaucht hatte und kaum auftreten konnte.
Über den buschbestandenen steilen Abhang, an dem die zerborstene Kutsche lag, zog sich eine einzige Schneise der Ver-

wüstung: Flieder, Holunder, Schlehdorn, Weißdorn waren platt gedrückt worden; die Abrissstellen der Äste leuchteten als helle Flecken im zerdrückten Grün. Eines der vier Pferde lag zu Tode geschleudert im Bach. Die überlebenden Tiere versuchten verzweifelt, aus dem Gestrüpp an der Böschung freizukommen und dabei nicht abzustürzen. Oben am Chausseerand standen der Ingenieur-Major und der Kutscher. Sie hatten offenbar rechtzeitig abspringen können und spähten nun angestrengt herunter.

»Was ist mit dem Herrn?«, rief der Ingenieur-Major besorgt.

»Wohlauf!«, antwortete rufend von Toepffer.

Er sah, dass droben neben den beiden jetzt eine Kutsche hielt. Aus dem Fenster schaute ein sehr reich gekleideter Mann mit modischer Perücke heraus.

»Wo ist der Ingenieur-Major?«, fragte der Graf, während er sich das Wrack betrachtete und sich den losen Schmutz vom Rock klopfte.

»Er scheint sich erfolgreich um eine Mitfahrgelegenheit zu bemühen. Sehen Sie, da!«, sagte von Toepffer und deutete zur eben beobachteten Szene.

»Wir haben alle Hilfe nötig«, sagte der Graf nach kurzem Umblicken zur Straße hinauf, das seinem Nacken nicht guttat. »Ich habe keine Lust, auf dieser Teufelsstraße auch nur einen Schritt zu tun!«

Von Toepffer besah sich die gebrochene Vorderachse.

»Glatter Bruch. Seltsam ...«

Er befühlte die schräge Bruchfläche. Fast die Hälfte war so eben, als hätte jemand mit der Säge vorgearbeitet. Sollte er seinen Herrn beunruhigen? Es konnte schließlich auch Zufall sein. Altes Holz splitterte mitunter sehr unberechenbar. *Nein, nein,* dachte er. Das hier war eindeutig ...

»Sieht nach Sabotage aus!«, rief er.

So schnell sie konnten, eilten die anderen herbei.

»Der Wagenhändler!«, raunte der Graf. »Habe ich ihm doch gleich misstraut! Er wollte sich wohl auf unsere Kosten einen Spaß machen. Sich für den guten Preis schadlos halten, dieser Filou! Ich werde ihn Mores lehren und ihm eine Lektion verabreichen lassen!«

Zürnend reckte er seinen Stock gen Himmel.

»Schöner Spaß ... Das wäre fast zu einem Mord geworden!«, sagte von Toepffer.

In Wesel hatten sie zwei unscheinbare Wagen gekauft und die vorherigen schmucken Reisekutschen zurück nach Potsdam geschickt. Von Wesel bis zum Bruch an der Brêche, das war eine lange Strecke für eine mutwillig angesägte Achse. Daraus wurde er nicht schlau.

»Biche!«, schrie der Graf auf. »Meine geliebte Biche! Wenn ihr nun auch etwas passiert ist? Warum sollte es der Spitzbube bei einer Achse bewenden lassen?«

»Es wird dem garstigen Schurken nicht eingefallen sein, ein Attentat auf einen Hund zu verüben!«

Der Graf starrte ihn fassungslos an.

»Es geht um meine Biche, mein Herr! Nicht um einen ... Hund!«

»Lassen Sie uns nur das Beste denken!«, sagte von Toepffer und nährte innerlich die Hoffnung, dass das ungezogene Windspiel einen Dämpfer bekommen hätte. »Wir gehen ein Stück am Bach entlang, bis wir zu dem Wald dort kommen. Mit weniger Unterholz wird uns der Aufstieg zur Chaussee besser gelingen. Ich werde unserem Kabinettsrat helfen. Der Ärmste ...«

Der Graf nickte und sagte:

»Ich werde vorausgehen und den Weg erkunden!«

Er schnürte den sumpfigen Pfad am Bach entlang, stupste mit seinem Stock in den Bauch des toten Pferdes, schüttelte ärgerlich den Kopf und verschwand hinter hohem Kraut. Von Toepffer warf noch einen Blick nach oben, wo der Ingenieur-Major nach ihrem Kommen ausspähte und der fremde Geck gar den Bock seiner Kutsche erklommen hatte, um besser sehen zu können, was unten vor sich ging. Dann zog er seine zum Glück unversehrte Reisetasche aus dem Wrack, atmete auf, als er die dick mit Stoff umwickelte Flasche darin unversehrt fand, und wandte sich schließlich dem leidenden Kabinettsrat zu. Mit der freien Hand trug er ihn mehr, als dass er ihn stützte, während der Kandidat noch eine Weile ins Wrack peilte, um etwaig aus den Taschen seines durchgeschüttelten Reisebeutels Verlorenes zu bergen, bevor auch er hinter den anderen hertrottete.

III

»Ich bin Graf Le Constant aus Utrecht«, sagte der Verunglückte. »Unterwegs nach Paris!«

Der nach der neuesten Pariser Mode gekleidete junge Mann verzog den Mund zu einem süßlichen Lächeln und wedelte mit dem Hut zur Begrüßung.

»Comte de Vavigny! Ergebenster Diener, Graf! Sie sprechen mit deutschem Akzent.«

»Ich wuchs bei Verwandten in Bayreuth auf. Mein Lehrmeister war ein Tölpel.«

»Ist das Französisch an den deutschen Höfen wirklich so grauenhaft, wie man hört?«

»Noch verheerender!«

»Graf, das Ihrige ist es nicht, nur der Zungenschlag ist markant ...«

»Mein Herr, mir ist gerade eine Kutsche unterm Allerwertesten zerschmettert, und mein Rock sieht aus, als wäre ich den Weg von Amiens über Clermont bis hierher auf allen vieren gekrochen. Da ist mir nicht nach Süßholzraspeln zumute. Wie soll ich jetzt nach Paris kommen? Ich weiß ja noch nicht einmal, wie der nächste Weiler heißt!«

Der Comte schien seinem Gegenüber die unartige Gereiztheit nicht übel zu nehmen und schlug sich heroisch an die Retterbrust:

»Das sei Ihre geringste Sorge! Selbstredend sind Sie mein Gast! Da ich allein reise, stehen auch Ihren Begleitern genügend Plätze zur Verfügung. Übrigens strandeten Sie kurz vor dem kleinen Städtchen Chantilly.«

Der Graf dankte hutziehend.

»Es gibt nur eine winzige, verschwindende Petitesse, ja kaum erwähnenswerte Niaiserie, die sich leider nicht umgehen lässt«, schickte der Comte seiner so selbstlos anmutenden Offerte hinterdrein.

»Und die wäre?«, fragte der Graf irritiert, der es nicht gewohnt war, im Gespräch Bedingungen gestellt zu bekommen.

»Wir würden unseren Weg nach Paris über Versailles nehmen, denn ich werde dort dringend erwartet und darf mich nicht noch weiter verspäten.«

»Versailles *vor* Paris?«, fragte der Graf und blickte zu den Herren seiner Entourage.

»Kein bedeutender Umweg, aber eine schöne Einstimmung!«, sagte der Comte. »Ich bitte zu verzeihen, doch ich würde es mir als große Ehre anrechnen, Ihnen den Glanz *vor* dem Elend gezeigt zu haben. Wie ungerecht müssten Sie sonst über unseren König urteilen, wenn Sie seinen Spiegelsaal erst sähen, nachdem Sie den Schmutz der Hauptstadt in den Spiegeln der Pariser Pfützen gesehen hätten!«

»Mir ist der Unterschied nicht recht klar. Ist das denn nicht ein und dasselbe?«

»O keineswegs! Der Glanz von Versailles wird Ihre Wahrnehmung verzaubern und selbst die schmutzigsten Pfühle der Hauptstadt verklären. Wenn Sie dagegen erst das kotige Paris sehen, wird Ihnen das Gold von Versailles seltsam braun erscheinen.«

Der Graf, dem dies nun immerhin überlegt genug klang, wies mit einer Geste des Bedauerns auf seinen jämmerlichen Rock. »Ich bin leider ohne Garderobe – all meine Bagage ist nun hoffentlich schon unversehrt in Paris ...«
Der Comte wischte den Einwand weg.
»In Saint-Denis gibt es einen ausgezeichneten Schneider, der preiswerte Arbeit für Sie leisten wird, sofern *ich* Sie ihm als Kunde zuführe! Lassen Sie uns nur vor Torschluss dort sein, so werden Sie morgen früh als ein neuer Mensch nach Versailles aufbrechen.«
Der Graf sah zögernd zum Kabinettsrat. Doch dieser ängstliche Mann, der immer wieder nachsah, ob aus dem Geldgurt ihrer Reisebörse, die um seinen schmächtigen Leib geschnallt war, auch kein Louis verloren gegangen wäre, war ihm keine Hilfe. Der Ingenieur-Major, den er als Nächsten ansah, verneinte mit entschiedener Geste. Aber was sollte hier die Meinung eines witzigen, wiewohl vorsichtigen Militärs? Der Kandidat de Quattre? Sicher, der Abenteuerlustige, Unerfahrene nickte. Sollte er aber auf die leichtsinnige Jugend hören? Blieb also nur sein gewichtigster Berater ...
Von Toepffer war gerade dabei, eine Strategie zu ersinnen, den bevorstehenden Fischtag zu entschärfen. In Paris sollte das keine Schwierigkeit sein. Man müsste ja nur noch heute ein Delikatessengeschäft aufsuchen und sich mit fertigen Gerichten für einen Tag eindecken. Diesmal hatte er tatsächlich nichts gehört und ging davon aus, dass Paris ihr Ziel wäre. *Ja, das sollte funktionieren,* dachte er. Von Toepffer nickte vor sich hin. So sollte es gehen.
... und sein Küchenmeister nickte! Der Fall war entschieden.
»Nun gut, wir geben uns geschlagen und sind folglich einverstanden, mein lieber Comte! Im Grunde hatte ich von Anfang an nichts anderes im Sinn gehabt. Aber sagen Sie ... Wie viel von Versailles werden wir überhaupt zu sehen bekommen?«

»Oh, als einem Touristen Ihres Standes stehen Ihnen fast alle Räume des Schlosses offen! Was würde Sie denn am meisten interessieren?«
»Eine kleine Audienz ...«
»Nun gerade das ist allerdings sehr schwierig, um nicht zu sagen: unmöglich! Sie bräuchten dazu eine gewichtige Empfehlung, von einer einflussreichen Persönlichkeit natürlich – wie etwa der Madame de Pompadour. Doch selbst eine solche Empfehlung hülfe Ihnen nichts, wenn sie nicht mit etwas verknüpft wäre, was den König interessiert.«
»Was könnte das denn sein?«
»Etwas, das seine Steckenpferde betrifft: Die Jagd, die Frauen, die Architektur, die Botanik, die Kochkunst ...«
»Die Kochkunst?«, fragten der Graf und von Toepffer fast gleichzeitig höchst erstaunt.
»O ja! Der König betreibt in seinen Privatgemächern sogar eine eigene kleine Küche mit lauter Silbergeschirr, sogar mit silbernen Töpfen und Pfannen. Ausdrücklich ist ihm dort die Zubereitung von Hühnern mit Basilikum vorbehalten, wohingegen die Herzöge von Gontaut, von Coigny, de la Vallière, der Prinz Bauffremont und der Marquis de Polignac die übrigen Schüsseln zu bestreiten haben. Gab es je einen Königshof, an dem die Küche ernster genommen wurde?«
»Ich für meinen Teil ...«, begann der Graf, und von Toepffer schaute ihn entgeistert an, eine Indiskretion befürchtend, die sie alle auffliegen ließe. Doch es ging glimpflich ab: »... habe also wohl kaum eine Chance, denn von der Küche verstehe ich nur den Speisenzettel!«
»Nun, wenn es nicht die Kochkunst ist – vielleicht ist es die Jagd? Schießen Sie gern?«
»Nur mit Worten.«
Der Comte merkte auf:
»Sehr gut – so schießen Sie mit Worten in Versailles, so viel und

so gut Sie können! Beweisen Sie Esprit und Wortwitz! Am vorteilhaftesten im Kreise von Personen, die zum Hof Verbindung haben. Zeigen Sie Humor! Jedes Bonmot wird zum König gelangen und Ihre Audienz wahrscheinlicher machen. Erwecken Sie des Königs Interesse mit einem Wortspiel, einem *calembour* oder irgendeinem *signet d'esprit,* und Ihr Stern wird rasch steigen in Versailles!«

Der Graf strahlte.

»Welch wichtiger Hinweis! Doch bis dahin ... Gibt es vielleicht noch eine andere Möglichkeit, den König zu sehen?«

»Aber ich bitte Sie – Sie werden ihn selbstverständlich sehen, allerdings nicht allein. Halb Paris fährt am morgigen Sonntag nach Versailles, um den König sein Ei essen zu sehen. Und ich werde ihm, neben anderen, versteht sich, dabei assistieren!«

»Sein Ei?«

»O ja, Graf, es gibt keinen Menschen auf der Welt, der sein Ei gezierter und formvollendeter isst als unser König! Wussten Sie das nicht?«

»Das ist mir wahrlich neu. Doch wenn morgen Tag des offenen Schlosses ist, so werde ich im Gedränge bei meiner geringen Körpergröße schlechte Karten haben und kaum den königlichen Eierlöffel einmal durch die Armbeuge eines anderen Besuchers aufblitzen sehen.«

Der Comte zerstreute diese Bedenken mit einem Wink der behandschuhten Hand.

»Sie werden, wenn Sie mit *mir* hineingehen, gegen nur einen einzigen Louis, zahlbar an den Kastellan, mit ganz besonderer Sorgfalt zu einem Stehplatz geleitet, von dem Sie eine ausgezeichnete Sicht auf den königlichen Löffel haben werden! Nur hinsetzen dürfen Sie sich nicht – wer sich setzt in SEINER Gegenwart, der sitzt länger, als ihm lieb ist.«

»In der Bastille?«

»Ganz genau!«

»Was für eine Assistenz, sagten Sie, führt *Sie* nach Versailles, an einem solchen ... Volksfest?«

»Mir gebühren die Ehre und das Vergnügen, morgen seinem derzeitigen Mundschenk, dem Prinzen Bauffremont, bei seinem Amte zur Hand gehen zu dürfen. Dieses Unteramt hat mich nur lächerliche fünftausend Louis gekostet, und es wird mich weitere tausend Louis im Jahr für das lästige Hin- und Herkutschieren kosten!«

Des Grafen Augenbraue zuckte, wie stets bei der Konfrontation mit großen Summen.

»Ich brenne bereits vor Neugier, diesem sicher äußerst erhabenen Schauspiel beizuwohnen!«

IV

Der Gasthof war von übelster Art. *Honorius von Toepffer* hätte den Wirt am liebsten mit demselben spitzen Messer erstochen, mit dem der Unhold beim Tranchieren und Vorlegen herumgefuchtelt hatte. Mittendrin war er plötzlich zum Mimen geworden und hatte wild aus einem Theaterstück deklamiert – offenbar vom Comte dafür bezahlt, der wohl den Eindruck vermitteln wollte, man befände sich in einem kultivierten Land ... Später hatte sich dieser Unwirt, gut zu sehen von der Wirtsstube aus, mit ebenjenem Messer zwischen den Zähnen gestochert, nachdem er die Reste von den Tellern der Gäste mit reichlich Brot aufgestippt und geräuschvoll verzehrt hatte.

»Ihr Graf ist ziemlich reich, nicht wahr?«, suchte de Quattre seinen Zimmergenossen auszuforschen, als sie in der dunklen Kemenate nach Erholung suchten.

»Sicher ... Doch was nützt Reichtum, wenn man wegen Überfüllung sämtlicher respektablen Gasthöfe eine Absteige wie diese nutzen muss?«

»Ach, ich fand das Essen gar nicht so schlecht!«, meinte de Quattre.
»Dass ich nicht lache, mein Herr! Sie scheinen schlimme Zeiten hinter sich zu haben. Sicher – die französische Wirtshauskost ist bei Weitem nicht so fett wie die holländische oder die deutsche. Auch ist das Brot der Franzosen das beste der Welt, ebenso sind es Rind und Hammel. Aber meine hiesigen Kollegen braten alles ohne Ausnahme wie Schnitzel. Die Sachen werden schlicht zu Tode gequält, Ragouts, die man als schwarzen Belag vom Topfboden kratzt, Fleisch, das so hart ist, dass man es besser, als Pulver zerstoßen, über die Suppe streut. Dass Sie die Holzente vorhin überhaupt angerührt haben, gereicht Ihnen nicht zur Ehre.«
Er saß an einem kleinen Tisch, durch dessen Platte sich Generationen von Holzwürmern gegraben hatten. Die Wange in die Hand geschmiegt, resümierte er sinnierend für sich, bei dem Gedanken an zur Unkenntlichkeit verkochten Lauch:
»Entsetzlich!«
Er winkte dem Kandidaten, sich niederzulassen, und zauberte seine wohlgehütete Flasche aus der Reisetasche. Nachdem er sie aus dem weißen Tuch gerollt, zwei vor Ort gefundene schäbige Gläser damit gesäubert und es als Tischtuch aufgelegt hatte, lud er den Kandidaten ein, sich zu ihm zu setzen und ein Gläschen zu trinken.
»Danke, nein!«, sagte de Quattre. »Ich trinke lieber nichts mehr.«
»Hören Sie auf, sich zu zieren – nehmen Sie Platz und hören Sie mir zu! Dabei wird Ihnen ein Schluck dieses Götterelixiers zupasskommen. Es wird alles Üble veredeln, das wir erfahren haben.«
Zögernd ließ de Quattre sich nun doch nieder.
»Haben Sie schon einmal mit einem waschechten König gesprochen?«

»So ein Unsinn! Natürlich nicht!«, sagte de Quattre.
»An einer Tafel mit einem gespeist?«
»Nein, mein Herr – ein kleiner Student hat keine Monarchen in seiner Bekanntschaft. Wie viel von dem Zeug haben Sie schon intus?«
Der dicke Honorius von Toepffer goss die beiden Gläser randvoll.
»Sie sind ein unverschämter Lügner!«
Er grinste und trank rasch etwas von diesem honigfarbenen Theriak. De Quattre war aufgesprungen und blickte den träge lachenden Küchenmeister herausfordernd und flammend an.
»Für diese Ehrabschneidung muss ich Sie nach dem Komment der Studenten um Satisfaktion bitten!«
»Und doch sind Sie's«, entgegnete der Trinkende.
»Was?«
»Ein Lügner!«
»Sie übler Patron! Wie können Sie das wiederholen?«
»Weil es die Wahrheit ist.«
»So beweisen Sie's!«
»Gestern bei van de Loo. Heute den ganzen Tag.«
»Wie bitte?«
»Sie neben ihm. Mit ihm gesprochen. Mit ihm gegessen. Und sogar mit einem König in der Kutsche verünglückt! Und das wollen Sie bestreiten? Lächerlich ...«
Er lehnte sich genüsslich zurück und gönnte sich einen weiteren Schluck. Was für ein Tropfen! Er hielt ihn vor die Kerzenflamme und imaginierte eine Hohlform aus Schokolade, die mit Cognac gefüllt wäre ... Und die Schokolade müsste zartbitter sein!
De Quattre suchte nach dem Sinn in all den kryptischen Worten.
»Was wollen Sie mir denn da beibringen?«
»Der König von Polen ...«
»Sie meinen, der Graf ...«

»Ach, so ein absurder Idiotenquark«, lachte von Toepffer und prostete ihm mit dem Glase zu, nachdem er sich am Farbenspiel dieses ambrosischen Nektars erfreut hatte.
»Sage ich doch: Wir schlagen uns bei Sonnenaufgang! Auf dem Kirchhof!«
»Jetzt halten Sie doch einmal den Mund!«
»Trotzdem werden wir uns schlagen!«
»Papperlapapp: Der polnische König hat keinen Kapellmeister namens Le Constant«, sagte von Toepffer.
»Es ist ja doch auch sein Bruder, wie er selbst sagte, der das Amt verrichtet«, entgegnete de Quattre.
»Aus Falschem folgt Beliebiges, wie der Mathematiker weiß. Um der Wahrheit die Ehre zu geben und Sie davon in Kenntnis zu setzen, wem Sie da in die Falle gegangen sind: Der Graf ist der König ...«
»... von Polen«, sagte de Quattre und lachte.
»Nein, Sie Sturkopf – der Graf ist der König in Preußen.«
Da de Quattre wie gelähmt verharrte, setzte von Toepffer nach:
»Auf dieser Reise wünschen Seine Majestät völlig unerkannt zu bleiben!«
De Quattre wollte das Herz stillstehen. Er sank auf den Stuhl, hob mechanisch das auf ihn wartende Glas Cognac und leerte es, als wäre es Wasser.
»Sie müssen noch viel lernen ... über Cognac«, sagte der Küchenmeister des Königs.
De Quattre spürte eine heiße Flutwelle durch sein Inneres schießen.
»Was soll ich jetzt tun? Was verlangt ER von mir?«
»Er verlangt vor allem eins: dass Sie sein Inkognito wahren. Seien Sie ungezwungen, unterhalten Sie sich mit ihm wie bisher.«
Er machte eine Pause.
»Dürfte ich nun auch Ihren wahren Namen erfahren?«, fragte de Quattre.

»Mein Name ist Honoré Langustier. Ich bin der Zweite Höfküchenmeister Seiner königlichen Majestät.«
De Quattre schüttelte ungläubig den Kopf.
»Und was prädestiniert Sie für eine so vertraute Stelle?«
»Das Gleiche, was auch Sie in seinen Augen aus der Masse heraushebt: trotz geringer Herkunft und widriger Lebensumstände, die einen eigentlich entmutigen und auf das bloße mechanische Funktionieren beschränken müssten, über die schnöde Welt sich zu erheben und sich mit so ephemeren Dingen wie Philosophie, Literatur und Kunst zu beschäftigen! Nun, ein bisschen besser kochen als die meisten kann ich auch. Wenn Sie in etwas brillieren, in dem er sich selbst brillant dünkt, so haben Sie gute Karten bei ihm.«
»Wer sind die beiden anderen Herren?«
»Kabinettsrat Eichel ist sein wandelndes Register, seine Börse, sein Briefarchiv und sein Schreiber. Ingenieur-Major von Balbi, ein echter Italiener, ist ihm absolut ergeben und würde für ihn durchs Feuer gehen. Was immer geschieht, auf von Balbi kann er sich verlassen: Leibwächter, Attachée, Kundschafter, Ein-Mann-Armee.«
Da de Quattre keinen Cognac mehr hatte, goss er sich das Glas noch einmal voll.
Langustier lächelte über diese unverhoffte Gier und hielt die Stunde für fortgeschritten genug, dem Jungen einige Direktiven kundzutun:
»Der König sprach mir vorhin kurz von Ihnen in den schmeichelhaftesten und vorteilhaftesten Ausdrücken. Das ist günstig! Denn wenn unser *Philosoph* eine Vorstellung erlangt von eines Menschen Wert, so hämmert er sie sich ein für immer. Was er einmal entschied, ist gut entschieden und unwiderruflich. Glaubt er, einer hat Geist, so hat er ihn, auch wenn er ein blöder Tropf sein sollte. Hält er ihn unglücklicherweise für einen Dummkopf, so ist er's für ihn bis ans Ende der Welt, mag er in Wahrheit auch die beste Begabung haben.«

De Quattre schluckte. War er richtig beurteilt worden oder hatte er nur einen guten Tag gehabt?
»Ich gebe Ihnen ein paar gute Ratschläge«, sagte Langustier. »Reden Sie wenig, lassen Sie IHN reden. Bleiben Sie immer bedächtig und gesetzt, aber ungezwungen und ohne Ziererei. Lassen Sie sich möglichst wenig auf Späßchen ein. Lassen Sie Vertraulichkeiten an sich abperlen, mit denen ER sich Ihnen nähern könnte. Wenn ER von seiner Familie erzählt, tun Sie so, als hörten Sie nichts. Und, um des Himmels willen: *Kein schlechtes Wort über sein Schreiben!* Weder über Vers noch über Prosa. Bitten Sie um nichts, besonders nicht um Geld. Auch wenn ER – recht eigentlich – dem französischen König im sinnlosen Geldverpulvern nacheifert, proportional, versteht sich, so hält ER nichts von Spielern und Schuldenmachern. Ach ja, und wenn Sie irgend können und die Höflichkeit Ihnen nichts anderes vorschreibt, so verachten Sie tunlichst alle, die ER verachtet. Lassen Sie sich mit keinem ein, den ER für einen Toren, einen Schurken, einen Ränkeschmied oder einen Querkopf hält. Sonst werden Sie selbst einer, den ER verachten muss.«
De Quattre schluckte beklommen.
»Ich werde es beherzigen«, sagte er und fühlte, wie sich ein Ring um seine Brust schloss.
»Wie es sich des Weiteren mit allen Personen verhält, die sich Ihnen nähern werden, wenn Sie offiziell in den Dienst Seiner Majestät treten – in Potsdam also –, das erkläre ich Ihnen später, sobald es so weit ist!«
Langustier gähnte beherzt und erkletterte die turmhohe Konstruktion aus Strohsäcken, die offenbar eine Bettstatt vorstellen sollte, und war schon nach wenigen tiefen Atemzügen eingeschlafen.
De Quattre indessen fand in dieser Nacht nur wenig Schlaf.

V

So weich und besänftigend Hypnos, der Gott des Schlafes, den Reiseküchenmeister auch getragen – die rosenfingrige Eos hatte ihn beim Wecken höchst unsanft aus den schwachen Armen verloren: Langustier alias von Toepffer war bei Tagesanbruch vom Katafalk des unselig aufgetürmten Strohgebirges gestürzt! Der Schmerz saß ihm noch immer im Nacken, sosehr er sich auch reckte und streckte, und beim Anblick des Inkognitokönigs, der eben in de Quattres Begleitung aus dem Laden des Schneiders Lenotre trat, nahm er eklatant zu:
Der *Graf* war nicht wiederzuerkennen: Eine Haartracht, ganz im französischen Stil, stark gepudert, schmückte sein Haupt, ein kompletter Anzug aus Samt in den Farben Rosé und Haut (wobei der Rock die Hautfarbe der Mätresse de titre und die Weste ihr Lieblingsrosa aufwies), paspeliert mit weißem Spitzenbesatz, seinen Leib. Die Beine steckten in weißen Seidenstrümpfen und bestickten Gamaschen, die Füße in karamellbraunen Mariguin-Pumps mit roten Absätzen. Schnallen mit falschen Diamanten glänzten an Knien und Schuhen. Ein Degen mit Goldgriff zierte seine Seite, Brüsseler Spitze seine Brust und seine Hände, ein Band mit einem Solitär seinen Hals. Der Hut war bleumourant, die Hutfeder flamingofarben ....
»Na, was sagen Sie, von Toepffer?«, fragte er, nachdem er ein wenig hin und her getänzelt war.
»Ich bin sprachlos«, ächzte Langustier.
De Quattre lächelte.
»Und Sie, mein guter Rat?«
»Fantastisch!«, heuchelte Eichel, der sich einen Stock gekauft hatte, um etwas gezierter humpeln zu können. »Man könnte Sie glatt für einen englischen Touristen halten.«
Der Graf spürte die Ironie nicht, denn er hatte keine Erfahrung darin, andere Kleider als seine blaue Regimentsuniform zu tragen.

»Das gefällt mir! Nur ist mein Englisch leider zu schlecht, um damit durchzugehen, sonst würde ich mich glatt als Lord Brändän ausgeben.«

»Aus der Mark Brändänbourgh«, lachte de Quattre, doch der König legte mit hochgezogenen Brauen den Finger vor den Mund, obwohl sie auf dem Marktplatz von St. Denis kaum mit Spitzeln zu rechnen hatten.

»Seien Sie dessen eingedenk, was ich Ihnen gestern Abend sagte!«, raunte Langustier dem betretenen de Quattre zu. »Tunlichst *nicht* auf Späßchen eingehen!«

Die Kutsche des Comte de Vavigny rumpelte über die Kopfsteine heran. Ein Lakai sprang von einem rückseitigen Trittbrett und öffnete seinem Herrn den Wagenschlag. Der Comte kam heraus, um die Verwandlung des Grafen Le Constant im hellen Tageslicht zu bestaunen. Sein Gesicht leuchtete satanisch auf. Er verdrehte die Augen und hielt die weiß behandschuhten Hände vorsichtig vor seine rot bemalten Lippen, ohne sie indes zu berühren.

Der Graf hob die Rockschöße und drehte sich trippelnd wie ein Tänzer.

»Welch eine Transmutation!«, sagte der Comte. »Ich bin hingerissen! Man wird seit Längerem nichts Ähnliches in Versailles gesehen haben! Wie bin ich froh, dass Sie sich meinen Rat zu Herzen genommen und für die Kombination von Rosé und Fleischfarbe entschieden haben! Jetzt tragen Sie die Haut der königlichen Hauptmätresse, Monsieur, wenn man so sagen will.«

Der Graf lachte hell auf und freute sich königlich über diese geschmackliche und sprachliche Verirrung. *Jetzt sieht er so ultramontan aus wie sein Bruder Heinrich,* dachte Langustier, während sie in den rot-goldenen Kutschkasten mit dem Wappen der Vavignys kletterten. Einem zweiten Kutschunfall entging man nur durch Gottes allgewaltige Gnade – der verrückte Kutscher des Comte überholte die Postkutsche nach Versailles denkbar halsbrecherisch.

»Ich werde mich beschweren über diese lahmen Postvehikel!«, kommentierte der Comte dieses absurde Unternehmen.

Als sie den Wald von Saint-Cloud hinter sich hatten, tauchte wie eine Fata Morgana am Horizont das Höflingsnest Versailles auf. Der Graf konnte seinen Kopf kaum noch bezwingen. Immer aufs Neue stierte er durchs Glasgeviert der kleinen Fensterscheibe, um einen weiteren unvergesslichen Eindruck aufzunehmen. Er hatte tausend Fragen an den Comte:

»Wie nennt man noch einmal diejenigen, die täglich zwischen Paris und Versailles hin- und herfahren müssen?«

»*Galopins!*«

»Sind das viele?«

»Nun, es sind wohl ein paar Hundert.«

»Und wie viele Personen leben im Schloss?«

»Etwa tausend *Logeants,* würde ich sagen, dazu kommen viertausend Bedienstete.«

Der Graf ächzte.

»Man stelle sich vor, ich würde meine gesamte Verwandtschaft und den gesamten Adel meines Landes bei mir im Weinbergschloss versammeln, um sie unter meiner Fuchtel zu haben!«

Langustier zuckte innerlich zusammen: Eine Indiskretion! Doch der Comte schien nichts bemerkt zu haben, denn er fuhr fort:

»Genau dies hat unser letzter König zu Werke gebracht.«

»Das muss die Krone doch ruinieren?«

»Das ruiniert alle, das ruiniert den ganzen Adel Frankreichs. Genau das aber will der König ja!«

»Wie denn das?«

»Sein Wirtschaftsplan ist ganz einfach: Nehmt dem Volk das Geld ab, wie ihr nur könnt. Dann verprasst es und macht noch einmal doppelt so hohe Schulden beim kleinen Mann. Haben

Sie die Massen der Bettler in den Städten bemerkt, durch die Sie gefahren sind?«

Alle nickten.

»Diese ach so armen Kreaturen sind reicher als wir alle, die wir mit dem König in einem Haus leben.«

»Das ist bizarr.«

»Oh, keineswegs, Monsieur – das ist Versailles!«

Sie fuhren auf der breiten Avenue de Saint-Cloud und kamen durch die rauschende Doppelallee trotz rapide anschwellenden Verkehrs noch recht zügig voran. Erst in Sichtweite der Place d'Armes verringerte sich das Tempo. Rasseln der Geschirre, Hooo-Rufe, Kutscherflüche, Beleidigungen. Der gewaltige Platz ließ den Grafen beeindruckt durch die Zähne pfeifen.

»Wann beginnt man hier mit den Exerzitien?«

»Was meinen Sie?«, fragte der Comte.

»Um wie viel Uhr fängt hier das Exerzieren an?«

»Exerzieren?«

Der Comte drehte das Wort wie eine bittere Pille zwischen den Lippen.

»Überhaupt nicht, mein Herr. Die Ärmsten im Schlosse würden ja aus dem Schlafe gerissen, wenn sich hier auf diesem Riesenfleck die Soldaten tummelten.«

Der Graf lachte irritiert auf und sah zu den gewaltigen Marstallgebäuden zurück.

»Die Pferde Ihres Königs nächtigen jedenfalls in größeren Gemächern als ich.«

»Und in größeren als unser ganzer Hochadel. Nichts ist niederschmetternder, als vom König zum Hausgenossen erhoben zu werden. Einige meiner vornehmsten Verwandten schlafen wie Hunde in fensterlosen Dachkammern.«

»Meine Hunde wohnen bei mir in meiner Privatwohnung«, sprudelte der Graf heraus, von so vielen Eindrücken und Neuigkeiten geradezu überwältigt und etwas verwirrt.

»Nun, da würde manch eine Marquise und manch ein Marquis liebend gern Einzug halten bei Ihnen«, konnte sich der Comte nicht entbrechen zu bemerken. »Mit nur anderthalb Litern Bourbonenblut bin ich glücklicherweise bloß ein *Galopin.*« Bevor ihn der Graf indes bedauern konnte, setzte er hinzu: »Als Pendler habe ich den unschätzbaren Vorteil, jede Menge frische Luft schnappen zu dürfen, bevor ich mich wieder in diese Dunstglocke namens Versailles vorwage. Dabei ist der Sumpfgeruch der Gartenbassins noch nichts gegen die ... exotischen Düfte da drinnen!«

»Aber die Wasserspiele sollen doch das Schönste vom Schönen ...«, sagte der Graf, und es klang fast flehentlich.

Er hatte den Schlossführer gelesen, den der Erbauer – der Sonnenkönig – selbst verfasst hatte, und fühlte sich daher aufs Beste vorbereitet. Der Comte lachte kurz und hell auf.

»Die Schwemme jedes Viehzüchters ist sauberer als diese Kloaken! Der Park überhaupt: im Sommer nicht zu begehen! Mitunter liegen die Parkwege voller Ohnmächtiger – wenn nämlich die Faulgase zu steigen beginnen. Jaha – das Flanieren in Versailles kann lebensgefährlich sein. Allerdings auch wegen der Ausdünstungen bestimmter Bereiche, in denen jeder seine Notdurft verrichtet ... Unsere neunundzwanzig Sickergruben fassen bei Weitem nicht alles, was hier getrunken, verdaut und wieder ausgeschieden wird.«

Das war zu viel. Alle hielten den Atem an. Auch war der Verkehr auf dem letzten Stück bis zum Avantcourt so dicht geworden, dass sich ein Stau bildete. Schon jetzt zogen Parfümschwaden und nicht kaschierter menschlicher Schweißgeruch durch die heiße Mittagsluft – derlei böse Wetter wehten von den benachbarten Wagen herüber, in denen aufgeregte Touristen oder verspätete höfische *Galopins* Blut und Wasser schwitzten. Mussten sie befürchten, Sinn und Zweck ihrer Fahrt zu verpassen?

Es dauerte eine halbe Stunde, bis sie mit der Kutsche endlich das Gitter zum Königshof passierten. Der Comte besaß die begehrten Versailles-Ehren, sodass es ihnen erspart blieb, sich ans Ende der langen Reihe der vor dem rechten Eingangsflügel wartenden Fußgänger zu stellen. Das gab dem Grafen Gelegenheit, im Vorfahren das gewaltige Reiterstandbild des Schlosserbauers zu betrachten, und er vermerkte innerlich lächelnd, dass der erzene Sonnenkönig von seiner architektonischen Schöpfung so wenig hielt, dass er ihr den Allerwertesten zukehrte. Hatte Colbert das Schloss nicht einen »Mann mit großen Armen und einem dicken Kopf« genannt? Hatte der just diesen März verstorbene Herzog von Saint-Simon nicht gesagt, es sei »Schönes und Hässliches, das von einer blinden Näherin zusammengesetzt wurde«?
Die Front war tatsächlich wenig beeindruckend, noch viel armseliger als auf den Stichen, die er studiert hatte. Dabei wirkte sie in der Symmetrie gestört dazu! Die Kapelle? Ein Riesenkatafalk. Die billig wirkenden alten Backsteine in der Mitte – ein Graus. Ob die Gartenfront besser aussähe? Angeblich hatte man auch hier Probleme mit den Brunnen, wiewohl nicht so große wie er in Sanssouci.
Während sie auf Höhe der unteren Vorhalle der Kapelle aus der Kutsche stiegen, sahen sie eine andere direkt vor das Gitter des Ehrenhofes fahren.
»Das ist der Chef des Geheimdiensts und Polizeichef de La Ferrière!«, sagte der Comte.
»Weshalb fahren sie in derselben Kutsche?«, fragte der Ingenieur-Major geistesabwesend.
»Sie sind ein und dieselbe Person, mein Herr«, sagte der Comte und grinste.
»Armer von Balbi«, flüsterte Langustier dem inzwischen wissenden de Quattre zu. »Damit wird man ihn aufziehen sein weiteres Leben lang.«

»Es ist nicht Viertel nach acht, sondern fast Mittag«, bemerkte der Graf spitz. »Die Uhr geht falsch!«

Er deutete mit dem Spazierstock auf den Giebel überm Schachbrett des Cour de Marbre, den man gerade noch sehen konnte, bevor er hinter einer Gebäudeecke verschwand.

Der Comte lächelte und erläuterte mit gedehnter Stimme des Wissenden:

»Oh, *das* ist freilich keine gewöhnliche Uhr. Es ist recht eigentlich gar keine Uhr, sondern nur ein Zifferblatt mit zwei Zeigern. Die dort fixierte Stunde war die Todesstunde des Sonnenkönigs. Sollte unser König seinem Urgroßvater folgen, so wird man die seinige dort einstellen.«

»Firlefanz!«, hörte Langustier den Grafen murmeln und dann: »Possen!«

Er bemühte sich, bei ihm zu bleiben und nicht den Anschluss zu verlieren, doch einige Nachdrängende hatten es besonders eilig und stürmten, ohne Rücksicht zu nehmen, durch die Übrigen nach vorn in Richtung Kirchenvorhalle, wodurch er den Grafen und die anderen aus den Augen verlor.

Langustier unternahm nichts weiter, um wieder aufzuschließen. Er war nun insgeheim fest entschlossen, bei nächster Gelegenheit den Weg einer alleinigen Erkundung einzuschlagen und insbesondere die berühmte Orangerie sowie die außerhalb des Schlosses gelegenen Hofküchen zu besuchen. Natürlich hatte er sie selbst als Zehnjähriger erstmals und als Zwanzigjähriger zuletzt betreten. Doch seit er hier gewesen war, hatte sich sicher vieles zum Interessanten hin verändert ... Im ruckartigen Geschiebe bunter Gewebe übermannte ihn die Erinnerung an das Versailles von 1712:

Immer um zehn Uhr des Abends hatte der Sonnenkönig im Kreise der Familie seine Hauptmahlzeit eingenommen. Manchmal verspätete er sich, sodass alle bis Mitternacht auf ihren ersten Bissen warteten. Der eitle Riesengeck war ein solcher Vielfraß gewesen, dass die Maintenon einmal gesagt hatte, wenn sie nur halb so viel äße, stürbe sie auf der Stelle.

»Monsieur, ich sterbe gleich!«, klagte nun jedoch Eichel ganz hierseitig. Mit letzter Kraft hatte er sich, den Stock wie eine Waffe gegen das Gedrängel einsetzend, an Langustier herangerettet. Von Balbi nahm sich seiner an. Ein Blick auf das friedlich schwankend nach vorne, den Säulen beim Portal entgegenschwimmende Duo Graf-Comte ließ Langustiers Erinnerung wieder anbranden ...

Der nicht eben große, indes zuletzt sehr gewichtige Sonnenkönig hatte stets mit vier großen Tellern verschiedener dicker Suppen begonnen, die wie jede andere Speise zur Absicherung vor einem Giftanschlag vorgekostet worden waren. Rasch, aber elegant machte sich der Sonnige im Anschluss über einen mit ganzen Trüffeln gefüllten Vogel (ganz egal, ob Rebhuhn, Poularde oder Ente) her, schaufelte – da die Gabeln noch nicht in Mode waren – mit dem Messer und den Fingern eine große Schüssel Salat hinterdrein, gefolgt von mit Knoblauch gewürztem Hammelfleisch und zwei dicken Scheiben Schinken. Zum Abschluss folgten Gebäck oder Eingemachtes oder kandierte Früchte. Während der Mahlzeit trank er nichts als Champagner oder mit Wasser vermischten Burgunder.

»Langustier? Wo seindt Sie?«, rief es deutlich deutsch von vorn. *O Gott!*, dachte Langustier. *Schon wieder eine Indiskretion!* Er wedelte mit seinem Dreispitz, um dem Herrn, der ihn zu verlieren fürchtete, Entwarnung zu signalisieren, und beeilte sich, zu Graf und Comte aufzuschließen.

»*Franchement*, Durchlaucht!«, wisperte er dem Grafen ins Ohr. »Und mein Name ist doch von Toepffer, oder irre ich?«

Der Gemaßregelte lächelte zitronig und zuckte die Achseln.

»Hier geht alles drunter und drüber – ich fürchte, man wird sich erst drinnen wieder zusammenfinden. Getrennt marschieren, vereint schlagen!«

»Zu Befehl, königliche Durchlaucht!«
Langustier biss sich auf die Unterlippe: Jetzt fing es auch bei ihm an ... Um sich abzulenken, richtete er die Augen auf das Gemäuer, das ihn zu verschlucken drohte. Das einst so stolze, unendlich prunkvolle und gigantische Schloss kam ihm nunmehr glanzlos vor. Wie das Backsteinmauerwerk der alten Schloss-Urzelle schäbig mit den grauen und billig wirkenden neueren Fassaden kontrastierte ... Überall blätterten Putz und Farbe ab. Die Fenster der Königswohnung blickten trübe und glanzlos auf die Langeweile der weißen und schwarzen Marmorplatten des Ehrenhofs. Immerhin – an zwei weiteren Innenhöfen hinter diesen Steinmassen könnte sich das königliche Auge erfreuen ... Aber soweit er sich erinnerte, gedieh dort kein einziges Hälmchen. Im *Cour des Cerfs* hingen nur ein paar Hirschköpfe am grauen Stein. Dieses Schloss war eine einzige Fanfaronade.
Die erschreckten Stimmen um ihn herum rissen ihn wieder in die Gegenwart:
»Der verrückte Baron Craisbillet!«
Ein alter Mann mit goldenen Pumps, roten Pantalons und einer goldenen Brokatjacke weiß, blau und rot durchwirkt, unter dem er eine rote Seidenweste mit silbernen Knöpfen zur Schau stellte sowie ein weißes Seidenhemd mit Spitzenmanschetten, drängte sich mit der Hemmungslosigkeit des moralisch verwahrlosten Reichen durch die Schlange. Die schwarzen Augen in ihren dunklen Höhlen glänzten fiebrig.
»Lasst mich durch, ich will den König sein Ei essen sehen! Ich brauche die Szene für meinen *Elagabal!*«
Verlotterter alter Dichter, dachte Langustier, und sein Blick haftete viel zu lang an einem Tropfen Vogelkot, der oben auf seiner Perücke saß. Durch sein Ungestüm brachte der Alte eine schöne junge Dame zum Kentern, die sich in ihrer Not an Langustier klammerte.

»Ich glaube, ich werde gleich wahnsinnig!«, säuselte sie.

»Dann sollte ich Sie rasch aus diesem Irrenkäfig hinausbringen, Madame, bevor es zu spät ist!«, sagte der menschliche Fels in der Besucherbrandung, dem auf einmal dieses öffentliche Mittagessen von Louis dem Vielgeliebten so egal wurde wie irgendetwas. *Er* hatte diesen jetzigen König – direkter Thronfolger und dennoch Urenkel des Sonnenkönigs – schließlich schon vor dreißig Jahren essen sehen. Ein ignorantes Kind war er damals gewesen. Ein so bezauberndes Wesen allerdings, wie es jetzt in seinen starken Armen lag, war ihm seit langer Zeit nicht mehr ins Netz gegangen ...

»Die Dame muss dringend in die Freiheit zurück«, sagte er zu den Posten am Tor des Königshofes, die jedoch achtlos jeden passieren ließen, der hinein oder hinaus wollte.

Die lustig wippende flamingofarbene Feder, die zum Grafen gehörte, verschwand derweil weit entfernt zwischen zwei fassdicken Säulen.

VI

»Keine Sorge, Graf! *Wir* haben ja Versaillesehren!«, sagte der Comte de Vavigny und deutete nach vorne ins untere Kirchenvestibül, wo allen privilegierten Gästen, die bis in den Königshof gerollt waren, ein Sonderaufgang offen stand.

Beim Anblick der Menge, die auf die Haupttreppe zuflutete, sank dem sogenannten Grafen der Mut. Er scherte kurz aus, um einen Blick in die Kirche zu werfen. Wiewohl er sich fest vorgenommen hatte, von nichts beeindruckt zu sein, war es jetzt doch – überall Pracht und Reichtum, gepaart mit Geschmack! Nur die Kälte, die durch das Großartige, Gigantische hervorgerufen wurde, stieß ihn ab.

Wie in Trance tänzelte er vorwärts. Unter vielen vorzüglich schönen Gemälden fiel ihm besonders eines von Jouvenet auf, das den heiligen Ludwig vorstellte, wie er nach seinem Sieg über die ungläubigen Ägypter die Verwundeten bediente. Genau so sah er seine eigene Rolle – erster Diener seiner verwundeten Krieger. Der Comte zeigte ihm noch ein vier Fuß hohes Kruzifix von Elfenbein, das ihm allerdings weit weniger imponierte, obwohl es angeblich ein Geschenk von August dem Zweiten von Polen war. Über eine Wendeltreppe neben dem Eingang zur Schlosskapelle gelangten sie in langer Reihe ins obere Kirchenvestibül und von dort in den größten Saal des Schlosses. Hier kam der Hauptstrom der profanen Fußreisenden hinzu, sodass nun die Geschwindigkeit des Fortschritts im gleichen Maße sank, wie sich die Lautstärke in den Räumen vergrößerte.

»Das ist der Herkulessalon!«, rief der Comte.

Der Graf klopfte an eine der zwanzig korinthischen Marmorsäulen, deren Füße und Kapitelle mit Gold belegt waren, und konstatierte:

»Echt!«

»Lemoyne hat den Plafond in Öl gemalt: *Die Vergötterung des Herkules!* Ist es nicht das größte Gemälde, das man sich denken kann?«

Noch ehe der Gast erwidern konnte, dass die Größe ..., wies der Comte auf Gemälde von Paul Veronese und erläuterte:

»Der *Heiland* gehörte den Servitenmönchen in Venedig, die das Bild dem Sonnenkönig um keinen Preis verkaufen wollten. Der Senat von Venedig nahm ihnen ihren Heiland kurzerhand weg und schenkte ihn unserem König.«

Der Graf lachte herzlich, da es gegen die einfältigen Kutten ging, während sie munter durch das große Gemach fortschritten, den Saal des Überflusses passierten, den der Graf innerlich für überflüssig erklärte, wohingegen ihm im Venussaal spontan die Statue des Cincinnatus gefiel und in dem der Diana die Büste des Sonnenkönigs von Bernini.

»Ein Teufelskerl, dieser Skulpteur!«, sagte er und erklärte das *Zelt des Darius* im darauffolgenden Marssaal zu Lebruns bestem Gemälde.

»Er hat es in Fontainebleau gemalt, wo sich der Sonnenkönig an den täglichen Fortschritten ergötzte – das wird ihn angespornt haben«, erläuterte der Comte wie einstudiert.

Des Grafen Blick fiel auf die gerade in Tätigkeit tretende Spieluhr von Morand, welche die Flanierenden so in Bann zog, dass für einige Momente sogar die Münder schwiegen. In der gläsernen Kuppel traten zwei Hähne auf und krähten flügelschlagend. Gleichzeitig kamen aus einer kleinen Tür zwei Liebesgötter von Bronze und hauten mit kleinen stählernen Hämmern auf ihre umgeschnallten Pauken. In der Mitte stand derweil die Bildsäule des Sonnenkönigs wie ein Gespenst. Über seinem Haupt ritt die Siegesgöttin auf einer Wolke und hielt eine Krone über das Haupt des Unsterblichen. Unterdessen spielte die Uhr ein namenloses Stück, nach dessen Ende alles mit einem etwas zu lauten Schnappen verschwand.

Vor dem Thron Ludwigs XIV. im Apollosaal zog der Graf seinen Hut, was den Comte lächeln ließ, denn alle Übrigen würdigten dieses merkwürdige Sitzmöbel keines Blickes.

Als sie durch den Kriegssaal wanderten, zog sich der Graf die Perücke an den Schläfenlocken etwas fester auf den Kopf, während er zu Lebruns *Verherrlichung des Friedens von Nimwegen* hinschielte und die Darstellung des knienden Deutschlands mit einem Zähneknirschen bedachte.

»Ich werde Sie nun der Fürsorge des Kastellans anvertrauen«, sagte der Comte, und auf seinen gepuderten Backen prangte das fleckig aufgetragene Rouge jetzt wie die Pocken.

Er winkte einem schmalen, golden livrierten Mann, der an einer der Säulen stand und sich sofort dienstbeflissen und ergeben näherte. Sein narbenübersätes Gesicht erinnerte ein wenig an das einer vertrockneten Ratte.

»Monsieur Rousset, bitte sorgen Sie dafür, dass dieser Gast einen *besonders* guten Platz erhält!«
Der Comte nahm lächelnd und mit höfischer Verbeugung vom Grafen Abschied, schritt durch die sich teilende Menge und kontrollierte kurz vorm Verschwinden in einer Tür in einer der Spiegelkacheln den Sitz seines Gesichts. Der Graf drückte dem Kastellan sechzig Deniers in die blanke Hand, wonach der dienernde und dienstbare Rousset ihn in die Mitte der Galerie führte, wo sich bereits ein opaker Menschenblock um ein kleines freies Karree gebildet hatte.
»Wer hatte die Idee mit diesen Spiegeln?«, fragte der Graf.
»Ein Neider von Lebrun, der verhindern wollte, dass dieser alles ausmalte.«, sagte der Kastellan.
Der Graf lachte über diese Anekdote und gefiel sich nun selbst darin, nach den Seiten wippend und etwas ungelenk auf den hohen Pumps stolzierend, durch die sich teilende Menge zu schweben. Der Kastellan bildete eine so schreckliche Vorhut, dass dem Grafen fast ein Kanal für sein Trippeln und Tänzeln zur Verfügung stand. Auf diese Weise geleitet, bekam er einen Platz in der ersten Reihe. Der Graf setzte seinen rot beschuhten Stöckelschuh einmal kurz in den quadratischen Freiraum, was ringsum bei den aufgetakelten Nachbarn kleine Entsetzensrufe zur Folge hatte.
»Sagen Sie, Herr Kastellan – wie viele Kronleuchter?«, examinierte er den noch immer dienernd neben ihm wartenden Rousset mit Befehlshaberstimme.
»Sechsundzwanzig!«
»Wie viele Säulen?«
»Acht!«
»Pilaster?«
»Sechzehn!«
»Länge?«
»Siebenunddreißig Klafter!«

»Höhe?«
»Achtunddreißig Fuß!«
»Breite?«
»Dreiunddreißig!«
»Fenster?«
»Siebzehn!«
»Parties des Glaces?«
»Siebzehn!«
Die links vom Grafen stehende Dame bemerkte spitz:
»Wollen Sie unsere hübsche *Grande Galerie* etwa bei sich zu Hause nachbauen, um sich am eigenen Kleide besser zu erfreuen?«
Er zog den Hut und küsste, da sie ihm die Hand darbot, selbige ehrerbietig.
»Ergebenster Diener, Madame! Dazu ist mir der Stil nun doch zu schwülstig. Ich liebe es modern und wollte mir nur etwas Bewegung im Kopf verschaffen, wo mich die hiesige Enge schon an wirklichen Schritten hindert!«
»Heißt es für Sie, den Geist zu bewegen, wenn Sie einen armen Menschen nach Zahlen fragen, noch dazu mit einer Stimme wie ein Soldat?«
Er sagte mit gezierter Stimme:
»Madame, nun, da die Gunst der Stunde mich neben Sie geführt hat, können die Soldaten gehen!«
Er drückte dem Kastellan noch eine Rolle Deniers in die Hand, sodass dieser sich, wie wild dienernd, entfernte.
Als die Dame den verstohlenen Versuch des Grafen sah, sich von der Berührung der profanen Hand zu reinigen, lächelte sie und bemerkte spitz:
»Ihr Kleid ist *incroyable!*«
Er wehrte geschmeichelt ab.
»Das *Ihre,* Madame, ist eine wirkliche Pracht – wir Männer sind doch stets nur schlecht behängte Figuren. Im Tierreich hingegen ist es genau umgedreht.«

»Sie sind so charmant wie ein Deutscher.«

Er senkte den Blick, deutete auf das freie Geviert direkt in ihrer Front und flüsterte nun beinahe:

»Die Situation ist zu grotesk, daher verfehle ich den Ton. Sagen Sie nicht selbst – hier stehen wir, als warteten wir auf eine Hinrichtung!«

Alle Umstehenden hielten den Atem an. Der Herr rechts vom Grafen schien ohnehin nicht mehr viel davon zu besitzen – doch dass auch er um Fassung rang, sah man deutlich. Die Dame brachte wieder Bewegung in den Luftraum, indem sie frech heraussprudelte:

»Ich denke, ich könnte das nicht, vor aller Augen als Einziger essen. Das nenne ich wahre Größe.«

»Ich könnte mir nichts Unangenehmeres vorstellen, als zu essen, wenn hundert Gierige um mich herumstünden, die mir beim Kauen zusehen und die Bissen zählen würden!«, sagte der Graf.

»Aber einem anderen beim Essen zusehen, das können Sie?«, fragte der ältere Herr von rechts.

»Das ist doch wohl ein *ganz besonders anderer!*«, sagte der Graf.

»*Ein ganz besonders anderer* ... Respekt, mein Herr!«, meinte der Alte.

»Eine hübsche Umschreibung«, meinte auch die Dame zur Linken. »Um jedoch auf Ihr Gewand zurückzukommen – es ist klug berechnet, doch sehr gewagt! Hier ist es ein Vorrecht des höchsten Adels, diese Farben zu tragen. Es wird den König irritieren.«

»Nun, so wird er vielleicht das Wort an mich richten!«

Darauf der Alte von rechts:

»Das glaube ich kaum, denn er hat Sie nie zuvor gesehen! Nur die Farben Ihres Gewands wird er sehen, und es wird ihn ärgern, dass einer sie trägt, den er noch nie gesehen hat.«

»Was wird dann geschehen?«
»Er wird sich vielleicht später darüber mokieren. Mehr sicher nicht.«
»Nun, das wäre ja nicht eben viel. Und warum sind ihm diese Farben an einem Unbekannten so irritabel? Müsste er sich an diesen Farben nicht erfreuen, gleich wer sie zur Schau stellt? Sind es nicht die Farben der Lieblingsrosen der Pompadour? Ist es nicht der Teint der Pompadour, wie mir mein Schneider erzählt hat?«
Fächer gingen auf, hinter denen sich tonloses Lachen verbarg. Herren hüstelten und tuschelten. Die Dame sagte:
»Dort steht sie übrigens! Sehen Sie, wie sie zu uns herübersieht? Sie könnte sich mit der Medusa messen.«
Der Graf straffte sich und suchte die Front der seitlich Stehenden ab.
»Nicht da, Richtung Bullaugensaal ...«, zischte die Dame, »... da am Eingang zum königlichen Schlafzimmer!«
Es gelang ihm nicht mehr, dem Hinweis zu folgen, denn just in diesem Moment kam aus Richtung des vorgenannten Bullaugensaals die Prozession der Dienerschaft in die Galerie, begleitet von vier Soldaten und einem Zeremonienmeister, der die Schaulustigen aus dem Weg drängte. Der damit verbundene Aufruhr nötigte jeden, seinen mühsam erkämpften Stehplatz neu zu verteidigen. Am Ende musste auch das innerste Geviert vergrößert werden, als die Prozession hineintrat, wodurch sich alle Umstehenden gezwungen sahen, trippelnd einen Klafter zurückzuweichen.

VII

Die Innenräume waren immer kalt, trotz der sommerlichen Wärme in der sumpfigen Natur rundum. Die Marquise zupfte einige bräunliche Blätter von den weißen Pfingstrosen in ihrem privaten Kabinett. Nun ja, *privat* war diese Raumflucht freilich nur, was das Interieur betraf, denn eigentlich *für sich* konnte in diesem Kasten gar nichts und keiner sein. Versailles war ein Pferch für die königliche Horde, ein Gehege für überfütterte Höflinge, eine schier endlose Abfolge von Durchgangszimmern. Ihr Appartement machte da keine Ausnahme. Allein die vielen Bücher ließen es wie ein Arbeitszimmer aussehen. Ihr Leibarzt Quesnay, der im Mezzanin hauste, gleich neben ihrer Kammerfrau du Hausset, scherzte immer, dass man sich fast wie beim heiligen Hieronymus fühle – es fehle nur der Totenschädel!

Wehmütig dachte sie an den Park in Meudon, wo die Sommerluft in vollen Zügen zu genießen wäre. Dort hätte sie sich nun ganz allein entspannen können, in ihrem Besitz, umgeben von vielen Hektar gut geschützten eigenen Landes. Wie lange hatte sie darauf gewartet, dass ihr Schloss Bellevue endlich fertig würde, und jetzt, im vierten Jahr, wo die Oleander, die Zitronen, die Pomeranzen und die Palmen endlich groß genug waren, um sich an ihnen zu erfreuen, musste sie doch wieder in Versailles, in ihrer elenden Gruft, sitzen. Sie wirbelte bei jedem Umblättern der kleinen Denkschrift über den König in Preußen, die sie vor Jahren von d'Alembert erhalten hatte, etwas Staub auf, der im schräg einfallenden Sonnenlicht tanzte. Verberts herrlich geschnitzte Wandverkleidung und Martins Wandgemälde, die Supraporten, die Kronleuchter und die Orgel in ihrem Paradezimmer – für eine Wohnung in diesem überfüllten Bordell war das reiner Luxus, und sie liebte Luxus mehr als alles andere. Auch ein guter Liebhaber kam dagegen nur für eine Viertelstunde an.

Oder für eine halbe ... Ihre Gedanken flogen wie die Staubteilchen unkontrolliert durch den Raum.
Der gute d'Alembert! Was für Toren waren die Wissenschaftler, wenn sie ihr sicheres Gehäus verließen und sich auf das Eis der Weltpolitik begaben. Die Künstler waren indes noch weit größere Affen, so etwa ihr einstiger Freund Voltaire. Das war der größte politische Affe, den man sich denken konnte. Bei dem König in Preußen zu sitzen und Schmeicheleien über den eitlen Sonnenkönig hinzuschmieren, wie töricht und dumm! Windige Geschäfte mit einem jüdischen Kaufmann in Berlin zu tätigen und nebenbei den eingebildetsten und verrücktesten Wissenschaftler aller Zeiten zu beleidigen, den der Preußenkönig nun einmal ins Herz geschlossen hatte, seinen Akademiepräsidenten Maupertuis! Vom Preußenkönig gejagt und in Frankfurt am Main verhaftet zu werden! Voltaire war einfach nur noch peinlich. Er hatte sich jetzt notgedrungen am Stadtrand von Genf, am anderen Ende der Welt, niedergelassen. Kein Wunder, dass ihn der König nicht länger in seiner Nähe duldete.
Über sich glaubte sie einen Lustschrei zu hören – oder hatte sie sich das nur eingebildet? Die Geräusche der königlichen Vergnügungen verfolgten sie bis in ihre unruhigen Träume, auch wenn sie genau wusste, dass alle Böden über ihr doppelt gedämmt worden waren auf ihren Wunsch. Nur ein Bruchstück der Petite Appartements lag über ihrem Bett. Im Großen Gemach dagegen, wo täglich Gesandte und Besucher hinfluteten, ging es ja nur an den Gemächertagen lustiger zu ... Dass ausgerechnet *ihr* Portätist Boucher auch die O'Murphy gemalt hatte (sogar zweimal und splitternackt!), die dem König seit zwei Jahren den Kopf verdrehte, erfüllte sie mit unsäglicher Wut.
Wie würde sie aufatmen, wenn der Monarch seine diesbezüglichen Geschäfte bald im Hirschpark verrichtete. Bei namenlosen Schönheiten liegend, die sein Diener Le Bel und sie selbst ihm

zuführen würden. Der Name des alten Jagdgeheges, der auf das neue Versailler Viertel übergegangen war, passte so gut, dass sie sich darüber nicht genug freuen konnte. Es war möglicherweise ihre beste Idee, ihn in dieser für ihn so elementaren Sache in der Hand zu behalten – so dürfte er in aller vorwärtsdrängenden Wollust immer der Wohltat eingedenk sein, die sie ihm mit diesem Brunstgehege schuf. Und so würde er vollends zu einer Marionette in ihren Händen. *Eine Marionette an Samenfäden*, dachte sie, und ihre Lippen spannten sich zu einem intriganten Lächeln. Die beiden Häuser in der Rue Saint-Médéric wären sein Käfig, den sie für ihn gebaut hatte. Ein großer sauberer Haushalt mit Kammerfrau, Köchin, Diener, Gouvernante und Badezimmer, sodass er keine Angst vor Krankheiten haben müsste. Sogar seiner Kochleidenschaft würde er nach dem Beschlafen der Dirnen nachgehen können. Deren Beaufsichtigung obläge Le Bel (selbst übrigens ein vortrefflicher Liebhaber, wie ihre Mutter ihr erzählt hatte), sie hätten keinen Kontakt untereinander und wüssten nicht einmal, wer da wirklich zu ihnen ins abgedunkelte Kämmerchen käme. Man müsste ihnen einfach sagen, dass es ... ein reicher polnischer Verwandter der Königin sei, der sich für ihre Dienste erkenntlich zeigen würde. Ja, so würden sie es machen! Nie mehr als zwei oder drei gleichzeitig, möglichst voneinander getrennt.

Keine könnte ihm je genugtun, dachte sie, die Ungleichheit der Schöpfung zuinnerst verfluchend. Der König liebte so oft, dass man ihn vor der Auszehrung als Folge zu häufigen Genusses warnte. »Wo ich aber doch ganz auf Aphrodisiaka verzichte!?«, hatte er fragend geantwortet, darauf der gewitzte Leibarzt: »O Sire: Das größte Aphrodisiakum ist doch der Wechsel!«

Über ihr feines Gesicht huschte ein Lächeln, während sie den untertänigen Gruß eines eintretenden jungen Mannes kaum sichtbar erwiderte und die dargebotene Hand fast erschrocken wegzog, als ein zudringlicher Handkuss daraufgedrückt wurde.

»Es ist vollbracht, Madame! Vavigny hat es geschafft: Der Vogel ist im Käfig!«
Diesem Draufgänger war mit Nachsicht zu begegnen – sie konnte sich kein wendigeres Werkzeug wünschen: Ein Florett war dieser durchtriebene Jüngling, ein spitzer Dolch!
»Eine Frau wäre nie in diese Falle gegangen!«, sagte sie. »Nicht wahr, Beaufrange?«
Der junge Mann nickte ergeben, auch wenn er es besser wusste. Vavigny hatte das, was er nicht hatte. Er konnte jede haben, und er hatte auch, fürchtete er, ohne es genau wissen zu wollen, die Dame vor ihm ... Beaufranges Augen ließen keine Sekunde ab von ihr. Ihre rosigen Wangen, ihr vollendet elliptisches Gesicht, ihr unbeschreiblich schönes Kleid: weit ausgeschnitten, silberner Seidentaft, rosa blühender Hibiskus daraufgestickt, Rüschen und Schleifen. Sie rauschte wie eine stattliche Weide im Wind, wenn sie sich durch den Raum bewegte. Sicher, ihr Haar war angegraut, und wenn man genau hinsah, bemerkte man die Fältchen an den Augenwinkeln.
»Niemals!«, sagte er mit belegter Stimme und dachte: *Jederzeit. Aber der Dummkopf kann weder denken noch schreiben.*
»Es kann aber noch immer schief gehen«, sagte sie und meinte das bevorstehende hübsche Spektakel mit einem enttarnten Inkognitokönig.
Er zwang sich, aufrecht zu stehen, denn er wäre ihr am liebsten zu Füßen gefallen. Dieses durchgeistigte, noch so junge Gesicht. Ihre feste Brust, ihre schlanke Taille, ihre schneeweiße, glatte Haut.
»Das glaube ich nicht! Das Gelingen ist auf unserer Seite.«
»Woher wollen Sie das wissen?«
Er legte den Kopf leicht schief und sagte:
»Ich kann mir einfach nicht vorstellen, daß einer *Ihrer* Pläne misslingt.«
»Sie sind immer so furchtbar von meiner Unfehlbarkeit überzeugt!«

»Wie nicht, Madame? Wie sonst könnte ich von Ihnen denken? Sie herrschen und regieren in diesem Land! Ganz Frankreich liegt Ihnen zu Füßen!«

Sie sah ihn prüfend an und ging im Geist den Steckbrief durch, den sie für all die *ach so kleinen* Herren erstellt hatte, die sie am Hofe umschwirrten und sich *ach so groß* vorkamen. Die meisten verachtete sie. Vavigny war ein hirnloser Schönling mit einem unerschöpflichen Potenzial an Lust. Mit diesem Exemplar hier war es aber etwas anderes, mit ihm hatte sie mehr vor. Vor allem würde sie ihn wie einen Keil zwischen den König und die O'Murphy treiben ...

»Sie sind ein Schmeichler, Beaufrange! Alle hassen mich, und falls mich der König ganz fallen ließe, mich auch aus dem Parterre seines Baues hinauswürfe ...«

»Was niemals, niemals je geschehen wird, Madame!«, rief er eifrig.

»... so würden sie über mich herfallen und mich in Stücke reißen. Fünf Millionen Menschen hat Frankreich – aber fünfzehn Millionen menschlicher Tiere obendrein. Wie hat La Bruyère so trefflich geschrieben: ›Man sieht, über das Land verstreut, gewisse wilde Tiere, Männchen und Weibchen, schwarz, gelbbraun und von der Sonne verbrannt, die am Boden kleben, den sie mit unzerstörbarem Eigensinn aufwühlen und umgraben ... Nachts ziehen sie sich in ihre Höhlen zurück, wo sie von Schwarzbrot, Wasser und Wurzeln leben.‹«

Sie lachte kurz und glockenhell auf.

»Wenn mich diese ›gewissen wilden Tiere‹ zwischen die Fänge bekommen, bleibt weniger von mir übrig als von Louis Mandrin. Ich bin ihnen einmal in Paris nur mit knapper Not entkommen.«

Die Vorstellung, die meistgehasste Frau im Land zu sein, belustigte sie, und sie sah sich für einen Moment selbst anstelle des kürzlich geräderten Räubers, mit dem die Lemuren neuerdings noch mehr als zu seinen Lebzeiten sympathisierten.

»Sie sind so … überwältigend!«
Die Worte des Jünglings liefen ihr prickelnd über den Nacken, doch ihr Geist registrierte kühl: Machtlos, indes hungrig nach Einfluss. Abkömmling eines alten, viel zu ernsten Geschlechts. Schwach, nicht eben schön. Belesen, schöngeistig, bemüht zu gefallen, doch zu harmlos für Versailles. *Wenn er seine Hände nicht im Zaum hält, muss er sich verabsentieren.*
Sie sah zur Tapetentür, hinter der sich die Wendeltreppe verbarg, über die der König jederzeit bei ihr erscheinen konnte wie ein Geist. Ihr Herz klopfte. Diesen Jungen hier würde sie mit der Schlange O'Murphy verheiraten. Was hatte dieses dreckige Luder nach dem mehrfach lustvoll wiederholten Beilager beim König kürzlich gesagt? »Übrigens – wie sind inzwischen Ihre Beziehungen zu der alten Dame im Tiefparterre?« Auch sie hatte schließlich ihre Hörrohre im ganzen Schloss. Kein Seufzer in den Gemächern entging ihr, weder auf der Seite des königlichen Gemachs noch auf der Seite des Gemachs Ihrer Majestät der Königin. Der König mochte der O'Murphy Enten schenken, so viel er wollte. Die Tage dieser Made im königlichen Speck, die Wonnestunden dieser strohdummen Lustkuh O'Murphy waren ein für alle Mal gezählt!
»Pläne dürfen nie vor den Ergebnissen bekannt werden. Ein misslingender Plan, den niemand kennt? Keinen kümmert's. Aber wenn das Planen und Scheitern vor allen Augen geschieht, ist es die größte Katastrophe!«
Beaufrange wollte seinen Arm um sie legen, doch sie tadelte ihn derb mit dem Fächer.
»Keine Vertraulichkeiten! Sie und ich – das gäbe nur diplomatische Verwicklungen … Der König kann uns hier immer überraschen, und ich lege keinen Wert darauf zu erfahren, wie ihm Amouren meinerseits gefielen.«
Alles, was ihn von ihr abbrachte, war gut.
»Ich glaube, es würde ihn freuen, Sie wieder ganz glücklich zu

sehen«, sagte Beaufrange und rieb sich den Unterarm, wo sie ihn recht hart getroffen hatte.

Ihre Stimme war kühl und abweisend:

»Unsere kleine-große Intrige heute erregt mich mehr als die Vorstellung eines Liebhabers. Ich brenne darauf, endlich unser gefangenes *Vögelchen* zu sehen! Es weiß noch gar nicht, was ihm blüht. Ehrlich gesagt – so ganz weiß ich es auch noch nicht. Man muss die Dinge sich entwickeln lassen!«

»Sie nehmen mir jede Hoffnung, Madame«, sagte Beaufrange.

»Ihre Liebe und Beharrlichkeit sind verschenkt, Beaufrange – *Sie* spielen *hier* nicht die Hauptrolle. Werden es nie tun. Es gibt Jüngere, bei denen Sie es tun sollten ... die Hauptrolle spielen!«

Er errötete, wandte den Blick enttäuscht ab und kam auf das ursprüngliche Thema zurück.

»Was ist es denn Großes, um das es geht? Es steht doch nur ein kleiner König vor einem großen?«

»Es geht um Frankreichs Zukunft, mein Lieber! Das wissen Sie doch ganz genau: Wenn wir diesen Gernegroß aus Preußen richtig traktieren, entscheidet sich die Bündnisfrage von selbst. Ich habe mir bisher nur das Bild eines Bildes von diesem Herrn machen können. Was für ein Glück, jetzt diesem blauen Unterteufel in Uniform gegenüberzutreten! Ich will auch gern mit ihm dinieren – an einem Ort, wo man vor Überraschung sicher sein kann ...«

Sie dachte an die Pfauen in Meudon, aber der Gedanke an jenen Thriumph, der geeignet wäre, alle Entbehrungen aufzuwiegen, die sie in den letzten Jahren erduldet hatte, war stärker als die Wehmut. Bei der Vorstellung, mit dem König in Preußen zu dinieren, wurde ihr heiß und kalt.

»Er trägt keine Uniform – sein Inkognito ist das eines Pariser Stutzers. Das ist nicht zuletzt Vavignys Verdienst«, sagte Beaufrange, und nur ein sehr versierter Kenner der tausend Zungenschläge in Versailles hätte in diesem Nachtigallengezwitscher

den Sprosser herausgehört. Die Art, wie er Vavignys Namen ausgesprochen hatte, sagte alles über sein Verhältnis zu ihm.
Ihre Augen blitzten voller Angriffslust und Kälte. Mit Vavigny und Beaufrange verfügte sie über die absolut tödlichsten Waffen im ständigen Krieg von Versailles.
»Ich werde *unseren* König trotzdem ein wenig hinters Licht führen, was diese ... Erscheinung betrifft!«
Als sie mit Beaufrange ihre Wohnung verlassen wollte, warf sie einen Blick zurück und gewahrte voller Freude die Körbe voller roséfarbener Rosen, die weit hinten unter Aufsicht der Madame du Hausset in ihr Privatkabinett hereingetragen wurden. Von wem sie wohl stammten?
»Gehen Sie allein!«, sagte sie zu dem enttäuschten Jungen und schloss die Tür zum Waffensaal eigenhändig hinter ihm.

»Comte!«, rief sie und stürzte in Vavignys Arme.
Nach einem innigen Kuss und einer stürmischen Umarmung stellte sie wieder etwas Abstand her.
»Welch frohe Kunde vernahm ich soeben ... Danke, dass Sie das Vögelchen gefangen und sicher in den Käfig gesetzt haben!«
Er lächelte, nickte und zog sie eng an sich. Sie wehrte sich.
»Dafür ist es doch jetzt viel spät ... Aber Sie sollten mir noch schnell verraten, was Sie über den diesen *Zirkel* herausgefunden haben.«
Der Comte wollte sie nicht so einfach entlassen und arbeitete sich schmatzend in ihr Dekolleté vor. Sie tatschte ihn nur sanft mit dem Fächer.
»Wollen Sie, dass ich zu spät komme, Sie Ungestüm? Reden Sie schon!«
Vavigny beschrieb eine langsame Kreisbewegung mit dem rechten Arm.
»Ganz Versailles ist vergiftet!«
Sie befreite sich aus seiner Umklammerung und ordnete ver-

zweifelt ihr Brusttuch. Als sie zu einer befriedigenden Lösung gekommen war, fragte sie entgeistert:

»Wie viele nehmen an den Saturnalien teil?«

»Es sind Hunderte – der sicherste Ort liefert ihnen den Schutz, den sie brauchen.«

»Die Bastille?«, fragte sie konsterniert.

»Ebendie!«, sagte er.

»Ausheben!«, schrie sie.

»Leider sind so viele involviert, dass es besser ohne Aufsehen geschähe«, wandte er ein.

Nach einer Pause fragte sie mit plötzlichem Nachdruck:

»Was ist mit *ihr?*«

Er nickte nur.

»Sie meinen, die O'Murphy ist auch dabei?«

Ihre Augen leuchteten in wilder Vorfreude auf schon bald öffentlich zu zeigende Schadenfreude.

»Es geht alles mit einem Mittel, das an geheimen Stellen verkauft wird ...«

»Ein Mittel?«, fragte sie furchtsam, aber zugleich neugierig.

»Irgendein scheußlicher Absud aus Krötenfett, Alraune und Spinnenbein. Es ist harmlos und regt höchstens die Magennerven an, alles wieder von sich zu geben. Die Imagination dessen, der es nimmt, mag allerdings davon beflügelt werden.«

»Wer stellt es her?«

»Man weiß es noch nicht. Aber es muss in sehr großen Mengen produziert werden, denn man erhält es an Hunderten von Stellen. Meist nehmen die Frauen, die es verkaufen, auch an den Festen teil. Sie führen die Kunden ein und locken sie zur Wiederholung. Die Teilnahme kostet zehn Louis.«

»Ich fasse es nicht. Und *sie* ist tatsächlich mit von der Partie? Sie kauft auch davon?«

Nicken.

»Und ... sie verabreicht es IHM?«

»So sieht es aus.«
Sie war so entsetzt, dass sie fast den Boden unter den Füßen verlor. Dann stieß sie verzweifelt hervor:
»Wir müssen sie daran hindern, bevor es dem König schadet, ihn gar umbringt!«
»Es scheint ihn bloß etwas taub zu machen.«
»Woher wissen Sie das?«
»Quesnay hat es an sich selbst getestet.«
Sie war so perplex, dass sie in die vertrauliche Anrede rutsche, obwohl der Raum nicht abhörsicher war. Die du Hausset, das alte Spitzelbiest, konnte hinter jedem Schlüsselloch kleben ...
»*Du* auch?«
Er riss sie wild an sich.
»Du glaubst nicht, was für Wirkungen es tut!«
Sie wehrte sich einen Moment, dann gab sie es auf.
»Wir haben nur ein paar Minuten. Ich riskiere Kopf und Kragen«, hauchte sie.
»Natürlich nehme ich es nicht!«, sagte er erzürnt. »Ich würde das Zeug nicht einmal zum Rattenvergiften nehmen.«
»Das Leben ist ein scheußliches Spiel«, seufzte sie.
»Nein, ein schönes Spiel«, forderte er.
»Ein so gefährliches Spiel«, sagte sie, und er antwortete mit einem brennenden Kuss.

VIII

»Welch treffliche Karikatur eines Contretanzes!«, stöhnte der sogenannte *Graf,* doch seine Bemerkung ging ins Leere.
Seine vorherigen Gesprächspartner waren zwei Reihen nach hinten abgedrängt worden. Wo eben noch der Alte gestanden, zeigte sich nun eine Frau in den mittleren Jahren, auf dem Arm ein plärrendes Kind, die ihn missbilligend anstarrte. Die Dame

zu seiner Linken dagegen war durch einen jüngeren Mann ersetzt worden, der schwerlich mehr als fünfundzwanzig Lenze zählen mochte.

»Durchlaucht! Welch erniedrigendes Schauspiel!«, ertönte eine leise Stimme in seinem Nacken.

Der Graf erkannte die Stimme Eichels und wendete sich vorsichtig um.

»Zum Glück sind Sie wohlauf. Wo sind die anderen?«

Eichel wies über die Schulter ins Ungewisse, und der Graf sah die Hüte Balbis und de Quattres etwa vier Reihen entfernt. Von Langustier dagegen keine Spur. Der Alte, den er zuvor neben sich gesehen, war weit nach hinten abgedriftet.

Nachdem der Tisch aus der Wachstube, wo er normalerweise stand, hereingebracht worden war und eine zweite Garnitur Diener die Speisen für den König herangetragen hatte, traten die vornehmsten der Höflinge aus dem königlichen Schlafzimmer heraus und stellten sich seitlich des Tisches auf, dahinter alle, die irgendwie einen klingenden Namen hatten, und der erste der Edlen ging, um den König zu benachrichtigen. Der Graf erkannte den Comte de Vavigny am rechten Ende der zweiten Reihe, der einer Dame an der seitlichen Front etwas zuflüsterte. Schon im nächsten Moment neigte sie den Kopf dem Nachbarn zu ihrer Rechten zu. Beide sahen zum Grafen her, der plötzlich instinktiv begriff, dass dies der Polizeichef und die Mätresse en titre waren. Alle Augen verfolgten diese Szene, und auch der scheinbar so unbedarfte junge Mann an des Grafen Seite schien sich nun für seinen Nachbarn zu interessieren.

»Sind Sie auch aus beruflichen Gründen hier?«

»Mit wem habe ich die Ehre zu sprechen?«, fragte der Graf, den so viel Zudringlichkeit abstieß.

Der Jüngere wedelte mit dem Hut und sagte:

»Oh, verzeihen Sie, ich vergaß ... Pierre de Beaufrange – Schriftsteller und Mitarbeiter der *Enzyklopädie!*«

Bei diesem Wort entspannte sich des Grafen Miene, und seine Augen leuchteten.

»Ein Mitstreiter meines Freundes d'Alembert!«

Der Graf streckte Beaufrange die Hand entgegen, welche dieser freudig ergriff.

»Darf ich fragen ...«, begann der Jüngling, doch in diesem Moment machten alle Dreispitze im Raum eine rauschende Bewegung, denn der König war aus seinem offiziellen Schlafgemach getreten und hatte am Tischchen Platz genommen. Die Damen knicksten. Die Pompadour trat an ihren königlichen Freund heran und flüsterte ihm etwas ins Ohr, woraufhin er zum Grafen herüberschaute.

Der Graf zog rasch seinen Hut und musste sich bezwingen, ihn nicht gleich wieder aufzusetzen, wie er es gewohnt war. Er vertiefte sich in die Physiognomie des Königs von Frankreich, der zweifellos den schönsten Kopf hatte, den er je gesehen. Auch trug er ihn mit so viel Anmut wie Majestät. Niemals war es einem Maler gelungen, den Ausdruck dieses wundervollen Kopfes wiederzugeben, wenn der Herrscher ihn wohlwollend zur Seite wandte, um jemanden anzusehen. Der Graf bezweifelte nicht, dass Madame de Pompadour in dieses schöne Gesicht noch immer verliebt sein musste.

Der König begann ohne jede Ankündigung sein Mittagsmahl. Er hatte eine kräftezehrende Jagd hinter sich und speiste daher mit großem Appetit. Das berühmte Ei wurde zu drei Eiern, die er in der Tat sehr vornehm mit einem kleinen Löffel aß, nachdem er die Spitzen mit dem Messer abgetrennt. Nur die Art, wie er den kleinen Finger abspreizte, stieß den Grafen ab. Die Menge applaudierte, und der Eiesser lächelte dazu huldvollst. Unvermutet richtete er an einen der Edlen das Wort, nachdem er sich von einer Speise, die im schmeckte, ein zweites Mal hatte geben lassen:

»Monsieur de Loewendal!«

Auf diesen Anruf trat eine prächtige Männergestalt vor, neigte den Kopf und sagte: »Sire.«
»Ich glaube, dies ist eine *Bombe de Sardanapale,* wie sie der Hofkoch des Königs in Preußen erfunden hat.«
»Durchaus, Sire. Ich bin derselben Ansicht.«
Nach dieser Antwort, die im ernstesten Ton gegeben wurde, fuhr der König fort zu essen, und der Marschall begab sich, rückwärts schreitend, wieder auf seinen Platz. Der Graf stand wie vom Donner gerührt, denn der König sah ihm direkt ins Gesicht und sagte:
»Mâitre Langustier, nicht wahr? Respekt, Monsieur, das nenne ich eine ausgezeichnete Erfindung. Sie müssen meinem Küchenchef Näheres darüber mitteilen!«
Ohne dem verdutzten Grafen die Gelegenheit zu einer Erwiderung zu geben, fasste der König nunmehr den jungen Schriftsteller neben diesem ins Auge und sagte:
»Der Chevalier de Beaufrange indessen hofft noch immer, ein Amt als Küchenschreiber zu erhalten. Dass er mir heute den Hofkoch aus Potsdam zugeführt, ist eine treffliche Empfehlung.«
Die beiden verbeugten sich, der Graf deutlich reservierter als der junge Beaufrange.
»Was immer auch im Hintergrund für uns gewirkt – lassen Sie uns das Beste daraus machen!«, raunte Beaufrange seinem Nachbarn zu.
»Natürlich, mein Herr – immer nur das Beste«, raunte der Graf retour, ohne den König aus den Augen zu lassen, und vernahm plötzlich ein schmatzendes Geräusch und ein leises Stöhnen seines Nebenmannes.
Beaufrange war kalkweiß geworden. Sein Mund war leicht geöffnet. Jetzt rollten seine Augen, bis nur das Weiße noch sichtbar war. Seine Beine wurden weich und knickten ein. Der Graf wollte ihn unterfassen, doch es gelang ihm nicht, das Gewicht

des stürzenden Körpers abzufangen. Er sah nur noch, wie der Gefallene im Todeskampf zuckte. Als er sich umdrehte, bemerkte er den Alten, mit dem er zuvor geredet, recht flink das Weite suchen, sich um die Flüche der zur Seite Gestoßenen nicht kümmernd. Der Graf blickte wieder auf den Liegenden und bemerkte drei dunkle Flecken auf dessen Rücken. Außerdem lag ein Gegenstand auf dem Boden, nach dem er sich bückte: es war ein blutiges Messer. Dieses wie eine eben noch geführte Stichwaffe nach oben reckend, sagte er, für alle vernehmlich:
»Er ist tot!«
Der König legte sanft sein Besteck nieder, erhob sich mit vollendeter Eleganz und verließ wortlos den Raum. Die Höflinge folgten ihm. Der Graf konnte sehen, dass der Polizeichef ihn nun ebenfalls aufmerksam musterte. Die Pompadour schien noch entsetzter dreinzublicken als alle Übrigen. Gellende Aufschreie gewöhnlicher Damen, hinter Fächern verstecktes Grauen bei den Feineren. Die Menge kam in hektische Bewegung. Fluchtartig waren die meisten Zuschauer bereits auf dem Weg durch die Salons zurück ins Freie, als ein Wachtrupp aus dem Gardesaal anrückte.
»Hier wird mehr geboten als auf der Parade«, sagte der Graf, und Eichel, der so entkräftet aussah, aus wäre er am Baum verdorrt, ächzte:
»Was sollen wir nur tun?«
»Einfach abwarten, bis die Posse vorbei ist. Ich habe mit zweihundert Canaillen um mich herum einen eitlen Fant drei Eier essen gesehen und kurz darauf einen neben mir erstochen gefunden – was soll mir schon noch Schlimmes widerfahren?«

IX

Die schöne junge Dame saß auf einer steinernen Bank unter einem Feigenbaum. Langustier fächelte ihr mit seinem Dreispitz Luft zu, ihr eigenes Wedeln mit dem Fächer unterstützend.
»Es geht schon besser!«, hauchte sie.
Ihr Lächeln gefror bereits wieder, kaum dass es über ihr weißes Gesichtsoval geeilt war. Sie hatten den linken Durchgang zu den Gärten genommen, waren die breite Treppe zur Orangerie hinuntergestiegen und saßen jetzt vor einem der Gewächshäuser, wo neuerdings – wie Langustier gelesen hatte – bis zu einhundertfünfzig Tonnen Obst und Gemüse jährlich heranwuchsen, um im Königs- und Höflingsmund zu verschwinden.
»Sie kennen sich aus in Versailles. Haben Sie den König schon oft sein Ei essen sehen?«, fragte die Dame.
»Als ich zuletzt hier im Dienst stand, war ich selbst kaum erst geschlüpft, und der König nannte sich noch *Roi Soleil* ... Der Sonnenkönig hatte keinen solchen Ruf als öffentlicher Eiesser.«
Das Gesicht der Dame belebte sich deutlich. Frische Luft und Sonne taten ihr gut. Von den Faulgasen der Gartenseite war hier nichts zu spüren.
»Sie standen beim Sonnenkönig in Dienst?«, fragte sie höchst interessiert. »Worin bestand Ihr Amt? Waren Sie sein Kammerdiener?«
Er schüttelte lächelnd den Kopf.
»Im Alter von zehn, elf .... Nein, Madame!«
»Ach, ich bin so schlecht im Raten! Am Ende waren Sie Hofküchenmeister, und ich habe Sie beleidigt ...«
»Madame, Sie erstaunen mich! Ich war damals allerdings nur Gehilfe meines Vaters, der Erster Bratenmeister und Zweiter Pastetenbäcker war ...«
»Bitte erzählen Sie ein wenig von diesen Zeiten, ich träume mich oft dahin zurück, ohne doch mehr zu haben als meine

Einbildungskraft. Sie dagegen haben alles gesehen und gefühlt ...«

»Es war eine Jugend wie jede Jugend – märchenhaft, weil wir alles zum ersten Mal erleben und uns die ganze Welt und alle Zeit bevorzustehen scheint. Ich hätte genauso gut in Paris aufwachsen können oder, sagen wir, in Straßburg.«

»Ach bitte, nur ein wenig, bis ich kräftig genug bin, mich wieder aus diesem unseligen Gehege hinauszuschleppen. Es war ein Fehler, heute hierherzukommen ...«

Sie sah ihn entsetzt an, denn wenn sie es recht bedachte, musste er dies auf seine Gesellschaft beziehen, und ihr lag keineswegs daran, diesen netten Menschen vor den Kopf zu stoßen. Doch er lächelte bloß und begann:

»Die Luft roch nach blühenden Pomeranzen und Lavendel. Ich war zum allerersten Mal verliebt und saß mit meiner Angebeteten auf dieser Bank hier, wo wir jetzt sitzen.«

Er nahm ihre Hand.

»Ich hielt die Hand meiner Angebeteten und stellte mir vor, wie es wäre ...«

»Bitte, Monsieur – nur ein wenig über das Tafeln des Sonnenkönigs!«

Sie lächelte so unschuldig und vertrauensvoll, dass seine Vorstellung in sich zusammenfiel.

»Nun, es war von großem Vorteil, dass der Sonnenkönig die kalten Speisen mehr liebte als die heißen«, fuhr er in sachlichem Ton fort. »Unter Aufsicht dreier Lakaien und einer Abordnung der Schlosswache musste ich hinter vielen anderen Schüsselträgern die letzte Dessertschüssel über die Rue de Surintendance hier hinter unserem Rücken zum Südflügel schleppen, dann eine Treppe hoch, durch die Korridore, Vorräume und Salons, schließlich durch die große Halle der Leibwache, in das obere Vestibül der Marmortreppe und durch die Halle der königlichen Garde. Das Lustigste dabei war, dass jeder Höfling, der diesem Zug begegnete, die königliche Mahlzeit mit gezogenem Hut begrüßen und zu allen Schüsseln immer wieder sich verneigen und ehrfurchtsvoll die Formel aufsagen musste: ›Seht – die Mahlzeit des Königs!‹«

Er lächelte und war wieder ganz in die Erinnerung entrückt.

»Sicher, diese nicht enden wollenden Ehrenbezeugungen vor dem, was ich da zu befördern half, stärkten nicht eben Demut und Bescheidenheit bei einem Knaben – ich wurde neugierig, wie es wohl wäre, als Küchenmeister dem König an der Tafel aufzuwarten ...«

In diesem Augenblick unterbrachen laute Rufe die Stille. Wenig später eilten ganze Trauben von Menschen die Treppen links und rechts des Orangerieparterres herab. Aus den lauten, aufgeregten Gesprächen drangen nur Fragmente herüber.

»Ein Küchenmeister?«

»Ich stand mit einem Schuh fast im Blut ...«

»Rasch, ich will nicht auch noch in die Bastille, wenn ich schon nichts gesehen habe!«

Langustier war aufgesprungen.

»Lassen Sie uns hören, was da passiert ist!«

Er lief, so schnell er konnte, zum Fuß der Treppe.

»Was ist geschehen?«, fragte er, doch keiner der aufgeregt Vorbeihastenden würdigte ihn auch nur eines Blickes.

»Was ist geschehen, so reden Sie!«

Er hatte einen Alten, der für sein Alter erstaunlich schnell lief, kurzerhand an der Jacke gepackt, damit er stehen blieb. Doch der schüttelte ihn enerviert ab und warf ihm im Davonstürzen noch einen so hektischen Blick zu, dass er zurückfuhr. Jetzt erst erkannte er an der Kleidung den Rücksichtslosen, der sich vorhin durch die Schlange gedrängt und seine Bekanntschaft mit der Dame hinter ihm erst ermöglicht hatte. Der Tropfen Vogelkot, der ihm aufgefallen war, war verschwunden. Langustier drehte sich um und wollte zu seiner Gesprächspartnerin zurückkehren.

»Madame, ich muss ...«
Aber sie hatte es dem Vogelkot gleichgetan.

Als er, hartnäckig gegen einen zäh fließenden Strom ankämpfend, der aus dem Eingang strömte, zurück ins Schloss wollte, wurde ihm der Eintritt verwehrt.
»Ich muss hinein, mein Herr war da drin, der ... Graf Le Constant. Ich bin sein Küchenmeister und auf der Suche nach ihm. Ich muss wissen, was passiert ist! Ich muss wissen, wo er ist.«
»Kommen Sie am nächsten Sonntag wieder«, herrschte ein Offizier der Wache ihn an. »Dann wird der König wieder sein Ei essen, wenn ihm der Appetit nicht dauerhaft vergangen ist!«
Langustier schnaubte vor Wut über so viel Ignoranz. Da sah er, wie der *Graf* inmitten einer kleinen Gruppe, von bewaffneten Gardisten eskortiert, über den *Cour de Marbre* zu zwei wartenden Kutschen geführt wurde. Drei der anderen erkannte er ebenfalls: Eichel, Balbi und de Quattre. Der Vierte war ihm eben noch auf der Treppe an der Orangerie begegnet: der schnelle Alte. Wie ging das zu?
»Wo bringt man diese Leute hin?«, fragte er völler Bängnis, mehr die Luft, als jemanden bestimmten, und erkannte instinktiv, dass es besser wäre, jetzt nicht zu viel zu sagen.
»Wohin schon? In die Bastille!«, antwortete der riesenhafte Offizier, der ihn für geistig minderbemittelt halten musste.
»Du meine Güte! Jetzt ist alles verloren ...«, murmelte Langustier und sank erschöpft auf die Schwelle. Er sah den König bereits auf dem Schaffott.
»He, Moment mal ... Ich kenne doch dein Gesicht, kenne doch deine Stimme! Du hast hier gearbeitet, hab ich recht?«, sagte der Gigant in Uniform mit ganz veränderter, weil nun unsicher tastender Stimme.
»Mein Vater war Erster Bratenmeister und Zweiter Pastetenbäcker«, antwortete Langustier abwesend, denn ihm gingen jetzt

wichtigere Dinge durch den Kopf. »Es ist ein Menschenleben her.«

»Wie hieß er?«, bohrte der Gardist mit plötzlich wachsendem Interesse.

»Langustier.«

»*Mon dieu* – dann musst du doch Honoré sein, Honoré Langustier! Ja, erkennst du mich denn nicht mehr? Ich bin's – Jean-Paul! Jean-Paul Juge!«

In Langustier regte sich etwas. Ohne es recht zu wollen, sprudelte er heraus:

»Der lange Juge! Hast es also zu was gebracht!«

»Du aber auch – gräflicher Küchenmeister! Siehst wohlgenährt aus. Scheint eine gute Tafel zu halten, dein Graf.«

»Sag mal, was weißt du über die Geschichte da drinnen? Ich könnte mich ohrfeigen, dass ich das verpasst habe ...«

Juge rollte mit den Augen, um Langustier auf seine steifen Untergebenen von der Wache hinzuweisen, und sagte mit der vorherigen Stentorstimme: »Wie gesagt: Nächste Woche ist wieder Eiertag in Versailles!« Leiser fügte er hinzu: »Der Wein in der kleinen Schänke am Mont Boron ist der beste weit und breit. Lass uns nachher über alte Zeiten plaudern, wenn du willst. Mein Dienst ist um sechs zu Ende.«

Langustier nickte und suchte noch eine Weile nach der Kutsche des Comte de Vavigny, doch im Gewühl der Abfahrenden auf dem Avant-Cour war das ein aussichtsloses Unterfangen. Mehrere weitere Versuche, Näheres zu erfahren, förderten nur Absurditäten zutage – der Küchenmeister des Königs von Preußen habe den jungen Beaufrange ermordet und seinerseits den alten Baron Craisbillet des Mordes beschuldigt! Er gab es auf und schlenderte zum Mont Boron.

Nach einem Erholungsschläfchen am sonnigen Berg – der nicht mehr war als ein ansteigender sanfter Hang – kam er kurz vor

der festgesetzten Stunde in die kleine Wirtsstube des Weinbauern Boron. Drei Generationen hatten hier bereits Wein angebaut – auf den Großvater Victor, an den er sich noch dunkel erinnerte, waren der Sohn Charles und der Enkel Emile gefolgt.
»Der Wein ist wirklich gut!«, meinte Honoré Langustier, als auch Jean-Paul Juge eintraf. »Aber kein Vergleich zu dem aus Meudon. Hast du das Gut übernommen?«
»Meine Güte, ist das eine Überraschung! Der kleine Langustier, was warst du für ein drahtiger Bursche damals. ... Nein, mein Bruder führt es weiter! Aber jetzt rede: Was machst du bei deinem Grafen? Und was tut er in Versailles? Sich beim König einschleimen? Wegen eines Hofamtes? Dann könnten wir das hier zu unserem Stammlokal machen!«
»Nein, er wollte sich nur einmal in Versailles umsehen. Plant einen Nachbau im verkleinerten Maßstab, in seinem Park in Utrecht.«
Sie lachten. So waren sie eben, die Grafen. Auch wenn sie nur ein Stadtgrundstück hatten, musste doch ein kleines Versailles darauf stehen.
»Hast du ihn gefunden?«
»Nein, aber ich habe Nachricht. Er ist nach Paris vorausgefahren. Ich werde ihm morgen folgen. Er hat mit keinem Wort die wirre Geschichte erwähnt, die man sich hier erzählt. Kannst du mir nicht etwas mehr sagen?«
»Der gute alte Langustier! Schon als Junge sehr neugierig. Weißt du noch, wie wir einmal die Zofen der Maintenon beim Baden im Schweizerbassin überrascht haben?«
Langustier lächelte wissend und stellte sich die Szene vor, ersetzte jedoch eine der Zofen durch die flüchtige Gesprächspartnerin vom Orangerieparterre, die ihm nicht aus dem Kopf gehen wollte.
»Nun rück schon raus mit der Sprache! Es weiß ja doch jeder hier, außer mir. Ich bin, da hast du ganz recht, nun einmal stets

an den neuesten Nachrichten interessiert. Ich will es nicht erst von meinem Arbeitgeber erfahren. Es ist gut, mehr zu wissen als die eigene Herrschaft.«

Juge trank einen kräftigen Schluck und nickte.

»Es klingt wie schlecht erfunden, ist aber wahr: Der Küchenmeister des Königs in Preußen hat den jungen Beaufrange erstochen, während der König zu den beiden sprach. Dann steht er da, mit dem Messer in der Hand, von dem noch das Blut tropft, und behauptet, der Baron Craisbillet hätte es getan! Dabei stand dieser fünf Reihen hinter ihm. Aber gleichviel: Das Wort eines Mannes von Stand gilt hier mehr als der Augenschein und der gesunde Menschenverstand. Er hat einen Protegé der Pompadour erstochen. Direkt vor dem König. Und beschuldigt dann einen anderen Protegé der Pompadour, dem der König seit dem Catilina-Wettstreit eine ganz erkleckliche Jahresrente zahlt, das Verbrechen verübt zu haben.«

»Was soll das bedeuten, der Küchenmeister des Königs in Preußen? Ich bin doch ...«

Er biss sich auf die Zunge, während Juge die Brauen hochzog. Er vervollständigte:

»... diesem Küchenmeister noch vor Tagen in Brüssel begegnet. Er kann unmöglich hier sein. Was soll das alles bedeuten? Der König hat mit diesem ... Küchenmeister ... gesprochen?«

»Ja, er hat ihn sogar mit Namen genannt, doch ich habe nicht erfahren, wie er hieß. Was meinst du übrigens mit ›er kann unmöglich hier sein‹? Du bist doch auch hier. Er wird sich mit Mâitre Mouthier treffen. Anscheinend hat dieser eine Spezialität gekocht, irgendeine Bombe ... Ich hab es vergessen. Jedenfalls etwas, das dieser Preuße erfunden hat. Bombe – Preußen – hahaha!«

»Die *Bombe de Sardanapale!*«

»Genau, die war's!«, erinnerte sich Juge beim Klang der Worte. Langustier war käseweiß geworden.

»Wie sah er übrigens aus, dieser fremde Küchenchef?«
»Sooo klein mit Hut!«
Juge zeigte eine äußerst kurze Spanne zwischen Daumen und Zeigefinger.
»Aufgetakelt wie ein transmontaner Stutzer. Hatte einen Stock mit Rosenquarzknauf.«

X

In die Schlossküche zu gelangen war nicht schwer. Die Prozession des Abendessens ging gegen neun vom Schloss zurück durch die Straße der Hauptverwaltung ins riesige Gebäude der Schlossküche. Langustier verneigte sich und sagte: »Gesegnet sei die Mahlzeit des Königs!«, doch er erntete nur Gelächter.
»Das sind ja bloß die Essensreste!«, sagte einer der Küchenjungen. »Der König hat sich heute Mittag wegen irgendeiner Sauerei den Magen verdorben, aber die Gardisten waren so hungrig, dass sie uns fast die Teller von der Hand gefressen haben.«
»Wo finde ich den Chef de Cuisine?«, fragte er.
»Mouthier ist noch oben! Was wollen Sie von ihm?«
»Mich als Beikoch bewerben.«
»Das wollen viele. Aber Sie sehen endlich mal wie ein richtiger Koch aus.«
Langustier grinste. Das Kompliment dieser Rotznase gefiel ihm, und er fragte den Jungen nach seinem Namen.
»Pierre Lefaibre. Kommen Sie mit, er wird bei einem Gläschen Wein sitzen.«
Langustier dachte an all die Gläschen, die er nach dem Treffen mit Juge schon intus hatte. *O tempora, o mores!* Ging ja doch alles munter den Bach runter ...
Im weiten Saal der Küche hatte sich manches verändert. Vor allem die gemauerten Topfherde und die riesigen Blechtrichter

der Rauchabzüge fielen Langustier ins Auge, als er den Raum betrat, sie waren neu.

»Mit wem habe ich die Ehre?«

Albert Mouthier blickte auf Langustier herab, denn er war ein spindeldürrer, sehr hoch aufgeschossener Mann. Er trug ein rotes Hemd und eine graue, fast mannshohe Schürze, die über der Brust und um die Hüfte mit angenähten Bändern geschnürt war. An der Wand im Hintergrund sah Langustier das reich bestickte Paradegewand, das der Chef tragen musste, wenn er dem König an der Tafel aufwartete.

»Ich bin der, der die *Bombe de Sardanapale* erfand!«, sagte Langustier, ohne sich von solcher optischer Höhendifferenz einschüchtern zu lassen.

Der Hofküchenmeister des französischen Königs sah ihn erstaunt an.

»Sie wollen Honoré Langustier sein? Sie scherzen, mein Herr, denn das ist ja wohl schwerlich möglich! Der Mann, von dem heute ganz Versailles spricht und auch ganz Paris, würde ich sagen, sitzt doch inzwischen in der Bastille ...«

Er hatte die Arme angewinkelt und die Fäuste auf die Hüften gesetzt. Langustier antwortete:

»Sie werden verzeihen, wenn ich darauf beharre, ich selbst zu sein. Wer immer da in die Bastille gewandert ist – *ich* war es nicht. Durch einen glücklichen Zufall war ich gar nicht in der Galerie, als das Merkwürdige geschah. Wer immer dort stand und vom König mit meinem Namen angeredet wurde: Er war ein Scharlatan. Durch seine Mordtat hat er meinen Namen unmöglich gemacht. Wenn man also den falschen Langustier demnächst hinrichten sollte, so bin ich in den Augen der Allgemeinheit tot, ohne es doch in Wahrheit zu sein. Da ich nun nicht mehr nach Preußen zurückkehren will, habe ich Sie aufgesucht. Sie wissen um mein Renommee als Hofkoch des Königs in Preußen, denn Sie haben mit Erfolg bei Ihrem König eine meiner Erfindungen kopiert. Wen sollte ich also als Erstes um Arbeit fragen, wenn nicht Sie?«

Mouthier ließ guten Rotwein kommen und bat Langustier, sich zu setzen.

»Das haben Sie sich gut ausgedacht!«

»Not macht eben erfinderisch!«

»Warum aber wollen Sie weg aus Preußen? Ihr Ruf ist schon jetzt Legende. Ist denn der kleine blaue Mann in Schloss Sanssouci kein Feinschmecker nach Ihrem Sinn?«

»Doch, doch, durchaus! Er hat wohl seine eigenen Vorstellungen, die Gewürze betreffend, aber das ist es nicht, was mich abstößt. Es sind vielmehr die militärischen Sitten, die mir die ganze Sache zunehmend unausstehlich machen. Dieser Kasernen-Hof ist nichts für mich.«

Langustier kostete den Wein und spitzte die Lippen vor Freude: »Und die dortigen Weine ... Sauer wie Essig! Mein ... nun ja ... gewesener Arbeitgeber hat sich kleine Weinberge überall angelegt, doch das ist nicht viel mehr als Zierde. Das Wetter in Brandenburg ... Ach, schweigen wir davon, wenn wir hier sitzen, wo Gott wohnt. Ein stilles, besonntes Plätzchen am Hügel von Meudon, dazu einen Krug des dortigen Tropfens – dafür werfe ich sofort den verregneten und windigen, sandigen Preußen-Bettel hin!«

Darauf stießen sie an.

»Da ich als Knabe und Gehilfe meines Vaters – Gott habe ihn selig – einst schon einmal hier gearbeitet habe«, fuhr Langustier fort, »möchte ich meine Laufbahn auch hier beschließen. Dabei muss ich nicht mehr an vorderster Linie stehen. Ein unruhiger Platz am Herd ist mir tausendmal lieber als eine einschläfernde Habachtstellung hinter dem Platz eines Königs. Ich weiß, dass Sie meine Arbeit wertschätzen. Ihnen muss ich nicht erklären, wer ich bin und was ich kann.«

»Zeigen Sie mir nur einen einzigen glaubhaften Beweis dafür,

dass Sie mir die Wahrheit über sich sagen, und ich nehme Sie mit Kusshand als Beikoch! Was Sie kochen, kommt gleich der Madame de Pompadour und ihrem kleinen Hofstaat zugute ...«
Langustier brauchte nicht lange zu überlegen, wie dieser Beweis aussehen könnte. Seine Miene erhellte sich, und er sagte:
»Ich werde Ihnen die Bombe wiederholen, die Sie heute Mittag zubereitet haben.«
»Verfügen Sie über meine Truppe!«, sagte Mouthier generös.
»Nichts lieber als das«, entgegnete Langustier und bemerkte aus dem Augenwinkel eine weibliche Küchenhilfe, die ihm seltsam vertraut vorkam. Als er sie zum zweiten Mal ansah, schien sie seine Aufmerksamkeit zu bemerken und stahl sich aus dem Blickfeld.
Langustier nahm den Rotkohlkopf, den Mouthier ihm reichte, schnitt den Strunk heraus und wartete darauf, dass das Salzwasser in einem großen Topf kochte. Er verteilte die Aufgaben für die Herstellung der Fleischfarce: Zwiebeln und Speck und Knoblauch würfeln, Eiklar und Eigelb trennen, Eiklar steif schlagen, Eigelb dagegen schaumig. Während man seinen nun seinerseits recht militärischen Anweisungen folgte und auf das Kochen des Wassers wartete, fiel ihm eine Geschichte von früher ein, und er erzählte:
»Als ich noch als Küchenjunge bei Mâitre Noël in Fontainebleau war, hatte der *Roi Soleil* Kurprinz August von Polen zu Gast, es muss 1714 oder 1715 gewesen sein. Nicht dass ich damals die Bedeutung dieser Männer oder des Anlasses in irgendeiner Weise begriffen und gewürdigt hätte: Es waren einfach pompös aufgetakelte Stoffgebirge mit Allongeperücken und stelzenhohen Pumps. Ich erhaschte zwar ein paar Blicke auf die beiden, doch die meiste Zeit hockte ich in einer Küche, die nur unwesentlich größer war als der kleinste ihrer hiesigen Abtritte, und verrichtete niederste Hilfsdienste.«
Bei diesem letzten Vergleich prustete Pierre Lefaibre los, und auch die anderen Küchenjungen, die damit beschäftigt waren,

die Farce vorzubereiten, die in die Bombe käme, verloren ein wenig von ihrer Reserviertheit.

»Plötzlich stürmten Wachsoldaten mit finsteren Gesichtern herein und nahmen die Köche und auch uns Jungen fest. Das war fatal, denn in allen Herden loderte das Feuer, und es waren zehnmal mehr Töpfe und Pfannen im Spiel als hier bei uns. Schon konnte man riechen, daß der Bodensatz vom Frikassee schwarz zu werden begann! Was tun? Mâitre Noël fragte die Wachen, was um Himmels willen los sei, doch es kam keine Antwort. Er versuchte zu erläutern, daß man dringend umrühren müsse, sonst gehe das ganze Essen zum Teufel. Das hörend, kam der Chef der Wache in die Küche und befehligte kurzerhand weitere zehn Mann, die nun für uns umrührten und Dinge vom Feuer nahmen, bis geklärt wurde, was der Grund all dessen gewesen war.«

Langustier schmunzelte und versenkte den Kohlkopf im nunmehr endlich kochenden Wasser.

»Ist das derselbe Noël, der mit Ihnen in Potsdam war?«, fragte Mouthier.

»Nein, es war Emile Noël, der Vater von André Noël«, sagte Langustier und schreckte den Kohlkopf in kaltem Wasser ab, nachdem er gesehen hatte, dass die weichen äußeren Blätter abzufallen begannen. Er entfernte die dicken Rippen der Blätter und sammelte sie in einer Schale.

»Ich brauche Hackfleisch!«, sagte er, und bekam es prompt, verknetete es in einer großen Schüssel mit dem Eigelb, der Zwiebel, dem Knoblauch, rieb etwas Zitronenschale darüber und zog das steife Eiklar darunter.

»Die Schärfe ist es, die das Ganze zur echten preußischen Bombe macht! Soll ich?«

Mouthier nickte geistesabwesend. Er schien ganz woanders zu sein mit seinen Gedanken.

»Wenn Sie mich wirklich engagieren, so muss ich natürlich sämtliche Mengenangaben, an die ich mich erinnere, den Pfef-

fer, das Muskat, den Ingwer, den Chili und den Senf betreffend, halbieren.«
»Stimmt es, dass Voltaire einmal eine Leipziger Lerche wieder ausspuckte, weil sie ihm zu scharf gewürzt war?«
»Nicht nur einmal – er hat sie jedes Mal ausgespruckt. Er hat eigentlich immer nur so getan, als würde er essen. Das haben übrigens viele so gehalten ... Haben Sie Kapern?«
Lefaibre brachte ihm einen grauen Steinguttopf, aus dem er zwei Löffel heraushob und die Farce damit vervollständigte.
»Hat der König sich seinen Geschmackssinn nicht ruiniert durch die scharfen Zutaten?«
»Ich glaube nicht. Für ihn war das nur eine Nuance. Aber den Geschmack seiner Gäste – den hat er ruiniert!«
Mouthier lachte.
Langustier legte die vier Tücher in vier Siebe, kleidete die Hohlformen mit dicken Schichten weicher Kohlblätter aus und kellte einen dicken Schlag Farce hinein. Mit Kohlblättern abgedeckt und das Tuch oben zusammengezurrt, zur prallen Kugel gebunden – schon waren sie vorbereitet.
»Kommen wir zum Sud: Beim Ingwer etwa kann ich noch einen drauflegen, ebenso beim Muskat. Gebe ich also einen gehäuften Teelöffel ... Tüchtig Safran. Zwei Zitronen ausdrücken!«
Lefaibre tat es. Langustier schüttete alles in das noch immer köchelnde Wasser vom Blanchieren, ebenso die gehackten Blattrippen. Er schmeckte den Sud mit Salz und Pfeffer ab, teilte die Farce zweimal und ging daran, die Bomben zu formen.
»Tücher!«, verlangte er, und schon lagen sie da.
Das war eine gut eingespielte Truppe, musste er zugeben. Da ging es flotter zu als in Potsdam.
»Wie viele Köche haben Sie beim normalen Tagesgeschäft?«, fragte er.
»Dreißig.«

»Und vierzig Küchenjungen!«, schoss die Rotznase nach, obwohl sie gar nicht gefragt war. »Jetzt aber mal weiter mit der Fontainebleau-Geschichte: Was war denn der Grund?«
Langustier lächelte:
»Es war eine Galantine mit einer Blutwurst in der Mittelachse. Noël hatte die eingebaute Wurst zuvor auf eine lange Bratennadel gespießt und im Feuer vorgebraten. In seiner Aufregung ob des Ereignisses hatte er nun die Wurst wohl eingebettet, aber vergessen, die Bratennadel wieder herauszuziehen. Am Tisch wollte der Sonnenkönig seinem Gast auftun, kam dabei aber mit dem Messer auf die Nadel. Aus einem glatten, sauberen Schnitt wurde ein unmögliches Hin- und Hergeschabe von Metall auf Metall, bei dem zur großen Bestürzung aller Anwesenden das ganze Gericht verdorben ward. Als ein Lakai die Nadel fand, vermutete der Pole einen Anschlag auf den König. Eine absurde Vorstellung: Glaubte er denn, der König sei ein solcher Vielfraß, dass er eine ganze Galantine der Länge nach verschluckte?«
Man lachte. Der Erzähler zog die Folterschraube noch etwas an, indem er nun zuerst äußerst geschäftig die Saucenvorbereitungen selbst traf: Er entfernte die weiße Haut von einer geschälten Zitrone und trennte sorgfältig die Filets heraus, bereitete in einem Topf auf einer der Öffnungen eines rasch befeuerten Castrolherds eine dicke Mehlschwitze, siebte etwas vom Sud dazu. Auch das Umrühren vergaß er nicht und schlug am Ende mit dem Holzlöffel gegen den Topfrand, als läutete er das Ende der Erzählung ein:
»Es wurde dennoch gehandelt, weil man dem Gast zu zeigen wünschte, wie sehr man seine Fürsicht schätzte und ernst nahm. Es hätte nicht viel gefehlt und einer der letzten großen Empfänge des vierzehnten Louis wäre zu einem Debakel geworden. Indes: Noël stand in einem viel zu guten Ruf. Der König unterstellte ihm keine ernstlichen Absichten. Er wurde zur Tafel gerufen und musste öffentlich Abbitte leisten. Ein Geringerer

wäre daran zerbrochen, Noël aber ließ sich die Bratennadel vergolden und trug sie seither als ein Schmuckstück eingestochen an seinem Rock, um sich daran zu erinnern, niemals wieder etwas unabsichtlich in eine Pastete einzubacken!«

Die Geschichte fand großen Zuspruch – weniger wegen des nachlässigen Küchenchefs Noël als wegen des herrlichen Bildes der gefangenen Köche und der Wachsoldaten mit den Löffeln statt der Pike. Mouthier wischte sich den Schweiß von der Stirn. Bei dem Gedanken an solche Katastrophen wurde ihm regelmäßig schwarz vor Augen. Selbiges geschah nun Langustier, denn er vernahm das typische Prasseln eines gefährlich flutarmen Saucentopfes: Flugs löschte er mit der nächstbesten Flasche ab, die er greifen konnte!

»Essig! Umso besser – verdünnen wir noch mit einem Klecks Butter und nehmen noch etwas Weißwein!«

Er klatschte in die Hände, und schon reichte Lefaibre das Gewünschte. Langustier nahm den Topf vom Herd, verrührte zwei Eigelb in einer Tasse, löffelte etwas Fast-Sauce dazu und gab den Tasseninhalt in die Beinahe-Sauce. Die Zitronenfilets folgten, des Weiteren Salz, Zucker und gemahlene Muskatblüte. Hier besann er sich kurz und legte noch einmal das volle Programm vor: Muskatnuss, Pfeffer, Ingwerpulver, Paprika, Chili.

»Et voilà! Bon appétit!«

XI

»Sie sind engagiert!«, ächzte Mouthier, nachdem er seine Portion der *Bombe de Sardanapale* verzehrt und sich den brennenden Schlund mit etwas Apfelkuchen und Rotwein betäubt hatte. »Inoffiziell, versteht sich – die Bürokratie von Versailles wird Sie noch Wochen und Monate lang auf Trab halten. Scharf ist kein Ausdruck!«

»Die Bürokratie?«, fragte Langustier.
»Nein – ihr Satansbraten. Bei meiner Version heute Mittag haben zwei wichtige Zutaten gefehlt. Mein Rezept hat nichts von der Zitrone gesagt. Auch die Kapern waren mir neu.«
Langustier merkte auf.
»In den zusammengesudelten Kochbüchern wird meistens die Hälfte vergessen.«
»Das Rezept kam mit einem Billett der Madame de Pompadour herüber. Ich kann mir aber nicht vorstellen, dass die Madame jemals einen Blick in ein Kochbuch geworfen hat.«
Er lachte.
»Bitte zeigen Sie mal!« bat Langustier. »Ich würde gern die Handschrift dieser Dame sehen.«
Mouthier willfahrte ihm umstandslos. Das Glas Rotwein in die Linke nehmend, fingerte er einen fleckig gewordenen, flüchtig aufgerissenen Bogen aus der Schürzentasche und gab ihn her, als wäre es ein Fetzen aus irgendeiner Boulevardgazette.
Elegantes Siegel, dachte Langustier, als er die kleine Ellipse sah, in der – vor einem bekrönten Wandbehang – ein inneres, ebenfalls elliptisches Schild mit drei zinnenbewehrten Burgtürmen prangte. Die Handschrift schien ihm wohlerzogen – die gut gemalte Kinderschrift einer eitlen Prinzessin. Der Inhalt stach einigermaßen davon ab:

Heute, aus Anlass einer gewissen *Anwesenheit* beim Eiertag: »Sardanapals Bombe« – Rezept anbei. Machen Sie etwas aus diesem deutschen Scheusalsgemüse (= Blähkohl). In Preußen wird nur laut ge*****t (mit 3 u!). M. de Pomp.

Langustier lachte.
Er wollte eben das Billett wieder zusammenfalten und retournieren, als ihm einfiel, auch einen Blick auf das eingelegte Bombenrezept zu werfen. Die Abschrift war von einer Person na-

mens *Q* angefertigt worden – das ließ sich bei vergleichender Betrachtung der Handschrift auf Vorder- und Rückseite sagen. Hintendrauf stand:

> Für LXV besorgen: Tannenschnaps. Spargelpillen. Selleriedrops. Q

»Wer oder was ist *Q?*«

»Quesnay«, sagte Mouthier, als ihm Langustier das Blättchen zurückgab, allerdings ohne das Billett. »Leibarzt und leibeigener Intimus der Madame de Pompadour.«

»Sind sie so miteinander?«, fragte Langustier, indem er die Handflächen betend aufeinander ruhen ließ.

Mouthier schüttelte vehement den Kopf.

»Der Herr ist nur nach zwei Damen verrückt – nach der Medizin und der Ökonomie! Ich glaube, alles andere bewegt nichts mehr an ihm. Die Art, wie er heute den toten Beaufrange vor aller Augen untersuchte, sprach Bände. Ich war, nichts Schlimmes ahnend, aus der Küche in die Galerie gekommen, um Seine Majestät zu fragen, ob alles zur Zufriedenheit sei. Man stelle sich vor: Er hatte einen toten Herrn von Stand vor sich – einen Kollegen, wenn man so will –, aber er zuckte mit keiner Wimper und war so fasziniert, als läge ein tierisches Studienobjekt auf seinem Arbeitstisch.«

»Kollege?«, fragte Langustier.

»Ebenfalls ein Protegé der Madame de Pompadour!«, umschrieb Mouthier seinen Ausdruck: »Um diesen Beaufrange tut es mir wirklich leid. Was immer der Grund für diesen schrecklichen Mord war – der Junge hatte Talent!«

Eine weitere Karaffe des guten Meudon wurde von Lefaibre herangebracht.

»Was war das für ein Talent?«, fragte Langustier, scheinbar vom schweren Strom des Weines fortgetragen, in Wahrheit aber hellwach.

»Er schrieb einen herrlichen *Catilina* – einen besseren als der holzige Baron Craisbillet, mit dem er sich öffentlich maß, viel besser! War nicht verwunderlich, dass man den verrückten alten Spinner heute mitgenommen hat – wünschte er Beaufrange doch ganz unverhohlen den Tod. Jugend in der Literatur und Philosophie ist ihm überhaupt verhasst, denn er vertritt die These, dass erst mit fünfzig Jahren die Reife für geistige Hervorbringungen heranrückt.«

»Der alte ... etwa die Vogelscheuche, die mit dem ... mutmaßlichen Mörder zusammen abgeführt wurde?«

»Genau die!«

»Merkwürdig. Ich sah diesen Mann wenige Minuten nach dem Mord bei der Orangerie herauskommen. Er lief wie ein Junger!«

»Da müssen Sie einer Täuschung anheimgefallen sein! Der alte Baron läuft nicht mehr, er schleicht.«

Während Langustier noch über dieses Craisbillet-Paradoxon nachgrübelte, kehrte Mouthier zum Lobpreis des Hingemeuchelten zurück:

»Und Beaufange hat einen Artikel über die Küche für Diderots *Enzyklopädie* verfasst, in dem er ...«

Mouthier stutzte.

»... die französische Küche durchaus zur besten der Welt erklärte. Für die *Enzyklopädie* gar nicht so selbstverständlich, wenn Sie etwa Coulombs Artikel über die Mode in Frankreich betrachten, die man ja eigentlich auch zur besten der Welt erklären muss! Überhaupt ist dieses ach so hervorragende Lexikon im Großen und Ganzen bloß ein hingeschludertes Sammelsurium von überkandideltem Blödsinn. Das einzig Schöne und Wahre daran sind die Stiche.«

Langustier nahm sich vor, den Artikel über die Küche baldmöglichst zu lesen. Wichtiger jedoch war ein Besuch bei Quesnay.

»Diesen Q würde ich gerne einmal kennenlernen.«

»Wollen Sie mitkommen, wenn ich ihm und der Madame ihr Essen bringe?«, flüsterte der kleine Lefaibre, der herangetreten war und aus dem Glas in Langustiers Hand noch einmal die Luft ließ. Als Langustier hinter Lefaibre über verschlungene Gänge und Treppen ins Mezzanin des Schlosses Versailles vordrang, war alles ausgestorben, während dort sonst – wie Lefaibre es formulierte – bis weit nach Mitternacht die Perücken tanzten.

»Die haben es mit der Angst bekommen! Wegen dieses Mordes ... Wenn es nun aber nicht der komische falsche Küchenmeister war – wer war es dann?«, fragte Lefaibre. »Vielleicht einer, der den Posten des Küchenschreibers selbst haben wollte?«

»Dann wäre es wohl reichlich dumm, den Mord direkt vor dem König auszuführen, findest du nicht auch?«, sagte Langustier lächelnd.

Sie waren vor der Tür zu François Quesnays Studier- und Wohnzimmer angekommen. Drinnen wurde laut geschimpft: »Schmarotzer sind sie! Allesamt – was bringen sie dem Kreislauf für einen Zugewinn? Überhaupt keinen! Maden!« Langustier schaute Lefaibre fragend an. »Parasiten und Blutsauger!«

»Das macht er immer. Er schimpft nächtelang mit eingebildeten Gegenübern. Ich glaube, er hat wenig Freunde«, sagte Lefaibre.

Langustier flüsterte dem Jungen zu:

»Wundern Sie sich nicht, mein Freund, wenn ich meinen Namen gleich etwas verändern werde. Ich will nicht immer auf meine vormalige Stelle festgelegt werden.«

Lefaibre konnte das gut verstehen. Auch er hatte Schlimmes hinter sich, das er nicht stets aufs Neue aufgekocht wissen wollte.

Lefaibre pochte, und es wurde still. Dann, nach einigen Sekunden, kam leise die Aufforderung:

»Hereinspaziert!«

Der Leibarzt Madame de Pompadours – und Anrechtsinhaber auf den Posten des königlichen Leibarztes – war ein poliert kahlköpfiger, mehr schmächtiger als stattlicher Mann Anfang sechzig. Sein Diener, der den Kopfputz offensichtlich gerade gereinigt hatte, war nicht gleich zur Stelle, um die Hauptblöße des Herrn notdürftig zu kaschieren, sodass er nun, wiewohl gänzlich schuldlos an der Situation, eine saftige Ohrfeige erhielt: Die vollendete Bewegung, mit der Abstrafung und der Griff nach der Kopfbedeckung in eins liefen, rang Langustier Bewunderung ab. Das Wort, das ihnen Quesnay jedoch zur Begrüßung hinschleuderte – auch wenn es nur die papageienhafte Wiederholung des zuletzt Gesagten darstellte –, war nicht geeignet, diese Hochachtung aufrechtzuerhalten.

»Parasiten und Blutsauger!«

»Ergebenster Diener – Honorius von Toepffer!«, sagte Langustier ungerührt.

»Wer sind Sie?«, kam die erboste Nachfrage, und es bedurfte eines Momentes, bis Langustier begriff, dass Namen hier nichts, Ämter dagegen alles bedeuteten.

»Oh, designierter königlicher Beikoch! Der königliche Küchenchef geruhte, mich mit der Bereitung Ihres Nachtmahls zu betrauen.«

Quesnay erblickte das längst erkaltete Stück der *Bombe de Sardanapale* und rümpfte die Nase.

»Schon wieder diese Abscheulichkeit aus Preußen! Sind das die Reste von heute Mittag?«

»Nein, es sind frisch erkaltete Reste«, erwiderte Langustier.

»Kalt wie eine Leiche«, diagnostizierte Quesnay, nachdem er den Finger in die Sauce getunkt hatte. »Ich glaube, ich betrinke ich mich heute bloß.«

»Ob indes Madame ...«, begann Langustier und deutete auf das Stück *Bombe.*

»Wohl kaum«, sagte Quesnay und erhob sich von seinem Lehnsessel.

Indem er den breiten goldenen Gürtel seines marderpelzgefütterten blauen Kaftans aus Lyoner Seide enger zog, schritt er scheinbar tief in Gedanken vor eines der wandhohen Bücherregale. Verstreut lag Zusammengeknülltes und Herausgerissenes am Boden. Die bislang erschienenen Bände der *Enzyklopädie* stapelten sich aufgeschlagen übereinander auf dem Mahagonitisch in der Mitte der Kammer – neben allerlei Manuskripten und einem teuren Teeservice aus chinesischem Porzellan. In einer der Teetassen steckte eine Schreibfeder.

Ohne groß nachzudenken, sagte Langustier, als er William Harveys *Exercitatio Anatomica De Motu Cordis et Sanguinis In Animalibus* in Fitzers Druck von 1628 obenauf liegen sah und sich daran erinnerte, dass Harvey als Erster den Blutkreislauf korrekt beschrieben hatte:

»Ich verstehe! Sie wollen das Bild des im Leib zirkulierenden Lebenssaftes auf die Vorgänge im ökonomischen Organismus übertragen! Daher die *Blutsauger!*«

Quesnays zuvor starres Gesicht wurde plötzlich lebendig, und er fragte:

»Und wer *sind* dann die widerlichen Blutsauger, die ökonomischen Vampire, die schrecklichen Ziegenmelker der Volkswirtschaft?«

Langustier musste nicht lange überlegen:

»Die bloßen Besitzer des Landes, die selbst nichts bewirtschaften, sondern nur abschöpfen, die Händler und Gewerbetreibenden, die nichts produzieren ... und natürlich Adel und Klerus, die nur einheimsen, was Handwerker und herstellendes Gewerbe produzieren – tote Adern für das Blut der Wirtschaft: das Geld!«

Der kleine Lefaibre war vor Staunen sprachlos und stand mit offenem Mund da, während Quesnay in fieberhafter Eile in ein kleines, in Safranleder gebundenes Notizbuch hineinkritzelte.

»Was sagen Sie? Erscheint Ihnen plausibel, was Sie da sagen?«, fragte er Langustier.

»Durchaus! Der Hochadel, welcher behauptet, von den germanischen Eroberern abzustammen, macht nur ein halbes Prozent

der Bevölkerung aus. Dennoch bezieht er fast neunundneunzig Prozent des Nettoeinkommens und gibt es für sinnlosen Tand aus, den er in Kästen wie diesem hier hortet. Der niedere Adel wurde durch Versailles in die Armut gezwungen. Der König ist somit der größte aller Ziegenmelker ...«
Quesnay hielt sich erschrocken die Hand vor den Mund, lachte dann aber und meinte:
»Das darf man nur denken, nicht aber sagen und schon gar nicht schreiben! Man müsste denn für König und Ziegenmelker andere Wörter finden, wenn man nicht in der Bastille landen wollte! Sie könnten allenfalls sagen: Der Ziegenmelker ist der König unter den Nachtschwalben ... Aber, im Vertrauen, mein Herr: Ich habe recht mit dieser meiner Theorie. Ist sie nicht brillant? Der Blutkreislauf des Geldes im Körper der Ökonomie!«
Langustier dachte kurz daran, selbst ein Buch dieses Inhalts zu verfassen, denn schließlich war er ja ganz allein darauf gekommen. Dann aber entsann er sich, dass es Wichtigeres zu erforschen gab, und fragte:
»Haben Sie nicht auch eine Kritik des Aderlasses geliefert, die den bisherigen Ansichten widerspricht?«
»In der Tat, Sie erstaunen mich mit Ihrem Wissen, Monsieur ... Wie war noch gleich der Name?«
»Von Toepffer. Honorius von Toepffer.«
»Sie gehören nicht an den Herd, sondern in die Ökonomie.«
Langustier wehrte lachend ab:
»Als Koch bin ich ja Ökonom. Und der schlechteste nicht, denn ich muss auch den Organismus der Küche am Leben erhalten. Mein Metier ist mit dem Bild eines Leibes, der vom Kreisen und Fließen der Säfte lebt, ebenfalls zu beschreiben. Jede Gastwirtschaft ist ja, wenn man so will, eine Volkswirtschaft im Kleinen. Das wäre eine weitere Notiz wert für *Ihre* Theorie!«
Ohne sich dessen zu schämen, schrieb Quesnay auch dies in *sein* Notizbuch.

»Nun, die Gedanken sind frei – nur wer sie aufschreibt und verwendet, hat sie eigentlich gefangen.«
»Ist nicht der Stich in eine Vene wie ein Angriff auf den Organismus? Ist es nicht ebendieser Stich, der eine Wirtschaft tötet oder lähmt?«, extemporierte Langustier weiter. »War es nicht auch so bei dem Unglücklichen heute Mittag, der rechts von seinem Mörder stand?«
»Nein, er stand links«, kam es von Quesnay wie aus der Pistole geschossen, »und er erhielt einen Stich durch das Rückenmark in die linksseitige thorakale Aorta.«
»Und in welcher Hand hielt der Verrückte das Messer?«
»In der Rechten ...«, sagte Quesnay, dem in diesem Moment auch etwas auffiel.
»Seltsam, nicht wahr?«, sagte Langustier. »Mir scheint, dass er somit kaum in der Lage gewesen wäre, dem links von ihm stehenden Mann einen solchen Stich zu verpassen, wie Sie ihn beschrieben.«
Quesnay war nicht entgangen, dass das Gespräch eine gänzlich unbeabsichtigte Wendung genommen hatte, doch noch ehe er sich darüber mokieren und dagegen verwehren konnte, öffnete sich die Tür zu seiner Kammer und eine Dame trat ein, die Langustier erkannte, obwohl er sie nie zuvor gesehen hatte. Der kleine Lefaibre floss förmlich in den Boden bei seiner Verbeugung.
»Das ist ein Küchenmeister, der sich auf dem Parkett der Ökonomie recht gut bewegt«, flötete Quesnay. »Er heißt ...«
»Honorius von Toepffer«, ergänzte Langustier, da Quesnay es offenbar nicht verstand, sich fremde Namen zu merken.
Madame de Pompadour neigte den Kopf um kaum einen Millimeter und besah sich Langustier einige Sekunden lang mit dem Interesse eines Naturforschers an einer unbekannten Schildkrötenart. Alsdann sagte sie mit einer vor Impertinenz und Arroganz triefenden Stimme:

»Würden Sie die Güte haben, mein Herr, mich in meine Gemächer zu begleiten und mir einige einfache Fragen zu beantworten?«

»Mit dem größten Vergnügen, Madame. Ich werde jedenfalls gern mein Bestes tun!«, sagte Langustier.

Er wies auf die *Bombe*, gestisch fragend, ob sie vielleicht Appetit darauf habe, doch sie schüttelte angewidert den Kopf und trug dem jungen Lefaibre auf:

»Bring diesen Ausbund an Kohlköpfigkeit zu meiner Kammerfrau. Madame du Hausset isst alles.«

XII

»Was haben Sie denn gegen meine *Bombe*, Madame?«, fragte Langustier, während er hinter ihr die Treppen hinunterstieg.

»*Ihre* Bombe?«, fragte Madame de Pompadour spöttisch über die seidene Schulter zurück und fixierte ihn. »Doch wohl nur Ihre Interpretation der *Bombe de Sardanapale*, nicht wahr? Ich habe nichts gegen *Ihre* Bombe, sondern gegen die *Bombe* an sich, ist sie doch offenkundig das Zeugnis eines verirrten Geistes! Sie weist mich einmal mehr darauf hin, was für ein gottserbärmliches Land dieses Preußen doch ist! Kohl! Ein König, der sich Kohl und Würstchen servieren lässt und darauf noch ein Gedicht macht!«

Langustier war drauf und dran einzuwenden, dass das Gedicht nicht von der *Bombe* allein, sondern auch von ihm, dem Koch und Bombenschöpfer, handele und dass schließlich auch der örtliche König sich daran erfreute ... Doch er konnte sich noch eben rechtzeitig bezwingen.

»Im Übrigen, mein Herr ... Wie war doch gleich Ihr Name?«

»Von Toepffer, Honorius von Toepffer.«

»Im Übrigen, mein Herr von Toepffer, bin *ich* es, die hier die

Fragen stellt! Mâitre Mouthier hat eigentlich kein Recht, jemanden einzustellen, ohne mich zuvor zu fragen. Wer sind Sie?«

»Ein Koch mit Leib und Seele«, sagte Langustier.

Im Hauptzimmer ihrer großen Wohnung angekommen, betrachtete sie amüsiert seine idealtypische Kochform und sagte:

»Mit Leib, das sehe ich. Das ist gewissermaßen ...«

Sie maß den Umfang förmlich mit den Ellen der Augen.

»... unübersehbar. Die menschliche Seele hingegen wird erst nach einer gewissen Dauer der Beobachtung sichtbar. Wo waren Sie vorher im Dienst?«

Die schöne Zimmerorgel betrachtend und auch einen raschen Seitenblick ins angrenzende Schreibkabinett werfend, sagte er:

»Ich war mein eigener Herr, in meiner Gastwirtschaft in Straßburg.«

»Dann begreife ich nicht, warum Sie jetzt hier sind. Ist es nicht stets besser, sein eigener Herr zu sein?«

»Das ist eine lange Geschichte«, erwiderte er, um Zeit zu gewinnen.

»Mir genügt die Quintessenz.«

»Kurz und gut: Als meine geliebte Frau starb, wollte ich nicht weiter allein dort leben, wo wir gemeinsam so glücklich waren. Ich verkaufte meinen Gasthof und lebte einige Jahre wie ein Vagabund. Als ich aber nach Paris kam und so viel Gutes von den Kochkünsten des Mâitre Mouthier hörte, packte mich wieder die Kochwut, und ich beschloss, den Versuch zu wagen und mich Mouthier als Helfer anzudienen. Auch in meinem Alter ist man noch lernbegierig, wenn man seinen Beruf liebt. Hier merkte ich, dass ich wieder arbeiten will, allerdings unter dem Besten von allen, unter Mouthier.«

»Unter Versailles tun Sie es also nicht«, sagte Madame de Pompadour und lächelte spöttisch.

»So können Sie es auch sagen«, sagte Langustier.

Er nickte ernst und fand sein erfundenes Leben unter Aussparung des Königs in Preußen ganz glaubhaft.

»Dass Sie hier für den französischen König kochen werden, hat keine Rolle gespielt bei Ihren eigenwilligen Überlegungen?«

»Ehrlich gesagt – nein«, bekannte er verdutzt.

Sie lachte.

»Diese Ehrlichkeit gefällt mir. Haben Sie heute Mittag bereits an dieser *Bombe* mitgewirkt?«

Langustier nickte und freute sich, dass sie ihn offenbar nicht im Geringsten verdächtig fand. Was immer ihn in den Augen der Dame zum einfältigen Koch stempelte, war gut.

»Nun, so kann ich Ihnen sagen, dass Seine Majestät von dieser *Bombe de Sardanapale* begeisterter sprachen als von allem anderen, das ihm an diesem Tag begegnete.«

»Wie hätte ihn wohl auch der Tod des Chevalier de Beaufrange begeistern sollen?«, sagte Langustier frech.

Diese Bemerkung überging sie.

»Ich teile diese Emphase durchaus nicht – dieses verhasste Preußen hat sich heute von seiner wahren Seite gezeigt: seiner blutigen ...«

»Glauben Sie wirklich, Madame, dass der preußische Hofküchenmeister der Mörder ist?«, fragte Langustier.

»Was sollte ich anderes glauben?«

»Dass man ihn hereinlegen wollte.«

»Wie meinen Sie das?«

»Der Mörder ließ das Messer liegen, und er konnte gar nicht anders, als es aufzuheben, als er es fand.«

»Hebt man so etwas auf, wenn man es findet?«

»Er tat es wohl.«

»Wie können Sie da so sicher sein?«

»Kein Koch lässt ein Messer am Boden liegen, wenn er eines findet.«

Sie lächelte.

»Ein Koch weiß auf alles eine Antwort?«
»Wenn es um Bluttaten geht, ja.«
»Wer, wenn nicht der preußische Hofkoch, hätte einen Grund gehabt, Beaufrange umzubringen?«, fragte sie.
»Der Preuße? Warum hätte gerade *der* denn ...?«
Sie schaute ihn erst entgeistert, dann mitleidig an.
»Haben Sie denn noch nicht von der *Enzyklopädie* gehört?«
»Madame meinen die fetten Bücher, die Monsieur Diderot herausgibt?«
»Genau die!«
Er zückte sein Schweißtuch und wischte sich den Schweiß aus der Stirn, denn sich den Schweiß von der Stirn zu wischen war die allerdümmlichste Geste, die sich denken ließ. So würde sie auch nicht ein Fünkchen Geist zu viel in ihm vermuten, falls das Quesnay'sche Lob in dieser Richtung falsche Maßstäbe gesetzt haben sollte ... Sie schwankte. Im Grunde war es ihr einerlei, was dieser ungehobelte Klotz nun wusste oder begriff. Mehr für sich selbst als für ihn führte sie aus:
»Beaufrange hat den Artikel über die Küche der Nationen verfasst, in dem er die Kochkunst der Preußen übel abwertete.«
»Sie meinen ...«
»Genau das!«
Langustier seufzte. Der preußische Hofküchenmeister sollte einen Kritiker um die Ecke gebracht haben? Glaubte man hier wirklich, dass ein Mord aus so niederen Beweggründen statthaben könnte? *Er* war ja selbst der preußische Hofküchenmeister. Hätte er sich über einen Artikel in der *Enzyklopädie* dermaßen aufgeregt? Und wenn ja – hätte er gleich zum Messer gegriffen?
»Madame mögen die Neugier eines einfachen Koches verzeihen, aber ... haben Sie den fraglichen Band mit dem fragwürdigen Essay vielleicht zufällig zur Hand? Ich würde das Elaborat gerne einmal überfliegen!«

Sie musterte ihn eingehend, als könnte sie damit feststellen, ob sie es mit einem Hochstapler oder einem in der Tat Lesefähigen zu tun hätte.

»Kommen Sie mit!«, sagte sie und ging in ihr Studierzimmer voraus.

Sie steuerte zielsicher auf eine Reihe großer Folianten zu.

»Oh, der Band ist nicht an seinem Platz. Dann kann er entweder hier liegen ...«

Sie trat an den mit Manuskripten und Büchern übersäten Schreibtisch, schüttelte jedoch nach einigen Sekunden vergeblichen Darüberschauens den Kopf und eilte an einen Sekretär in der anderen Ecke.

»... oder hier.«

Langustier hatte mit einem raschen Blick erfasst, was vor ihm auf dem Schreibtisch lag: ein Stapel Briefpapier mit den Initialen der Madame. Er faltete einen Bogen davon mit der geübten Behändigkeit des Koches und ließ ihn in seiner Jackentasche verschwinden, wo bereits das Billett mit Siegel ruhte, das er dem guten Mouthier absichtlich vergessen hatte zurückzugeben.

»Da ist er. Lesen Sie selbst.«

Sie legte das schwere Buch vor ihn auf den Tisch, und er las. Der Artikel war sehr lang, viel zu lang für eine eingehende Lektüre, und selbst ein Überfliegen hätte einiges an Zeit gebraucht. Madame de Pompadour half ihm, indem sie ihren Finger auf eine Stelle legte. Seine Augen weiteten sich erbost, dann schüttelte er den Kopf.

»Pah, was für ein Unsinn – der Autor war nie in Preußen. Ich kenne das Land von einer Reise vor ein paar Jahren recht gut. So schlecht, wie er schreibt, ist die Küche gar nicht. Schon gar nicht am Hof. Von wegen Biersuppe, Kohl und kalte Graupenklöße ... Ich denke, wenn ich der preußische Hofküchenmeister wäre, würde ich einen solch mürben Ritter der Feder zuerst auffordern, mir Satisfaktion zu gewähren, bevor ich ihm den Hals

abschnitte oder ein Messer zwischen die Rippen rammte«, sagte er.
»Ich verabscheue Ihr Handwerk. Es führt zur Verrohung«, sagte sie angewidert, doch zugleich war etwas an diesem Mann, das sie anregte – eine Art von Lebenskraft, die einem in Versailles selten begegnete.
»Sie müssten meine Desserts kosten, Madame, dann würden Sie milder gestimmt«, sagte er und versuchte sich auszumalen, wie ihre Brüste unter dem Seidenpanzer wohl aussähen. »Ich werde etwas erfinden, das dem König und Ihnen sehr munden dürfte!«
Er stellte sich einen Vanillepudding in Tassenkuppelform vor, mit einem Gipfelkreis aus Kakao und einer Kaffeebohne als Bekrönung.
»Das Erfinden dürfte wohl mehr dem Mâitre zukommen als Ihnen.«
Damit hatte sie sicher recht, was seine hypothetische Rolle in Versailles anging. Aber es so deutlich zu hören schmerzte ihn trotzdem.
Sie fügte hinzu:
»Wenn Sie glauben, mich mit einer einfachen Süßigkeit milde zu stimmen, dann täuschen Sie sich. Ich bin eine gestrenge Kritikerin.«
»Legen Sie nur die strengsten Maßstäbe an, Madame«, sagte er und verbeugte sich.
»Ich werde Sie im Auge behalten, mein Herr! Jetzt aber muss ich Sie bitten, mich zu entschuldigen.«
Kurz darauf stand er im verwaisten Waffensaal neben Lefaibre, der dort auf ihn gewartet hatte.
»Die du Hausset hat die Bombe verschlungen wie nichts«, sagte er und fragte: »Und wie war es bei Madame de Pompadour?«
Langustier deutete die Form weiblicher Brüste an und lächelte beredt, innerlich die Tassengröße und -form erwägend, die er für seine Erfindung wohl wählen müsste. In diesem Moment

bemerkten beide am Seidenrauschen eine Dame, die sich näherte. Es war die schöne Unbekannte, die sich mittags bei der Orangerie unsichtbar gemacht hatte.
»Wie ist das werte Befinden, Madame?«, fragte er verblüfft. Doch sie senkte den Blick und übersah ihn. Ohne Klopfen trat sie da ein, wo er gerade herausgekommen war.
»Wer war das?«, fragte Langustier seinen jugendlichen Begleiter, als sie den Waffensaal verließen.
»Adeleide de Scudery. Freundin der Madame de Pompadour«, antwortete Lefaibre und fügte, nach einer kleinen Pause, ergänzend hinzu: »Und Freundin vom Comte de Vavigny. Ihr Ehemann starb eines qualvollen Todes. Alle nehmen an, durch Gift, doch das ist freilich nur ein Gerücht ...«
Dann wird mir einiges klar!, dachte Langustier. *Sie sollte mich ablenken – sie wollten nicht, dass ich, der echte Hofküchenmeister, drinnen ihre kindische Szene störe. Mein Gott – und ich hätte gestört!*

»Meine Teuerste! Erzählen Sie, meine Liebe!«, forderte Madame de Pompadour voller Neugier.
Madame de Scudery legte den Finger auf den Mund und wies auf die Tür, durch die sie gekommen. Die beiden gingen ins Studierzimmer.
»Ich habe den Herrn erst abgelenkt, dann beschattet, wie Sie es mir auftrugen«, sagte sie. »Dazu musste ich die halbe Hölle durchqueren. Ich trug die Kleidung meiner Zofe, eine gewöhnliche Bürgerinnentracht und zuletzt gar die Kleidung einer Küchenmagd.«
Madame de Pompadour beschattete ihr Gesicht mit dem Fächer, so grell war ihr diese Vorstellung.
»Erzählen Sie, wie ist er? Wie sieht er aus?«
»Sie kennen ihn ja bereits.«
»Wie? Nein, nein!«

»Aber natürlich kennen Sie ihn, Madame. Er kam doch eben aus Ihrem Appartement.«
Madame de Pompadour lachte laut auf. Dann schwieg sie eine volle Minute, was bei ihrem Temperament fast einer Katatonie gleichkam.
»Sehr interessant!«, sagte sie endlich. »Ich ahnte es nicht einen Moment! Er hat sich also bei Mouthier eingeschlichen, um an mich heranzukommen. Dieser Mann ist äußerst gerissen.«
»Ganz recht – er hat mit offenen Karten gespielt und seinen wahren Namen verwendet, als er bei Mouthier vorsprach«, rapportierte Madame de Scudery. »Bei der einzigen Schwachstelle, die er hat – seiner Vorliebe für unser ach so schwaches Geschlecht« – sie lachten beide herzlich –, »ist er jetzt auch nicht mehr zu treffen. Er hat mich zu Ihnen hineingehen sehen.«
Ohne das erleichterte Gesicht der Freundin weiter zu beachten, die sich freute, dieser Bürde enthoben zu sein, vertiefte Madame de Pompadour sich wieder in den Fall dieses schauspielernden preußischen Hofküchenmeisters.
»Welch eine Kühnheit!«
»Er fand heraus, dass Sie es waren, die jene preußische Bombe auf den Speiseplan setzte«, sagte Adeleide de Scudery.
»Also riecht er, fürchte ich, den anbrennenden Braten unserer kleinen Intrige«, spann Madame de Pompadour den Faden weiter. »Er wird als Nächstes versuchen, zu seinem Herrn zu kommen. Das wird ihm schwerlich gelingen! In die Bastille kommt man nicht so schnell. D'Abadie hat durch mich strikte Anweisung von Berryer, keinen Besucher zum *Grafen* zu lassen ohne meine ausdrückliche Genehmigung. Aber wir sollten dennoch nicht säumen, denn bei diesem Menschen weiß man nicht, ob er nicht doch Ränke schmiedet.«
Sie hatte sich den *Grafen* genüsslich auf der Zunge zergehen lassen. Nach einem Moment des Nachdenkens fügte sie hinzu: »Madame de Scudery – morgen fahren wir nach Paris!«

XIII

Kurz nach Sonnenaufgang saß Langustier in der allerersten Postkutsche, die von Versailles gen Paris abging. Während er mit seinem Vesperbrot eine Ente fütterte, die ein Bauer neben ihm in einem Gitterkorb beförderte, zog er im Geiste Bilanz: Die *Maîtresse en titre* hatte ihre Hände vielleicht bereits im Spiel gehabt, als die Kutsche des Grafen Schaden erlitt: Der eitle Comte de Vavigny war offenbar ihr treuester Vasall, wenn er der Freund der Freundin war. Vielleicht hatte er selbst Hand an die Achse gelegt? Nein, die Schmutzarbeit hatte er sicher einen Handlanger erledigen lassen und sich nur als Fremden(ver)führer betätigt ...

Warum hatte sie seinen König in eine so exponierte Stellung vor ihren König gelockt? Wollte sie ihn lächerlich machen, indem sie ihn als vermeintlichen preußischen Hofküchenmeister vorführte? Wäre er, wenn das Tafeln des fünfzehnten Louis' seinen normalen Gang genommen hätte, zum Gegenstand öffentlichen Spottes geworden? Oder hatte sie anderes mit ihm vorgehabt? Hatte sie ... gar den Mord geplant? Sollte so die Inhaftierung des Preußenkönigs erzwungen werden?

Langustier schauderte bei diesem Gedanken. Er wusste, wie sehr sich der *Graf* einer Enttarnung widersetzen würde. Am Ende liefe es darauf hinaus, dass man ihn ... Nein, nein! Daran durfte er nicht einmal im Traume denken.

»Autsch!«

Die Ente hatte, in Ermangelung weiteren Brotes, den Daumen erwischt, und der Versailler Bauer, der wohl nach Paris fuhr, um das Tier zu veräußern, blaffte barsch:

»Lassen Sie meine Ente in Ruhe!«

Langustier verwehrte sich gegen jede Unterstellung:

»Ich will doch nichts von Ihrer vermaledeiten Ente! Sie will etwas von mir.«

Wenn er den Herrn richtig betrachtete, dann sah er gar nicht so bäuerisch aus. Im Gegenteil – es war ein äußerst vornehmer Abbé, der ihn da voller Ingrimm anfunkelte.

»Es ist eine proppere Ente«, lenkte Langustier ein. »Sie wird einen trefflichen Braten abgeben.«

»Mein Herr! Was erlauben Sie sich? Diese Ente wird niemals zwischen den martialischen Kiefern menschlicher Untiere landen! Wenn sie eines Tages stirbt, so nur eines natürlichen Todes.«

»Ich verstehe«, sagte Langustier. »Verzeihen Sie meine Einfalt. Natürlich ist dies eine privilegierte Ente. Schließlich wohnt sie in Versailles.«

»Wohn*te,* mein Herr, wohn*te* – ich habe sie aus den Klauen der O'Murphy befreit. Die hatte sie vom König zum Geschenk erhalten, der neben so vielem anderen auch eine eigene Entenzucht besitzt. Er liebt Enten. Nicht gebraten, sondern als empfindsame, hübsche Tiere. Nichts Anhänglicheres und Lieberes als eine Ente!«

»Die O'Murphy?«, fragte Langustier und deutete vollendete weibliche Konturen an, denn er kannte einen Stich nach Bouchers Gemälde ...

Der andere nickte.

»Warum schenkt man einem solchen Gänschen eine Ente?«

»Aus Liebe? Leider hat niemand an die Qualen gedacht, welche dabei dem schönen, empfindsamen Tier entstanden. Die Dame hat sie völlig vernachlässigt. Sehen Sie – sie ist nur noch der Schatten ihrer selbst.«

Langustier fand, dass die Ente für ihre verschattete Empfindsamkeit empfindlich hell zubeißen konnte.

»Gute Ente!«, sagte Langustier und flüsterte, nur für das Tier hörbar, dabei seinen schmerzenden Daumen reibend: »Ente an Pomeranzensauce!«

»Ich habe mich noch gar nicht vorgestellt«, flötete, aufs gute Ende hin bedacht, der Entenfreund: »Abbé Barthélemy!«

»Von Toepffer, Honorius von Toepffer!«

Die beiden neigten einander die Häupter entgegen, so weit die beengte Situation in der Postkutsche dies zuließ. Während ihres kleinen Eingangsdisputes waren sie von mindestens vier Augenpaaren angestarrt worden. Draußen auf dem Wagen saßen noch einmal sechs wagemutige Fahrgäste. Langustier blickte auf die Gitterstäbe des Entenbehältnisses.

»Was ist Ihre Profession, mein Herr?«, fragte er. »Sind Sie Zoologe?«

»Oh, nein, nein – Numismatiker! Auch die Altertumskunde im Allgemeinen ist durchaus mein Fach«, entgegnete der Abbé und fügte sogleich lächelnd hinzu, da man Langustier den Gourmand auf hundert *lieues postales* ansah: »Und Sie sind ein Freund der guten Küche!«

»Dann sind Sie überdies Hellseher!«, setzte Langustier sogleich nach.

Der Abbé ergänzte:

»Allerdings liebe ich es stets, mir vorzustellen, mit wem ich es wohl zu tun habe – auch wenn ich noch rein gar nichts vom anderen weiß. Das ist der Numismatik nicht fern: Oft sind das zwei ganz verschiedene Seiten der einen Medaille.«

Langustier lachte und meinte:

»Sie haben recht, was soll ich's verhehlen? Der Magen ist der Sitz der Seele. Nach ihm richtet sich das Schicksal, er regiert das Universum, warum sollte ich nicht meine Hoffnung auf ihn setzen?« Er machte eine kleine Pause, bevor er erneut anhob: »Werter Abbé, gestatten Sie mir eine etwas heikle Frage?«

»Bitte, scheuen Sie sich nicht, mein Herr, selbige an mich zu richten. Als Mann Gottes bin ich so gut wie alles gewohnt.«

»Stellen Sie sich einmal vor, sie hätten einen Bekannten, der ohne eigenes Verschulden in der Bastille gelandet wäre.«

Abbé Barthélemy zuckte nicht einmal mit der Wimper, sondern lächelte.

»Nichts einfacher als das – unlängst war ich tatsächlich in dieser Verlegenheit. Ein guter Freund saß ein volles Jahr ein. Man landet dort fast immer ohne eigenes Verschulden.«
Langustier schluckte. Ein volles Jahr ... Das war kaum auszudenken.
»Haben Sie Ihren Freund besucht?«
»Oh ja, das habe ich.«
»Und wie haben Sie es begonnen?«
»Ich ging zum Kommandanten und gab an, dass mein Freund des geistlichen Beistandes bedürfe. Überdies hatte ich einen Permiss der Madame de Pompadour, was vielleicht den Ausschlag gab. Ja, ich denke, dadurch wurde es ein Leichtes ... Dieses Gefängnis ist eigentlich ein königliches Schloss, und die vornehmeren Gefangenen genießen fast alle Freiheiten – bis auf die eine, die eigentliche ... die übrigens völlig überschätzt wird, meiner bescheidenen Ansicht nach. Mitunter wünschte ich, ich könnte die Ungestörtheit eines Aufenthaltes in der Bastille zur Abfassung meines seit Langem geplanten Werkes über die antiken Münzfüße verwenden.«
»Vornehmere Gefangene ... Stimmt es, wie man sagt, dass die Dicke der Börse des Inhaftierten über die Art seiner Behandlung entscheidet?«
»Das ist leider wahr – die Bastille ist ein florierendes Unternehmen der Krone, um Missliebige zu schröpfen. Wer nicht mehr für die Unterbringung und Versorgung in einer der feudalen oberen Zellen bezahlen kann, rutscht eine Etage tiefer. Das geht bis in die Kellergeschosse, wo es dann endgültig vorbei ist mit der Menschlichkeit.«
Langustier sah den *Grafen* nach Aufbrauchen seiner doch eher bescheidenen Geldreserven immer tiefer rutschen. Ein wenig beruhigte ihn der Gedanke, dass auch die Mitgefangenen für ihn einstehen würden. Vor allem Eichel, der wandelnde Tresor, würde ihn eine geraume Weile vor den tiefer liegenden Räumlichkeiten bewahren.

»Hätten Sie die Freundlichkeit, Abbé, mir den Namen des amtierenden Bastillekommandanten zu verraten? Ich war lange von der Hauptstadt abwesend.«

»Joseph d'Abadie. Ein durchaus feiner Mann.«

»Was wissen Sie über ihn? Wie würden Sie ihn beschreiben?«

»Ach, er ist der beste aller Menschen und hat diese Stellung, die ihm so unangenehm ist, nur angenommen, um das Schicksal der Gefangenen zu mildern. Sein Vorgänger war ein harter, geiziger Mann, der sie schlecht behandelte. Als er starb und Monsieur d'Abadie seinen Platz einnahm, machte sich dieser Wechsel bis in die unterirdischen Verliese bemerkbar; man konnte meinen, es sei ein Sonnenstrahl in die Kerker gedrungen. Die Verpflegung wurde durchweg gut, und die Erleichterungen, die Monsieur d'Abadie allen Gefangenen gewährte, erleichterten ihn selbst, denn er leidet, wenn er andere leiden sieht. Für die vornehmeren Gefangenen – solche zumal, bei denen er den Grund nicht billigt, dessentwillen sie bei ihm gelandet sind – kommt das Essen von seinem Tisch. Er schneidet selbst für sie die Fleischstücke ab, und niemand berührt sie außer ihm.«

»Ein Liebhaber der guten Küche?«

»Das kann man wohl sagen. Er versteht sich nicht nur aufs Filetieren, sondern auch aufs Kochen. Er steht in seiner freien Zeit oft bei seinen Küchenmeistern, um mehr über die Qualität der Küche zu lernen – und er scheut sich nicht, Vorschläge anzubringen, wenn er der Ansicht ist, dass man etwas verbessern könne.«

Langustier sah den *Grafen* bereits in Teufels Küche schmoren – schließlich war er als vermeintlicher Küchenmeister inhaftiert. Da konnte es leicht zu unangenehmen Nachfragen kommen ... Andererseits: Der Graf wusste beim Essen recht gut Bescheid. Aber wenn es ums Kochen ging? Er würde sich schon eine Weile über Wasser halten ... Es half nichts, sich verrückt zu machen. Man musste das Beste hoffen ...

»Ich würde mich freuen, Sie demnächst einmal bei mir willkommen heißen zu dürfen, mein Herr!«, sagte der Abbé und fügte sogleich einschränkend hinzu: »Der Comte de Stainville hat mich zu seinem Begleiter erkoren. Er ist seit zwei Jahren unser Botschafter in Rom. Ich werde mein Angebot also nicht lange aufrechterhalten können. Aber ich habe, trotz einiger Haustiere, die ich natürlich alle mitnehmen werde – wie auch diese zauberhafte Ente hier. –, keineswegs eine solche Menagerie wie der Baron Craisbillet in seinem Taubenturm. Vor allem lebe ich nicht mit ihnen im selben Zimmer.«
Er blickte auf die Ente, die zu ahnen schien, dass ihr Schicksal von nun an mit dem seinen verknüpft war.
»Taubenturm?«
»Er bewohnt einen ehemaligen solchen – einen hochadeligen indes: Das Vogelhaus stand einst auf dem Grund des Kardinals du Rohan. Doch der trat seine Tauben der Marquise du Tessin ab, samt Taubenhaus und Park, denn das Tessin'sche Hôtel war bis dahin ohne Garten. Als die Marquise von Baron Craisbillets Notlage hörte – der hatte nach und nach sämtlichen Familienbesitz zu Geld gemacht, um seine schriftstellerischen Werke drucken zu lassen –, machte sie ihm diesen Turm zum Geschenk. Er nahm erfreut an und wohnt dort nun seit fast zehn Jahren. Eine äußerst skurrile Existenz! Er lebt mit allerlei Getier zusammen. Fledermäuse sind noch das Gewöhnlichste – Schlangen und Eulen soll es in seinem Turm ebenso geben wie Salamander und einen Affen! Seine Kleidung ist so extravagant wie kotbestäubt. Jetzt schreibt er an einem Drama über einen antiken Prasser ...«
»Elagabal!«, sagte Langustier und entsann sich seiner zweifachen Begegnung mit dieser eigenartigen Sumpfohreule von Baron.
»Kümmert er sich allein um all diese Geschöpfe?«
»Die Marquise sorgt für alles, was ihn betrifft. Ihre Diener füttern und betreuen die Tiere. Einer sorgt für des Alten Kleider,

für seine Bücher und fungiert zugleich als sein Schreiber. Der Schneider der Marquise ist für sein Gewand zuständig. Er hat die Marotte, stets die gleichen Sachen zu tragen, von denen er zwei Garnituren besitzt. Diesem großen Alten fehlt es an nichts. Dabei ist er mit seinem jugendfeindlichen Starrsinn der Misanthrop schlechthin. Molière hätte ihn nicht besser erfinden können.«

Langustier lachte amüsiert. Dann besann er sich auf die Einladung.

»Ich hoffe, bald zu Ihnen kommen zu können«, versprach er dem Abbé. »Doch werde ich damit ein bis zwei Tage warten müssen, bis ich meine Verhältnisse in Paris ein wenig befestigt habe. Mein Arbeitgeber muss erst aus seiner derzeitigen Wohnstatt übersiedeln. Wohin habe ich mich dann zu begeben?«

»Ich bewohne ein bescheidenes Palais unweit der Kirche des heiligen Sebastian in der Rue de la Chaise im Faubourg Saint-Germain. Fragen Sie einfach nach Abbé Barthélemy. Jeder kennt mich dort.«

Sie schieden in bestem Einvernehmen, als der Abbé unweit der besagten Straße ausstieg. Er trug seine geliebte Ente davon, die Kutsche dagegen Langustier und dieser – nichts außer der drückenden Last der Ungewissheit.

Bald darauf saß er vor einem kleinen Café am Platz der Bastille – an der Ecke, wo die Rue des Tournelles einmündete – und ließ den Blick von den Rundungen der Türme zu den Brüsten der jungen Dame gleiten, die ihn bediente. Einladend schimmerten sie unterm Busentuch hindurch, als sie sich zu Langustier vorbeugte. Von den steil aufragenden Türmen der Zwingburg kamen Pfiffe und schwach hörbare Rufe.

»Dreh dich um, *chérie!* ... Komm und bring mir einen Kaffee – und bring reichlich Zeit mit! ... Ich hab ein Geschenk für dich, mein Schatz – willst du es dir nicht mal ansehen?«

Die sehnsüchtigen Stimmen waren gut zu vernehmen. Das Mädchen zuckte mit den Schultern und lachte Langustier an.
»Am besten, Sie verschließen die Ohren, mein Herr! Ich bin es gewohnt und höre es schon fast nicht mehr. Es geht den ganzen Tag so. Die armen Teufel können einem leidtun. Waren Sie auch schon einmal in der Bastille?«
»Oh nein – und ich glaube nicht, dass ich es bedauern sollte«, entgegnete Langustier. »Auch wenn der jetzige Kommandant ein Menschenfreund zu sein scheint, so liegt mir doch viel daran, stets selbst über meinen Aufenthaltsort zu bestimmen.«
»Daran tun Sie sehr wohl, mein Herr. Umso mehr, wenn Sie erst die traurige Geschichte des Greises gehört haben, dem man vor Jahren die Freiheit schenkte. Oder kennen Sie sie vielleicht schon?«
Langustier schüttelte bedächtig den Kopf, denn selbst wenn, so wäre seine Antwort doch dieselbe gewesen. Alles hätte er bestritten, damit seine Augen weiter ihre Figur liebkosen konnten! Ihre Stimme nahm ihn zusätzlich für sie ein:
»Als unser jetziger König zur Regierung kam und seine Minister die Gefangenenlisten untersuchten, um die unerklärlichsten Urteile aus der Vorzeit wieder aufzuheben, erklang auch für jenen Greis der Ruf der Freiheit, nach siebenundvierzig Jahren des Schmachtens in einem unterirdischen Kerker.«
Langustiers Herzschlag stockte.
»Er hatte gekrümmt in einem steinernen Sarge gelegen, eisgrau war sein Haar, und alle Schrecken seines Gefängnisses hatte er mit eisernem Mut ertragen. Sein Auge blickte starr zum längst entwöhnten Lichte des Himmels, und er musste es bald schließen, weil er den Schein nicht mehr länger ertragen konnte! In der Kutsche, die ihn in die Stadt bringen sollte, hielt es ihn nicht, die Bewegung war zu heftig. Ein Tragsessel musste ihn aufnehmen. Als ein Führer ihn in die Straße geleitete, in der er einst gelebt, erkannte er keines der Häuser wieder, und auch die

Menschen, denen er begegnete, waren ihm samt und sonders fremd. Da stund er allein und seufzend still. Die Tränen traten ihm in die Augen, und vom Schmerz betäubt, ließ er sich zum Minister d'Argenson befördern, welcher so großmütig gewesen war, ihm seine Freiheit wiedergeben zu wollen. ›Lassen Sie mich wieder zurückkehren in meinen Kerker‹, sagte er. ›Ich habe hienieden keinen Freund, keinen Bekannten mehr. Sterben ist nicht schrecklich, aber alle seine Lieben überleben ist es!‹«

»Wie herzerschütternd«, sagte Langustier, und diesmal war seine Aufmerksamkeit durchaus gleichmäßig geteilt zwischen der Erzählerin und dem Erzähltem. »Entsprach man seinem Wunsche?«

Sie schüttelte den Kopf.

»Unbarmherzig noch in der Gnade beließ man ihn in der fürchterlichen Einsamkeit seiner Freiheit. Er fand wohl noch einen Menschen, der ihm früher gedient hatte – inzwischen auch schon hochbetagt. Wenige Monate lebte dieser bei ihm, dann verstarb der Greis.«

Betrübt sah Langustier hinüber, von wo noch immer lautstarke Lockrufe – ungeniert, weil völlig hoffnungslos – herüberdrangen.

»*Chérie, mon amour!* Ich habe die ganze Nacht Zeit für dich! Du musst nur zu mir heraufklettern! Die Gitterstäbe sollen uns kein Hindernis sein!«

Langustier verdrehte die Augen, um sein Missfallen mit dieser Art schamloser Aufdringlichkeit zu bekunden. Dann fragte er: »Ich brauche Feder und Tinte – könnten Sie mir beides besorgen?«

Sie nickte.

Kaum dass es vor ihm lag, begann er eifrig mit seiner Arbeit, deren Ablauf er sich im Kopf bereits zurechtgelegt hatte. Als er fertig war und sich anschickte, das Café zu verlassen, dirigierte sie ihn zu einem kleinen Vorhang und sagte:

»Wenn der Herr noch etwas Besonderes begehrt ...«

Er sah sie an und hätte schon eine gewisse Vorstellung gehabt, doch er war neugierig, was *sie* ihm anbieten würde, und verhielt sich daher abwartend. Sie zog den Vorhang zurück, und ein schwarz lackierter Wandschrank kam zum Vorschein. Mit einem kleinen goldenen Schlüssel, den sie zwischen ihren Brüsten hervorzog, öffnete sie die Türen und ließ ihn einen Blick ins Innere werfen, wo Hunderte von kleinen Phiolen standen.

»Sie werden es nicht bereuen, wenn Sie die kleinen Helfer ausprobieren – und auch die Glückliche, die Sie besuchen, wird Sie mit ganz neuer Hingabe empfangen ...«

Er nahm ein Fläschchen heraus, lockerte den kleinen Korkstöpsel und roch daran. Ein seltsamer Geruch strömte ihm in die Nase, und er verzog das Gesicht. Duft konnte man das nicht nennen – es war die reine Pestilenz.

»Wie sollte man so etwas runterkriegen?«

»Ein Tropfen in einem guten Wein reicht völlig aus.«

Sie streichelte einladend seinen Arm.

»Das sollten Sie einmal probieren – ein halber Louis d'or das Stück!«

Er stellte es rasch wieder zurück. Plötzlich war ihm ihr Anblick vergällt.

»Ich könnte Ihnen auch einen Salon nennen, wo Sie sich auf eine ganz und gar neuartige Weise vergnügen können!«

Wo man Sie auf eine ganz neuartige Weise ausraubt!, übersetzte er ihre Worte bei sich.

»Ach und wo ist das?«, fragte er mit einem kruden Interesse am Geheimnisvollen und Kriminellen und erwischte ihre Hand gerade noch, bevor sie seine Börse erreichte.

»Wo?«, fragte er mit deutlichem Nachdruck und packte ihr Handgelenk fester, als sie sich weigerte, auch nur eine Silbe noch von sich zu geben.

»Au, verdammt! Was fällt Ihnen ein?«

Er zeigte das Schriftstück mit dem Siegel der Pompadour, das er gerade mit der Tinte gefälscht hatte, welche sie ihm so scheinbar selbstlos gebracht hatte.

»Geheimpolizei?«, fragte sie.

Er nickte gewichtig und gab sich ganz dunkel und ernst.

»Ich weiß es nicht mehr«, sagte sie, und es klang so kläglich wie falsch.

»Soll ich Sie sofort mitnehmen? Oder soll ich Ihnen Gelegenheit geben, Ihren Laden erst von diesem Unfug zu befreien, bevor meine Kollegen anrücken?«

Er deutete auf den Schrank mit den Phiolen.

»Man wird mich umbringen, wenn herauskommt, dass ich etwas verraten habe. Haben Sie Gnade – verschonen Sie mich! Ich schenke Ihnen zehn davon!«

Er nahm sich eines.

»Wo findet das Vergnügen statt, von dem Sie da erzählen?«

»Ich weiß die Adresse nicht, denn sie ändert sich ständig. Alles, was ich weiß, ist, dass Sie im Hôtel d'Aligre eine Tüte *Rosé Pompadour* kaufen müssen.«

Er ließ ihr Handgelenk los.

»Was ist das?«

»Das sind kleine Marzipanrosen.«

XIV

Der Soldat am Ende der Zugbrücke nahm den Brief durch eine Klappe entgegen. Kaum aber hatte er das Siegel der Madame de Pompadour gesehen, öffnete er geräuschvoll das Tor und salutierte, sodass Langustier ungehindert eintreten konnte. Man führte ihn in das Zimmer des Gouverneurs, wo ihn Joseph d'Abadie empfing, ein schlanker Offizier von etwa dreißig Jahren. Eben nahm er das Billett und überflog es:

Dem Chevalier von Toepffer, der als königlicher Beikoch dem Leibkoch des Königs attachiert ist, möge auf meinen Wunsch und meine Verantwortung Zutritt zu dem inhaftierten preußischen Hofküchenmeister Langustier gewährt werden. Er soll dessen Haupt-Küchengeheimnisse schriftlich fixieren, bevor eine richterliche Entscheidung in dem Casus dies vielleicht für immer verhindert. Auch eventuelle mehrmalige Vorsprache zu diesem Zwecke ist zu billigen.
M. de Pomp.

»Bitte folgen Sie mir in den Grafschaftsturm«, sagte d'Abadie überaus freundlich und fragte beiläufig: »Ach, sagen Sie, woher sind Sie gebürtig?«

»Aus Straßburg. Und Sie?«

»Bordeaux.«

»Verzeihen Sie meine Neugier, alle Straßburger sind so: Was hat man über diesen Mord in Versailles herausgefunden? War *er* es?«

Langustier deutete in die Richtung, in die sie unterwegs waren. D'Abadie seufzte.

»Dieser Spaßvogel behauptet doch tatsächlich, der Baron Craisbillet hätte plötzlich wieder neben ihm gestanden, nachdem er ihn zuletzt weit hinter sich gesehen. Aber nicht nur das, er sagt auch, Craisbillet habe die Waffe geführt!«

D'Abadie lachte, und Langustier tat mit, um gut Wetter zu machen.

»Er bestreitet übrigens vehement, der Hofküchenmeister des preußischen Königs zu sein, als den man ihn bei Hofe eingeführt hat.«

Langustiers Heiterkeit war diesmal ungespielt.

»Sein Pass lautet auf einen Grafen Le Constant. Die anderen drei, die nicht von ihm weichen wollten, als man ihn festnahm,

sind angeblich seine Entourage. Der eine ist Soldat, der andere Gesellschafter – ein Student der Rechte –, der dritte Sekretär. Warum, frage ich Sie, fehlt ausgerechnet ein Koch in seiner Sammlung? Natürlich, weil er selbst der reich bezahlte Koch seines Königs ist! Mit anderen Worten: Der Herr ist ein notorischer Lügner! Das sollten Sie bei Ihrer Befragung bedenken.«
Langustier hätte am liebsten laut herausgelacht über die falschen Vorstellungen vom Gehalt eines preußischen Hofküchenmeisters, aber er sagte bloß:
»Natürlich. Sie sind ein scharfer Beobachter, Herr Gouverneur. Nun ja, ich werde es gleich herausfinden, da können Sie Gift drauf nehmen.«
»Einen Teufel werde ich tun, mein Herr!«, erwiderte d'Abadie lächelnd. »Ich werde mir eher von Ihnen einen Vorschlag für unser heutiges Menü machen lassen. Die Gefangenen erhalten bei mir nur das Beste. Selbst ein König würde es hier wohl einige Zeit aushalten, ohne zu darben.«
Langustier hüstelte.
»Selbstverständlich. Ich freue mich immer, dienlich sein zu dürfen. Aber ... muss ich nicht eine Wache zu meinem Schutz haben, wenn ich mit einem unberechenbaren Mörder in einem Raum bin?«
D'Abadie lächelte.
»Ich lasse einen Posten vor der offenen Tür stehen. Sie brauchen nur mit dem Finger zu schnippen, und schon liegt der Herr in Ketten. Aber ich denke, das sollte sich vermeiden lassen.«
Langustier schauderte: Sein Herr in Eisen, festgeschmiedet an kalter Kerkerwand – was konnte noch alles kommen? Bei der Vorstellung eines Gerichtsprozesses stockte ihm fast das Blut in den Adern: Weißes Geriesel stieg ihm vor die Augen, wenn er an das schlimmste aller denkbaren Urteile dachte. Was die Körperstrafen anging, war Frankreich noch ein wenig grauenhafter als Preußen: Rädern und öffentliches Vierteilen! Das Fallbeil

mochte vielleicht humaner sein als das Schwert, auch sicherer als die Henkersaxt, doch ob es dem Strang wirklich überlegen war?

Langustier musste auf der steilen Wendelstiege pausieren und sich auf der nächsten Etage mit der Hand an der Wand zwischen zwei Zellentüren abstützen. Aus einer vergitterten Türöffnung drang eine herablassende Stimme:

»Die Dicken haben ein Gehirn, so unzulänglich wie ein Schwamm. Sie begreifen in ihrer Dummheit nicht, dass sie alles, was sie auf ihrem Gerippe anhäufen, unentwegt mit sich herumschleppen müssen. Auch wenn sie die Spanische Fliege nehmen. Ein Herz wie eine Fettlerche – adieu, du schönes Leben!«

Langustier ließ die letzten Sternchen abziehen, ehe er sich der Tür näherte und durchs Guckloch spähte. Der Gouverneur hatte inzwischen bemerkt, dass der Besucher nicht Schritt hielt, und kehrte auf seinem Weg um. Als er sah, für welchen Gefangenen Langustier sich interessierte, schloss er die Zelle auf, offensichtlich sehr darauf bedacht, sich dem Abgesandten der Madame de Pompadour nur von seiner allerhumansten Seite zu zeigen. Langustier wusste – nach eigener Beobachtung und den Berichten Mouthiers –, wen er vor sich hatte, und rief bei Anblick des prunkvoll gekleideten Alten emphatisch:

»Baron Craisbillet! Der Dichter des unsterblichsten *Catilina!* Ich zähle zu Ihren aufrichtigsten Bewunderer, mein Herr! Würden Euer Exzellenz die Güte haben, mir eine Ausgabe Ihrer Gedichte zu signieren? Ein Signet von Euer Exzellenz werter Hand, und ich wäre der Glücklichste unter den hirnlosen Dicken! Ich werde das Büchlein demnächst hereinschicken lassen. Dabei ...« Er runzelte die Brauen und schoss nach, ohne dem verdutzten Alten, der tief in verhärmter Griesgrämigkeit steckte, die Gelegenheit zu rascher Erwiderung zu lassen: »Was tun Sie hier? Welcher Fluchdämon hat Sie in dieses dunkle Loch gesteckt?«

»Wer sind Sie? Ich habe Sie noch nie gesehen«, sagte der Alte mürrisch, nachdem er sich mühsam und schwerfällig von der Tür zurückgezogen, an der er eben noch geklebt, auf Abwechslung in seinem Nobelkerker erpicht.
»Es ist nicht ganz so dunkel, nicht wahr?«, sagte – um Anerkennung buhlend – der Gouverneur. »Der Baron hat es bei uns nicht schlecht. Vor allem nicht, weil die Marquise du Tessin sich für ihn verwendet.«
In der Tat musste Langustier zugeben: Craisbillet hatte eine recht sonnige Zelle, sogar eine Stuckleiste und ein Kronleuchter zierten das Gelass.
»Man glaubt doch im Ernst, ich hätte das Miststück Beaufrange getötet! Fluch seiner dummen Kinderseele!«, schnaubte der Alte und stampfte wild mit den goldenen Pumps auf die Bodenbretter.
»Ich hoffe sehr, dass sich dieser Irrtum bald aufklären wird, mein Herr«, säuselte Langustier begütigend, doch Craisbillet erreichte er so einfach nicht.
»Das kranke Aas! Pesthauch über sein schuldig Gebein! Möge er bis ans Ende der Welten in seinem Höllenpfuhl kochen! Wer immer ihn abstach, er hat meinen Beifall! Und wenn es der eingebildete Geck war, der mir die vollauf gerechtfertigte Hinrichtung anzuhängen versucht.«
Er versuchte, mit seinem Stock gegen die Decke zu poltern, erreichte sie aber nicht und wäre beinahe gestürzt, als er kurz das Gleichgewicht verlor.
Langustier sah es deutlich: Dieser Mann war nicht derselbe, der an diesem Morgen an ihm vorbeigehechtet, denn – weiß Gott – der Greis konnte wohl noch grollen, aber nicht mehr hechten. Blitzhaft erhellte sich, dass er *diesem* Mann am Eingang zum Schloss begegnet war: Diese Ausgabe von Craisbillet hatte die schöne Madame de Scudery dazu gebracht, in seinen Armen zu landen. Ganz deutlich thronte die Hinterlassenschaft des unbe-

kannten Vogels auf der Perücke. Hatte er es freiwillig getan? Unter Zwang? Oder war es gänzlich ohne Absicht geschehen? Langustier erinnerte sich an die Geschichten, die ihm der Abbé erzählt hatte, und fragte:

»Wer kümmert sich übrigens jetzt um Ihre kleine Menagerie? Fräulein de Scudery?«

»Wer? Kenne diese Dame nicht. Und was wissen Sie schon von meiner Menagerie?«

»Nur, was man sich erzählt – einen Affen sollen Sie haben.«

»Wenn Sie mich noch einmal mit Ihrer Gegenwart behelligen, stecke ich Sie als Nashorn noch dazu!«

Langustier verneigte sich lächelnd und registrierte beim Rückzug aus der Nobelzelle des alten Baron Craisbillets den fiebrigen Ausdruck auf dem Gesicht des Häftlings.

D'Abadie öffnete das größte und schönste Zimmer, wie er betonte. Es lag auf halber Turmhöhe und war noch geräumiger als das eben gesehene.

»Madame de Pompadour hat sich nicht lumpen lassen«, sagte der Gouverneur. »Ich bringe Ihnen einen Kollegen, mein Herr. Er soll mit Ihnen etwas über die Küche plaudern. Der König will nicht, dass ihre wertvollen Kenntnisse so einfach mit Ihnen untergehen.«

Des *Grafen* Augen weiteten sich, als er Langustier gewahrte.

»Mit wem habe ich die Ehre?«, fragte er durchaus bühnenreif, nachdem er sich von seinem Erstaunen erholt hatte.

»Honorius von Toepffer, mein Herr«, sagte Langustier überlaut, um sogleich geflüstert hinzuzusetzen: »Auf meine nächste Frage lassen Sie bitte die Hand kreisen, als würden Sie eine Suppe in einem Topf umrühren.«

Laut setzte er also nach:

»Welcher Tag ist heute?«

Der Graf ließ eifrig den Arm kreisen und machte eine heroische

Miene dazu. Von den Freimaurern war er derlei gewöhnt. Langustier nickte und sagte leise und hinter vorgehaltener Hand zum erstaunten d'Abadie:
»Er ist vom Handwerk – die geheime Erkennungsfrage wurde richtig beantwortet.«
»Ich bin Ihnen sehr verbunden«, sagte Abadie. »Das erspart mir ein längeres Verhör unter Zuhilfenahme des üblichen Instrumentariums!«
Langustiers Fantasie trieb wilde Blüten: Er sah eiserne Halskrausen und Stacheln, die sich beim Reißen an der dicken Kette in des unbotmäßigen Delinquenten Hals bohrten. Die Höllenfahrt der entfesselten Vorstellungskraft wurde zum Glück durch d'Abadies jähe Frage beendet:
»Welchen Wein wünschen Sie zu trinken? Heute sind auch Sie mein Gast. Gänzlich unschuldig überdies.«
Fordernd mischte der Graf sich ein:
»Unschuldig! Dies gilt vor allem auch für mich, mein Herr! Also *vin de sec!* Den besten Champagner, den Sie haben!«
D'Abadie nickte lächelnd, nachdem sich Langustier dieser Wahl angeschlossen hatte, nicht ohne allerdings hinzuzusetzen:
»Ein 1743er Orangerie Rosé von Moët & Chandon würde wohl begrüßt, wenn kein 1729er Ruinart oder 1730er Tsarine von Jacques-Louis und Jean-Baptiste Chanoine vorhanden wäre. Es sei denn, Sie hätten einen 1734er Fourneaux ...?«
Wie eine automatische Maschine des genialen Ingenieurs Vaucanson vervollständigte der Bastillegouverneur:
»*Folies de la Marquetterie!* Nichts anderes soll es sein!«
D'Abadies letzte Zweifel an Langustiers Profession waren mit dieser fachmännischen Einlage vom kleinen Marmortisch gewischt, der übrigens gerade in diesem Moment ein frisches weißes Leinentuch als Decke erhielt. Der Soldat, der es aufgelegt, stellte sich aufrecht an die Tür, nachdem der Gouverneur sich mit Verbeugung empfohlen hatte. Gefangener und Besucher sa-

hen sich ratlos an. Da die Wache auch weiterhin keine Anstalten machte, den Raum zu verlassen, räusperte sich Langustier und sagte:
»Monsieur d'Abadie wollte durchaus nicht, dass unser vertrauliches Gespräch durch Militärpräsenz im Keime erstickt wird. Ich bin königlicher Koch. Bitte versichern Sie sich noch einmal seines Befehls – es hieß, vor der Tür stehen, das ist wohl wahr. Aber auf der anderen Seite. Und nur eingreifen, falls ich vom Delinquenten hörbar attackiert werde.«
Der Soldat zuckte mit den Achseln und erwiderte:
»Sollte nur zu Ihrem Besten sein. Machen Sie sich sofort bemerkbar, wenn es schlimm wird, mein Herr.«
Damit verschwand er und postierte sich außer Sicht. Die Zellentür blieb angelehnt. Man konnte ihn deutlich die Worte »alberne Hofschranze« murmeln hören. Langustier schob dem Grafen ein eng beschriebenes Blatt zu und flüsterte:
»Wir müssen dieses Spiel auf Französisch spielen. Zwischen den Zeilen werde ich Sie jeweils etwas auf Deutsch fragen.«
Während Langustier laut die erste Frage stellte, las sich sein Gegenüber die entsprechende Antwort durch.
»Welches ist – neben der *Bombe de Sardanapale,* über die man gut unterrichtet ist – Ihre größte gastronomische Erfindung, mein Herr?«
Der Graf las so hölzern und falsch prononciert vom Blatt, dass es klang, als spräche ein ambitionierter, höchst talentloser Bühnenanwärter bei einem überkandidelten Provinztheater vor.
»Es ist dies unzweifelhaft das Kaninchen nach Art des Languedoc!«
Langustier verzog die Miene zu einem schiefen Grinsen und flüsterte entsetzt:
»Apart, Majlaucht ... äh, Durchestät ... Aber Sie könnten versuchen, mit etwas mehr ...«
Er suchte nach einer ehrerbietigeren Umschreibung für das Wort

»Natürlichkeit«, doch da hörte er entsetzt, dass der Graf bereits die Antwort auf die zweite, noch ungestellte Frage vom Blatt ablas: »Ich kam nicht, um zu spionieren, ich wollte nur …«

Die Wache steckte den Kopf zur Tür herein und fragte:

»Alles in Ordnung bei Ihnen?«

Langustier nickte eilig.

»Ich weiß nicht, warum der Herr so aufgeregt ist – ich habe ihm nur eine einfache Frage gestellt!«

Die Wache zog sich langsam wieder zurück.

Langustier flüsterte:

»Auf Deutsch – wo sind die anderen?«

»Seindt im anderen Turm. Hörte den Kandidaten gestern rufen und sah Balbis Kopf in einer Fensteröffnung.«

Er deutete ins Ungewisse. Langustier deutete auf den Zettel und fragte laut:

»Was ist das Geheimnis Ihrer Austernsauce?«

Der Graf warf sich in Positur, doch Langustier erdreistete sich, ihm ein Zeichen zur Mäßigung zu geben, das er prompt auch beherzigte.

»Ich lege die Geschöpfe, nachdem ich die Schale geknackt, eine Stunde in Salzlake, köchele sie dann in Champagner und reduziere das Ganze sehr langsam, bis es die Konsistenz von Walnussöl hat.«

Auf Deutsch flüsterfragte Langustier gehetzt:

»Haben Sie kurz vor dem Mord etwas gesehen, das uns weiterhelfen könnte?«

Nach kurzem Überlegen sagte der Graf:

»War auf den König fixieret, der mir mit einer persönlichen Ansprache geehret. Als meinen jungen Nebenmann am Boden widersah, seindt er schon tot gewest.«

»Und das Messer?«

Langustier, dies gefragt habend, intonierte laut:

»Geben Sie Mehl hinzu?«

Der Graf, inzwischen bereits versierter, antwortete in gemessener Form:
»Niemals!«
»Fett?«
»Oh nein!«
»Das Messer!«
»Lag am Boden. Grüff danach, so wie nach der Waffe neben einem gefallenen Krieger grüffe!«
»Welche Gewürze verwenden Sie?«
»Pfeffer, Chili, Muskat, Ingwer, Salz, Paprika!«
»Das Messer!«
»Hub das Messer auf und umdrehte mir.«
»Wen sahen Sie?«
»Erschrockenes Weib mit plärrendem Gör.«
»Wen noch?«, fragte Langustier, laut und absatzlos die nächste Scheinfrage hinterdreinschickend: »Der preußische König soll ja die scharfen Gewürze besonders schätzen – welches ist sein liebstes Gewürz?«
Der Graf antwortete laut und merkwürdig deplaziert:
»Viel Volks!«
Sie hielten erschrocken inne, doch die Wache schien dem kulinarischen Verhör nicht Wort für Wort zu folgen.
»Ohnzweifelhaft der Muskat!«
Langustier atmete auf und wiederholte:
»Wen sahen Sie noch?«
»Der Spiegelsaal seindt gestopft voll gewest. Ständisches Gemisch vom Bauern bis zum Grafen. Indes seindt mich eine Ohnruhe aufgefallt. Sah einen, der sich mitten durch die Masse durchgezwackelt!«
»Gezwackelt?«, fragte Langustier, viel zu laut.
»Gezwackelt?«, fragte die Wache, die den deutschen Tonfall erkannte und mit aufgestecktem Bajonett hereintrat. »Sprechen Sie hier etwa Deutsch miteinander?«

Langustier war die Unschuld selbst:
»Er sagte etwas, das ich nicht verstand – es muss wohl ein deutsches Wort gewesen sein. Wissen Sie, was es bedeutet? Wie sagte er doch? *Gezwackelt?*«
Der Graf entschuldigte sich und schloss geistesgegenwärtig die Hand mit dem Zettel, von dem er zuvor noch abgelesen.
»Verzeihen Sie! Wir sprachen gerade über die Gewürze. Der Muskat wird gerieben oder gemahlen – wir Deutschen sagen dafür auch *gezwackelt!*«
»Die Sprache der Barbaren!«, sagte die Wache zu Langustier und sah den Grafen mitleidig an.
Langustier nickte und verdrehte die Augen zur Decke. Als sie wieder allein waren, wartete er, bis der Graf den zerknüllten Zettel wieder geglättet hatte, und fragte dann laut:
»Wie erkennen Sie, ob etwas frisch ist?«
»Beim Fleisch, versteht sich, ebenso beim Fisch, kauft man am besten lebend nach eingehender Beschau – die Frische und Qualität des Fisches ist auch am reinen, unzerlaufenen Auge des toten Tieres noch leicht abzulesen. Beim Fett und Öl und bei der Milch helfen Geruch und eine Kostprobe. Auch die Frische von Obst und Gemüse und Kräutern ist relativ leicht zu beurteilen: Hier genügt meist der Anblick. Notfalls tut's ein Beriechen und Betasten. Der Händler von Format reicht das Obst stets zum Probieren in Stücken dar.«
»Wie sah er aus, der sich da durch die Menge gezwängt hat?«
»Es was der Alte, der mich hier unter den Füßen haust!«
»Baron Craisbillet?«
»Eben der.«
»Was sonst ist beim Einkauf zu bedenken?«
»Weiß ich, wo das Rind und die Ziege grasen, wo das Huhn pickt, der Eber wühlt, das Reh springt und der Hirsch sein Waldkraut rupft, so weiß ich auch bereits einiges über ihren Geschmack. Wenn ich die Äcker kenne, auf denen das Korn

wächst, kann ich das Mehl beurteilen und das Brot! Hier kann allerdings nur der erfahrene Einkäufer wahrhaften Einblick gewinnen! Wer gut einkaufen will, muss oft einkaufen!«

Langustier fragte hastig und lauthals:

»Wie erkennen Sie den guten Händler?«

»Die Erfahrung allein hilft weiter – ein Händler, der mir einmal Gutes geliefert, wird in meiner Achtung steigen; hält sich die Güte seiner Angebote, so darf er meiner dauerhaften Achtung gewiss sein! Ein Kaufmann sollte von selbst dafür sorgen, dass er sich nicht durch schlechte Ware das Geschäft verdirbt. Üble Eindrücke sind nur durch teure Geschenke wieder aus der Welt zu schaffen. Einmal schlechter Hummer, immer schlechter Hummer!«

»Bewegte er sich wie ein alter Mann?«

»Der Hummer?«

»Nein, Baron Craisbillet!«

»So, wie es dem Alten zuvor kaum zugetraut – wieselgleich!«

Langustier fiel ins Französisch und sagte ohne Vorsicht in normaler Lautstärke:

»Dann ist der Fall klar: Ich sah den wieselgleichen Doppelgänger von Craisbillet ebenfalls. Dieses Double war der Mörder! Es war ein abgekartertes Spiel. Man hat Sie hereingelegt – wollte den Verdacht auf Sie lenken!«

»Auf diesen Baron Craisbillet!«, korrigierte der Graf verwirrt.

Langustier schüttelte den Kopf.

»Auch ihn hat man nur benutzt – ein wenig Ablenkung, um Sie nur noch verdächtiger erscheinen zu lassen.«

»Man hat das Messer in meiner Hand gesehen! Das genügte ...«

»Nur für den, der nicht ein wenig von Geometrie versteht. Wo standen Sie? Links von Beaufrange?«

»Nein, ich stand rechts!«

»Beaufrange erhielt, so hat der Leibarzt der Madame de Pompadour am Tatort festgestellt, einen Stich durch das Rückenmark in die linksseitige thorakale Aorta. Und Sie hielten das Messer in der Linken?«

»Nein, in der Rechten«, sagte der Graf und hob die Rechte wie zum Schwur. »In der Rechten ...«, wiederdolte er, und jetzt fiel ihm auch etwas auf.

»Merkwürdig, oder?«, sagte Langustier. »Sie wären ein Akrobat, wenn Sie dem links von Ihnen Stehenden einen derartigen Messerstich verpasst hätten.«

»Das klingt mir verdammt nach abgekartertem Spiel!«, sagte der Bastillegouverneur d'Abadie, der unvermutet eintrat.

»Ja, das glaube ich auch!«, stimmte die Dame zu, die ihm folgte.

»Madame de Pompadour!«, entfuhr es Langustier.

Mit der Selbstverständlichkeit des wahren Edelmannes zog der Gefangene seinen Hut, auch wenn sich alle Fibern der Vorsicht und des Misstrauens in ihm spannten.

XV

»Meine Verehrung, Madame! Sie sind die erste Frau, der es je gelang, mich gefangen zu nehmen«, sagte der sogenannte *Graf* lächelnd.

Er war sich der Doppeldeutigkeit seiner Worte bewusst. Alle Welt machte sich Gedanken über seine Art, ohne Frauen zu leben.

»Gräfliche Durchlaucht, ich verhehle nicht, dass ich Ihre Identität zu kennen vermeine.«

Es war nur ein angedeuteter Knicks, doch nahm er die Ehrbezeugung, die sie ihm nach dem Eintreten erwies, nicht ohne Genugtuung entgegen. Er hätte freilich auch einen Kniefall akzeptiert, wenn es zu einem gekommen wäre.

»Ich kenne meine Verfehlungen«, sagte sie, ohne indes beson-

ders zerknirscht zu klingen. »In diesem Falle jedoch muss ich mich unschuldig bekennen – es lag nicht in meiner Absicht, Sie in diesem Verlies zu sehen.«
Langustier näherte sich dem Grafen und flüsterte:
»Sie hat die *Bombe de Sardanapale* auf den Speiseplan gesetzt in Erwartung Eurer Majestät. Man hat mich gezielt davon abgehalten, neben Eurer Majestät den französischen König *sein Ei essen zu sehen,* wie man hier sagt. In diesem Spiegel-Ei-Saal …«
Der Graf fasste die Dame daraufhin scharf ins Auge, bevor er mit ersterbendem Lächeln erklärte:
»In diesem Verlies wollten Sie mich vielleicht nicht enden sehen, Madame, durchaus jedoch in einer kompromittierenden Situation vor Ihrem König! Das, Madame, lag sehr wohl in Ihrer werten Absicht!«
Sie schlug die Augen nieder, als könnte sie damit etwas ungeschehen machen, und sagte:
»Eine Inkognitoreise eines bedeutenden Fürsten ist immer verdächtig, wenn sie nicht angekündigt wird, um der Umgehung des Protokolls und der hohen Kosten zu dienen«, sagte sie ausweichend. »Auch in einem weltoffenen Land wie dem unseren hat man Sorge zu tragen, nicht ausgespäht zu werden.«
Er bedankte sich für den »bedeutenden Fürsten« mit einer Verbeugung und einem gezogenen Hut, bevor er entgegnete:
»Das beruht stets auf Gegenseitigkeit. Ich kenne wohl die Menschen in meinen Staaten, die mit Ihnen korrespondieren. Und dennoch – wenn man auch seine Menschen überall hat, um sich auf dem Laufenden zu halten und nicht nach Strich und Faden hintergangen zu werden, so ist es nach meiner Erfahrung doch am sichersten, wenn man sich selbst ein Bild macht. Ausspähen ist ein zu hartes Wort, Madame! Sagen wir, ich wollte einmal einen Blick auf Ihr Land werfen, ohne dass man es groß für mich herrichtet.«

Es war beiden bewusst, dass jede Silbe, die sie sprachen, vor dem Hintergrund der sich neu ordnenden militärischen Bündnisse im Vorfeld eines unweigerlich kommenden weiteren großen Krieges in Europa an Bedeutung gewann.
»Aber es ist doch recht ungewöhnlich, finden Sie nicht, dass ein Herrscher sich wie ein ...«
Sie durfte ihn nicht »Spion« nennen, daher suchte sie verzweifelt nach einem Wort, um diesen Vergleich abzuschwächen. Er verwirrte sie. Der preußische König war viel beweglicher, sowohl körperlich als auch geistig, als man ihn ihr dargestellt hatte. D'Alemberts Beschreibung kam ihm noch am nächsten, doch gerade dem hatte sie am wenigsten vertraut, da er ein erklärter Friedrich-Freund war. Hatte sie sich nicht bereits festgelegt, mit den Österreichern gegen Preußen zu paktieren? Russland käme hinzu und Sachsen. Jetzt wurde sie wankend und stellte sich für einen Moment vor, rein theoretisch natürlich, Frankreich könnte sich im Verband mit England und Preußen Österreich und Russland entgegenstemmen.
»Gewöhnlich zu sein überlassen wir doch gerne den gewöhnlichen Sterblichen, nicht wahr, Madame?«, konterte der Graf, bevor sie das passende Wort gefunden hatte.
Sein verschwörerisches Lächeln war zurückgekehrt, doch sie wandte die Augen ab, um von seinem Blick nicht eingefangen zu werden, und fragte stattdessen mehr das Zellenfenster als ihn: »Warum kamen Sie nach Frankreich, was war dabei für Sie von Interesse, Durchlaucht?«, den gräflichen Deckmantel akzeptierend, der es auch ihr erleichterte, diese Unterhaltung ohne Gesichtsverlust zu führen.
»*Ist*, Madame – es *ist* noch immer mein Interesse, die Pariser Herren persönlich zu treffen, die auch Ihr Interesse geweckt haben, wenn ich richtig informiert wurde – die Herren d'Alembert und Diderot und alle, die sich um sie geschart.«
Sie rauschte als ein rosa geblümter, hellgrüner Seidenschwan

auf das Fenster zu, was es ihm verunmöglichte, wahrzunehmen, dass sich ihr Blick kurz hilflos zur Decke wendete. Sie erschien ihm vornehm und von natürlichem Adel – ganz und gar nicht unsicher wie die meisten Emporkömmlinge.

»Hat Monsieur d'Alembert Sie auf die Idee gebracht, nach Paris zu gehen?«, fragte sie scheinheilig, denn sie wusste es ja von d'Alembert selbst, der es in ihrem Auftrag getan.

Seine Stimme war kaum noch soldatisch, als er antwortete, denn ihre Eleganz faszinierte ihn und flößte ihm Respekt und Achtung ein:

»In der Tat, er bestärkte mich darin. Doch dass man meine Achse angesägt, nur um mich aus dem Graben zu ziehen und ohne Umschweife nach Versailles zu befördern – dieses Verdienst möchte ich fast Ihnen zuschreiben, Madame, auch wenn mich Ihre Erscheinung beinahe in dieser Zuschreibung wieder irre werden lässt.«

Langustier warf flüsternd ein:

»Der Comte de Vavigny ist der Freund der Dame, die mich mittags ablenkte. Diese wiederum, eine Madame de Scudery, ist eine Vertraute der Dame …«

Sie atmete heftig, ohne etwas zu sagen. Unzweifelhaft hatte sie gehört, was Langustier geflüstert hatte. Der Graf schloss triumphierend:

»*Sie* haben mich dorthin gelenkt, Madame – ans steile Ufer der Brêche, wo ich meine Knochen fast gebrochen … Zumindest hat sich ein gewisser Comte de Vavigny erstaunlich schnell dort eingefunden, wo meine Kutsche brachlag.«

Er lächelte verschmitzt, doch sie wandte ernst ein:

»Sie haben jeden Schritt freiwillig getan, oder etwa nicht? Mussten Sie nach Frankreich kommen? Nein! Mussten Sie erst nach Versailles fahren? Nein! Mussten Sie in der vordersten Reihe stehen? Nein!«

Er unterbrach diese Litanei, indem er fragte:

»Gibt es in unserem Leben so etwas wie freien Willen?«
»Das ist eine sehr philosophische Frage«, entgegnete sie.
»Man nennt mich nun mal einen Philosophen – doch einen *Küchenmeister* nannte mich bisher nur Ihr König. Wenigstens dies geschah mir durch Sie.«
Sie konnte die leichte Röte nicht völlig unterdrücken.
»Ich konnte der Versuchung nicht widerstehen, Sie mit meinem König zusammenzuführen. Alles wäre mit viel Überraschung aufgelöst und Sie wären noch vom Spiegelsaal weg in vollen Ehren empfangen worden! Leider wurde mein Plan vereitelt, sodass die Szene frühzeitig unterbrochen und statt eines fröhlichen Endes die jetzige Situation herbeigeführt ward.«
Er atmete hörbar aus und ertappte sich dabei, dem Mörder zu danken, dass er mit seiner Überraschung dieses Enthüllungsfest vor dem eiessenden König verhindert hatte. Der preußische König als Überraschungsei am Hofe von Versailles ... Nicht auszudenken, was die Weltpresse daraus gemacht hätte!
»So geben Sie zu, dass es nicht mein völlig freier Wille war, an dieser Stelle zwischen all dem Volk und den Spiegeln zu stehen und mich auf diese kuriose Weise als mein eigener Küchenmeister kompromittiert zu sehen?«
Er lächelte weiterhin, um der Sache nicht mehr Gewicht beizumessen, als sie seiner Ansicht nach verdiente. Sie dagegen ignorierte diese letzte Fangfrage und bemühte sich, aufrecht zu stehen, während sie verkündete:
»Ich habe Vollmacht, die Haft Eurer Maj...«
Sie besann sich rasch und korrigierte sich:
»... Ihre Haft umgehend zu beenden.«
»So es denn sein soll!«, sagte er, ohne ihre Ausflucht weiter zu kommentieren. »Sie würden meine Freiheit vollständig machen, wenn Sie mir eine Empfehlung an Madame Geoffrin gäben, denn ich möchte einmal alle Geistesgrößen Frankreichs auf einem Fleck versammelt sehen.«

Sie lächelte und versprach zu helfen.
»Diesen Mann indes«, sagte sie, zu d'Abadie gewandt, und deutete auf Langustier, »nehmen Sie wegen Fälschung meines Siegels und meiner Unterschrift in mindestens zehntägige Haft ohne jede Vergünstigung!«
Der Graf entgegnete sofort mit aller Entschlossenheit:
»Ich protestiere auf das Entschiedenste! Was er tat, tat er in Sorge um seinen Herrn. Wenn Sie einen aufrechten Patrioten wegen seines Eifers einzusperren gedenken, so wird Ihnen dies schwerlich zur Ehre gereichen.«
Madame de Pompadour erwiderte ungerührt:
»Dieser Mann mag seine Qualitäten als Koch haben, doch wenn man ihn nicht beaufsichtigt, scheint er mir ein gefährlicher Charakter zu sein.«
Der Graf lächelte wieder.
»Sollten Sie Wert darauf legen, dieses eigenartige blutige Verbrechen vor *Ihrem* König einer raschen Aufklärung zugeführt zu sehen, so würde ich diesem Herrn hier« – er legte Langustier die Spitze seines Stockes erst auf die rechte, dann auf die linke Schulter –, »jede nur mögliche Unterstützung gewähren.«
»Ein Küchenmeister als Polizist?«, fragte sie entgeistert.
»Nicht nur einfacher Polizist, sondern Polizei-Lieutenant, möchte ich meinen! Dieser Herr hat schon mehrere Verbrechen aufgeklärt, an denen sich unsere ordinäre Ordnungsmacht die Zähne ausbiss.«
»Sie haben mich dreist hinters Licht geführt«, sagte sie deutlich milder zu Langustier. »Das ist etwas, was ich gar nicht schätze. Aber ich weiß eine gute schauspielerische Leistung wohl zu würdigen. Was könnte Ihnen helfen, dieses blutige Stück recht bald zu beenden?«
Langustier war etwas enttäuscht, dass die Kunde seines Ruhms nach vier gelösten Fällen in Berlin noch nicht bis zu Madame de

Pompadour nach Versailles gedrungen war. Aber er beruhigte sich damit, dass es ja nun so weit war, und sagte:
»Ein kleiner Permiss von Ihrer Hand – nur die Bestätigung, dass ich in Ihrem Auftrag meine kleinen Fragen stelle – würde mir schon viel Erleichterung verschaffen.«
»Setzen Sie es auf, ich schreibe es ab, unterzeichne es und schicke es Ihnen umgehend.«
»Ich weiß Ihre Güte sehr zu schätzen, Madame«, entgegnete Langustier mit einer Verbeugung, die auch am spanischen Hof durchgegangen wäre.
»Madame mögen tolerieren, dass besagter Permiss auf den unechten Namen *von Toepffer* lauten wird?«, fragte er zaghaft.
Sie neigte kurz und genervt das vollendet modellierte und verzierte Haupt und wollte sich bereits verabschieden, als Langustier noch einmal nachsetzte, während er mit einem kleinen Bleistift seinen Permiss-Entwurf auf die Rückseite seiner Permiss-Fälschung zu kritzeln begann:
»Nur eine bescheidene Frage noch, verehrte Madame: Wie standen Sie zu Beaufrange?«
Die Farbe unter ihrer Bemalung wich, sodass aufgetragenes Rouge und Rosé doppelt unnatürlich wirkten. Sie fasste ihn kühl ins Auge und überlegte, ob sie überhaupt antworten sollte. Schließlich aber sagte sie:
»Ich hatte viel mit ihm vor. Er war eine Hoffnung im Kampf gegen die Geistlosigkeit weiter Kreise in Versailles.«
»Sie haben ihn also gefördert?«
»Natürlich, wie ich alles fördere, was uns voranbringt! Uns, damit meine ich die Elite: die Enzyklopädisten, Quesnay, mich selbst. Sie dürfen nicht vergessen, dass Durchlaucht« – sie neigte ehrerbietig ihr wieder Farbe bekommendes Gesicht vor dem Grafen, der dies lächelnd mit einem Hutziehen quittierte –, »und ich einen gemeinsamen Freund hatten: Voltaire! Die von Seiner gräflichen Durchlaucht so geschätzten Enzyklopädisten

sind sowohl seine als auch meine Freunde. Wie also sollte ich einen jungen, talentierten Schriftsteller und Journalisten nicht schätzen und fördern ...«

Sie klappte ihren Fächer aus und wedelte, denn das Thema wurde ihr jetzt sichtlich zu schwül.

»Hatte er Feinde? Ich meine, außer dem Dichter Craisbillet?«, fragte Langustier.

Sie überlegte und schien auf niemanden zu kommen.

»Ein junger Mann in Versailles hat natürlich alle anderen zum Feind, besonders die Älteren, die alles tun, ihn klein zu halten. Doch wer mir nahesteht, genießt einen quasi natürlichen Schutz. Nun, und was den Dichter angeht – Baron Craisbillet hat sich erklärtermaßen die ganze Welt, besonders aber die jugendliche und im Aufstreben begriffene, als Gegner gewählt. Nur die Marquise du Tessin ist von seinem Generalhass ausgenommen. Er halb gelähmt und sie fast erblindet – das nenne ich ein treffliches Gespann! Beaufrange war ihm, wie Sie wissen, im Wettstreit um den besten *Catilina* ein obsiegender Widersacher. Aber ...« – sie dämpfte die Stimme, als könnte der Alte einen Stock tiefer ihr Säuseln durch den Fußboden vernehmen –, »... niemand würde in einem übelwollenden Greis einen ernst zu nehmenden Feind sehen.«

Langustier stellte sich den grollenden Alten in seinem Turm vor, wie er den Plan schmiedete, den jungen Beaufrange in all seiner Blüte mit einem genialischen Schachzug vom Brett zu fegen: er selbst als Verdächtiger, der Mörder als sein Handlanger-Double ...

»Er schreibt doch gerade an einem neuen Drama? Ich glaube, der Titel war *Helius ...*, *Helebor ...* ah: *Elagabal!*«

»Heliogabalus?«, paraphrasierte der Graf erfreut.

»Arbeitete der Chevalier de Beaufrange nicht zufällig ebenfalls an einem Drama dieses Titels?«, wollte Langustier erfahren.

Madame de Pompadour lachte kurz, wie man für gewöhnlich

tut, wenn man sich an etwas Glück im Unglück entsinnt. Eine Träne rollte ihr über die linke Wange und hinterließ eine kleine Schlucht der Verwüstung im Rouge.

»Nein, wiewohl Sie insoweit recht haben, als er in der Tat an einem kleinen Stück arbeitete. Aber es war bloß eine Posse ... Ja, was er schrieb, war nichts Gewichtiges, nichts Historisches, er erzählte es mir beiläufig.«

»Können Sie sich vielleicht an das Thema oder den Titel entsinnen?«, fragte Langustier.

Sie tupfte sich mit einem Tüchlein, das genau die Farbe ihres Wangenrosés hatte, überlegte kurz und sagte lächelnd:

»Die dressierte Ente.«

»Die dressierte Ente?«, fragten Langustier und der Graf unisono. »Doch nicht etwa ein Stück über die Entenzucht des Königs?«, fügte Langustier aufs Geratewohl hinzu.

Das Entsetzen auf ihrem Gesicht war so deutlich, dass es Langustier fast leidtat, gefragt zu haben.

»Wo denken Sie hin? Niemand schreibt eine Komödie, in der etwas vorkommt, das den König betrifft.«

»Also eine nichtadelige Ente?«

»Ob nichtadelig, weiß ich nicht, ich habe die Geschichte nicht gelesen«, sagte sie und ließ ihren Fächer ungehalten auf- und zuschnappen wie einen Schnabel. »Er hatte mitunter einen Hang zu Rousseau'schen Themen. Aber er würde wohl kaum etwas Antimonarchistisches geschrieben haben.«

Allein die Möglichkeit, dass einer ihrer Favoriten etwas Umstürzlerisches geschrieben haben könnte, brachte Madame de Pompadour offenbar an den Rand der Verzweiflung.

Langustier fragte:

»Beschäftigte der Chevalier de Beaufrange übrigens einen Diener?«

Sie schüttelte den Kopf.

»Er empfand es schon immer als lästig, für einen Diener verantwortlich zu sein.«

Nach einer Pause ergänzte sie:
»Das hätte ich ihm schon noch abgewöhnt! Er war sehr nachlässig gekleidet, und ich habe ihn schon oft darauf hingewiesen ...«
Langustier sah, dass ihr erneut die Tränen in die Augen traten, und wendete sich rasch an d'Abadie, um sie nicht in Verlegenheit zu bringen:
»Den Baron Craisbillet wird man übrigens gefahrlos freisetzen können, denke ich!«
»Ich werde dies veranlassen, wenn ...«, begann der Bastillegouverneur und blickte fragend zu Madame de Pompadour, die beiläufig nickte, während sie sich hinter dem Schutzschild ihres Fächers retouchierte.
»Ich hatte schon immer ein Faible für die Opéra Comique«, sagte der Graf und lächelte. »Auch war ich seit je ein Freund der Tierfabeln nach Art des Äsop. Sollten Sie mir also eine Rekompens für diesen wenig standesgemäßen Aufenthalt zukommen lassen wollen, Madame, so wäre ich glücklich, wenn ich das Manuskript dieser Entenposse erhielte. Man könnte es von einem fähigen Manne überarbeiten lassen. Ich würde es zu Ehren des toten Chevaliers drucken und herausgeben lassen.«
Sie neigte den Kopf, und es war schwer auszumachen, welche Miene so vorm Angesicht der Welt verborgen blieb.
»Es ist bereits fertig gewesen und sollte bei einem kleinen Verlag gedruckt werden. Doch dann verschwand es leider auf dem Postweg. Er wollte es erneut aufschreiben, doch dazu kam es nicht.«
Der Graf ließ sein Argusauge einen Abschiedsblick auf seine feudale Zelle im Tour de la Comté werfen und sagte:
»Nun denn ... Ich wünschte sehr, dass ich Madame noch einmal in einem etwas entspannteren Rahmen zu sprechen die Gelegenheit hätte. Wenn Madame mich nun jedoch entschuldigen wollen, denn ich fühle mich der Rekreation leidlich bedürftig.«
Langustier überreichte dienernd noch seinen Entwurf für sei-

nen Dienstausweis, dann verließen der Graf und er die Zwingburg, nicht ohne dem Baron Craisbillet im Vorbeigehen nickend die Ehre zu erweisen, wie es dem Alter gebührt. Unten erwarteten sie bereits die weiteren freigesetzten Getreuen des Grafen: Eichel, Balbi und de Quattre.

XVI

Paris litt an einer Überschwemmung durch Fremde, so kam es Langustier vor, während er mit dem Inkognitokönig und seiner kleinen Begleitmannschaft von der Bastille losfuhr. Er wies de Quattre auf einige Höker hin, die sich mit turmhohen Aufbauten auf seltsamen Kiepen durch die Straßen schoben und derart von ihren armseligen Waren überzeugt waren, dass sie einherstolzierten wie Freier auf dem Heiratsmarkt.

»Wenn ich die sehe, tut mir der Rücken weh«, sagte er, während sein Blick schon weitergewandert war und auf dem breiten schwarzen Schild eines Ladens in der Rue Saint-Antoine hängen blieb, auf das mit Theatergold die Worte *Preteur sur Gage* gemalt waren. Seine Miene erhellte sich.

»Wollen Sie Ihr unbrauchbares neues Gewand nicht auch wieder zu Geld machen?«, fragte er den Grafen, dem man die Strapazen des vergangenen Tages kaum ansah und dessen Freude, in Paris zu sein, anscheinend durch nichts erschüttert werden konnte.

»Oh nein! Ich kennen einen, der es sehr lieben und in Ehren halten wird – meinen Bruder Heinrich, der so gern auch einmal Paris sehen will. So hätte er schon ein Kleid, das ihn vor vielen Ausgaben bewahrt. Es ist einzigartig in seiner Unglaublichkeit. Ein Doppelgänger hätte es schwer, damit nicht aufzufallen.«

Was würde wohl der Doppelgänger des Barons Craisbillet mit der verräterischen Garderobe angestellt haben? Ob er sie verbrannt hätte? *Wohl kaum,* dachte Langustier. Wenn man noch ein paar Louis d'or herausschlagen könnte, dann gäbe es sicher nur wenige, die dies nicht versuchten ...

Nachdem der Graf sicher in der geräumigen, von Karl vorbereiteten Wohnung im erstklassigen Hôtel Impérial in der Rue Dauphine im Faubourg Saint-Germain abgestiegen war und glücklich seine geliebte Biche in die Arme geschlossen hatte, die, wie der überglückliche Karl heraussprudelte,»ihren Herrn so schmerzlich vermisst hat«, verabschiedete er seine Getreuen. »Schlafen Sie wohl, meine Herren! Lassen Sie uns ab morgen diese Stadt der Abenteuer entdecken, die mich so ganz auf ihre Weise empfangen hat! Ein Besuch des Salons von Madame Geoffrin mag diese Erkundung am trefflichsten einleiten.«

Ohne sich seinen Reisegefährten besonders zu erklären, die ohnedies zu ermattet waren für weitere Unternehmungen an diesem Tag und sich in ihre eigenen Zimmer im selben Haus zurückzogen, machte sich Langustier auf den Weg zurück in die Rue Saint-Antoine. Er bediente sich einer jener schwarz verhangenen Portechaisen, die normalerweise nur von fremdgehenden Ehemännern benutzt wurden. Schon eine halbe Stunde später stand er wieder vor dem Laden des Pfandleihers.

»Hereinspaziert, wenn's kein Steuereintreiber ist!«, begrüßte ihn ein schlanker, vornehmer Herr.

Langustier war eingetreten und ließ die Augen schweifen: Das Durcheinander aus Hausrat, Möbeln, Wertgegenständen und Krimskrams füllte drei kleine Räume vom Boden bis zur Decke.

»Was haben Sie für mich?«, fragte der Ladenbesitzer.

»Oh, ich will durchaus nichts versetzen!«, stellte Langustier richtig. »Ich suche vielmehr etwas, das ein Gewissenloser, den ich bei mir wohnen ließ, versetzt hat. Wenn ich es finde, werde ich es wieder auslösen, denn es bedeutet mir viel.«

»Was war es? Ich werde sehen, ob ich es habe und ob er es mir zum Kauf überließ oder es hat beleihen lassen.«

»Eine reiche Garderobe, komplett von der Chaussüre übers Beinkleid bis zur Perü...«

Sein Gegenüber hatte schon beim ersten Wort bedauernd den Kopf geschüttelt.

»Textilien werden Sie bei mir nicht finden. Hier gibt es vor allem kleine, von Motten unbedrohte oder große, ohne fremde Hilfe nicht von der Stelle zu bewegende Dinge.«

»Oh, was für ein Malheur! Was soll ich nur tun? Wo könnte ich mein Glück versuchen?«

»Nun, wenn er es einfach nur loswerden wollte, dann hat er es dem Gauner Crapule in der Rue de la Chaise vermacht. Wenn er dagegen noch einen vernünftigen Preis bekommen wollte, dann wird er es sicher Gribouille in der Rue des Rosiers überlassen haben!«

Die Rue der Rosiers oder Rosenstraße lag im jüdischen Viertel, und der Pfandleiher Gribouille sah Langustier bis auf Bart und Kippa so aus dem Gesicht geschnitten ähnlich, dass sich beide spontan an die große Nase fassten.

»Es hieß, dass man bei Ihnen vornehme Kleidung findet.«

»Das ist richtig, werter Herr! Die meisten Stücke sind schon einmal getragen, doch man sieht es ihnen nicht an. Sucht der Herr etwas Bestimmtes? Soll es für den Herrn selbst sein? Bitte sehr, wenn mir der Herr folgen möchten ...«

Gribouille ging mit leichtem Entengang durch die Stapel seines Horts, wo sich vom Schnupftuch bis zum Teppich alles fand.

»Ich benötige ein vornehmes Kleid, ein Kleid mit Versailles-Ehren, wenn Sie so wollen«, sagte Langustier und präzisierte: »Goldene Pumps, rotbrokatene Pantalons und eine goldene Brokatjacke, weiß, blau und rot durchwirkt, sowie eine rote Seidenweste mit silbernen Knöpfen, vielleicht auch noch ein weißes Seidenhemd mit reichem Spitzenbesatz.«

Gribouille wiegte den Kopf und lächelte. Langustier musste darüber lächeln und sah genauso aus in diesem Moment.

»Ei, ei, ei, was sind die Wege Gottes doch verschlungen! Gerade gestern hab ich eine solche Garderobe hereinbekommen ...«, sagte Gribouille und runzelte die Stirn.

Langustier erkannte die Kleidungsstücke auf den ersten Blick als diejenigen des falschen Craisbillets. Gribouille breitete sie auf dem abgewetzten hölzernen Tisch inmitten seines Ladens aus und strich mit den Fingern darüber, als wären es Heiligtümer.

»Was wollen Sie dafür haben?«

Gribouille lächelte siegesgewiss.

»Was wollen Sie denn dafür ausgeben, werter Herr?«

»Dazu müsste ich sie länger ansehen!«, sagte Langustier ausweichend.

»Bitte, bitte, der Herr, nur zu! Es sind teure Stücke, das möchte ich sagen. Es ist nichts, was man mit ein, zwei Dutzend Deniers vergelten könnte. Das möchte ich schon vorweg sagen ...«

Langustier brummte verhaltene Zustimmung und knöpfte sich die Jacke vor. Eine der roten Rosen auf der Bauchseite stach ihm sofort ins Auge, sie schien seltsam überdimensioniert, als hätte der Sticker, der sie gefertigt, zu viel getrunken. Sie wirkte eher groß und rund wie ein Apfel. Das Auge brauchte einen Moment, um zu erkennen, dass an dieser Stelle ein riesiger roter Fleck von der Blüte in die goldene Umgebung ausgriff.

»Und was ist das hier?«, fragte Langustier.

Gribouille ließ seine sezierenden Augen über die Rose laufen und hielt entsetzt inne. Seine Brauen krummsäbelten, und er stöhnte:

»Das ist ...«

»Blut!«, vervollständigte Langustier triumphierend. »Und hier auf der Hose auch!«

Er zeigte auf ein feines Gesprengsel, das sich vom roten Brokat dunkelbraun abhob und gleichmäßig von oben nach unten verteilt war, sodass es erst bei eingehender Betrachtung zu sehen war.

»Ach ...«

»Mein lieber Herr, ich bin Geheimcommissaire des Königs!«, sagte Langustier und machte eine so bedeutende Miene, dass Gribouille die Pantalons wie Sand durch die Handflächen glitten.

Man lügt immer dann am besten, wenn man die Wahrheit in falschem Zusammenhang sagt.

»Dies ist die Kleidung, die der Mörder von Pierre de Beaufrange in Versailles trug. Ich nehme an, Sie haben von dieser schrecklichen Untat reden hören?«

Gribouille nickte erst, dann schüttelte er den Kopf.

»Man hört hier nichts aus Versailles. Die Menschen kommen und gehen, und alles, was man hört, sind Zahlen ...«

»Ich muss diese Dinge konfiszieren!«, sagte Langustier und schickte sich an, die Kleidungsstücke und die Schuhe – auf denen sich jetzt ebenfalls Blutspritzer bemerken ließen –, zum Bündel zusammenfalten.

Gribouille legte seine Hände darauf und mahnte mit dem Zeigefinger:

»Mögen der Herr sein, was er will – ohne einen königlichen Permiss darf er sich auch beim armen Gribouille nichts nehmen!«

Langustier überlegte einen Augenblick, dann sagte er seufzend:

»Einen Louis!«

Gribouille grinste schadenfroh:

»Fünf!«

Langustier entgegnete:

»Zwei!«

Als wieder »Fünf!« zur Antwort kam, drehte er sich wortlos um und ging zur Tür. Kurz bevor er sie erreichte, hörte er hinter sich:

»Vier!«
Er hielt inne und erwiderte:
»Zwei, oder ich komme mit dem Permiss wieder! Und ich lasse Ihnen den halben Laden ausräumen!«
Mit zwei Louis war die blutbefleckte Garderobe des Mörders im Endeffekt weit über Gebühr bezahlt.
»Wer hat Ihnen das gegeben?«, setzte Langustier unbeirrt nach und hörte:
»Es war ein feiner Herr, wie Sie einer sind! Indessen schmal.«
»Name?«
»Oh, nur keine Namen, wenn man gute Geschäfte machen will!«
»Was war es denn für einer?«, fragte Langustier. »Ein Beamter? Ein Künstler?«
»Von der Bühne könnte er gewesen sein! Schauspieler! Möchte ich zumindest meinen, denn er sagte, er habe seine Rolle gespielt und brauche das Kostüm jetzt nicht mehr.«
»Weiter wissen Sie nichts?«
»Ich gab ihm einen halben Louis dafür!«, sagte Gribouille und lächelte breit.
Langustier hätte ihn umbringen können, während er ihm das Vierfache des Einkaufspreises in die Hand drückte. *Mordswertsteigerung*, dachte er grollend.

Als Langustier wieder in seinem Zimmer im Hôtel Impérial in der Rue Dauphine angelangt war, untersuchte er seine kostbare Erwerbung bei Kerzenschein sorgfältig. Das Signet des Schneiders war herausgetrennt. Doch auf den Schuhen war noch ein kleines Zeichen eingestanzt: A. CH.
»Ach …«, stöhnte Langustier, blies die Kerze aus und schlief mit dem Kopf auf der Tischplatte ein.

XVII

»Dort ist es!«, sagte de Quattre und wies auf ein stattliches Haus mit zwei Obergeschossen und Attika.
Ihre Kutsche hielt um zwölf Uhr mittags vor der Nummer 374 Rue Saint-Honoré.
»Rue Saint-Honoré ... Sprechender Name, mein Lieber!«, ulkte der *Graf* und sah seinen Retter schalkisch an, während sie ausstiegen.
Langustier sagte leise zu de Quattre:
»In der Bastille hat er mich zum Ritter geschlagen. Jetzt bin ich auch noch Heiliger.«
Das *hôtel particulier* der früh verwitweten einstigen Kammerdienerstochter Geoffrin war eingerichtet wie ein kleines Stadtschloss. Im Salon waren schon mehr als fünfzig Personen versammelt, als sie eintraten. Die Anwesenden hatten sich in einem Halbrund angeordnet, in dessen Zentrum ein kleines Tischchen mit einer roten Samtdecke stand. Einzig der Platz des Vorlesenden war noch frei, er probte wohl noch hinter einer der Wände ... Ein Maler hatte zu dieser theatralischen Sitz- und Stehgruppe Front gemacht und kämpfte mit hektischer Verbissenheit um eine Kohleskizze auf einer schranktürgroßen Leinwand.
»Wie viele kommen denn *noch?*«, stöhnte er, fluchte leise und wandte sich dann mit falscher Freundlichkeit an den Grafen: »Wo werden die Herren sich gnädigst aufbauen?«
Madame Geoffrin, die schon rechts in der Mitte Platz genommen hatte, erhob sich sogleich und kam, um zu sehen, wer sich noch so verspätet in die heilige Manege ihres Salons drängte.
»Messieurs, ich bin untröstlich, doch wir sind im Grunde bereits vollzählig! Meister Lemonnier soll uns heute für die Ewigkeit porträtieren, da kommen uns unbekannte Gesichter nicht ganz so gelegen ...«

Der Graf grinste und gab ihr das Empfehlungsbillett der Madame Pompadour, das mit dem Permiss für Langustier am Morgen gekommen war. Er sah Langustier schelmisch an und sagte:
»Keine Sorge, es ist nicht gefälscht!«
Sie brauchte bloß das Siegel der Pompadour zu sehen, um von strikter Abwehr auf bedingungsloses Willkommen umzuschwenken.
»Das ist freilich etwas völlig anderes, gräfliche Durchlaucht! Wenn sich die Herren bitte dort oben an die Seite begeben möchten? Leider sind jetzt nur noch Stehplätze übrig. Aber ich will gern ein paar Stammgäste bitten, Ihnen ...«
»Oh nein, bitte nicht! Das Stehen macht uns gar nichts, Madame. Wir wollen nur stille Beobachter und Zuhörer sein. Je schöner der Überblick, desto besser – im Stehen sieht man ja viel mehr.«
»Sie haben Glück, denn Ihre Visite führte sie just an dem Tage zu mir, an dem zum allerersten Male öffentlich aus Voltaires Tragödie *L'orphélin de la Chine* vorgelesen werden wird.«
Der Graf lächelte. Er raunte Langustier und de Quattre zu:
»Ein höchst bemerkenswertes Stück – er hat mir davon geschrieben. Er wird es wohl nur in seinem Genfer Exil aufführen können. Sich selbst mag er wohl für die Rolle des Dschingis Khan vorgesehen haben.«
In diesem Moment näherte sich ihnen ein Mann und sagte leise zu Langustier:
»Mein Herr, wir hatten die Ehre, einige Jahre des vertrauteren Umgangs miteinander zu verbringen – seien Sie von einem alten Freund auf das Allerfreundlichste willkommen geheißen!«
Langustier stieß freudig hervor:
»Herr Maupertuis!«
Er schüttelte ihm die Hand und flüsterte ihm ins Ohr, während sie sich umarmten:

»Nur kein Aufsehen – er nennt sich *Graf Le Constant!*«
Ein kleiner Aufschrei des Erkennens ertönte, als der Graf seinen einstigen Akademiepräsidenten erblickte. Er umhalste Maupertuis daraufhin ebenfalls wie einen alten, vertrauten Freund, nicht ohne sofort geistesgegenwärtig und lichtstark alle Schatten der Situation hervorzuholen, indem er auf die den Raum beherrschende Büste Voltaires zeigte und leise bemerkte:
»Sie hätten allen Grund, das Werk dieses oft so flegelhaft sich Benehmenden zu verachten.«
»Was meint er?«, fragte de Quattre, für den die Gegenwart all dieser Großen so aufregend war, dass er sich im Elysium glaubte. Auch wenn er alles gelesen zu haben schien, so war er doch ein Kind, was das zeitgenössische Skandalleben anging. Langustier klärte ihn rasch auf:
»Maupertuis muss wahrlich Höllenqualen ausstehen. Der Mann, der uns da, in Gips gegossen, herablassend zulächelt, war sein größter Widersacher in Preußen. Er selbst war bis vor zwei Jahren Akademiepräsident in Berlin. Als *Doktor Akakia* hat Voltaire ihn verunglimpft und flog wegen dieser Injurie aus dem Hätschelkorb. Aufgrund dieser Akakia-Sache ist Voltaire im Genfer Exil und Maupertuis in Paris. Wenn er also hier der Lesung eines Voltaire'schen Dramas lauscht, wo doch alle im Raum in ihm nur die Ursache für Voltaires Pein sehen können, dann nenne ich ihn einen wahren Dulder.«
De Quattre pfiff durch die Lippen.
»Mein Gott, das ist er!«
Maupertuis indes sagte zum Grafen:
»So frei von Eitelkeit bin ich nicht, dass ich auf diesem Bild fehlen will, das in die Geschichte eingehen wird, wo es diesem ... Affen – ohne leibhaftig präsent zu sein – noch als Büste und als Grund der Zusammenkunft gelingt, verewigt zu werden.«
Er atmete schwer und voller Hass. Man spürte, welche Kraft es

ihn kostete, gegen einen so übermächtigen Gegner zu kämpfen, dessen schlimmste Waffen seine Boshaftigkeit und seine Unberechenbarkeit waren.

»Lassen Sie es uns für den Augenblick kurz machen – man schaut bereits«, sagte er schließlich und stellte sich anschließend stumm.

Der Graf dagegen richtete den Blick unerschrocken nach vorn, wo er den neugierigen Augen all jener Geistesgrößen begegnete, die er zuvor nur auf grauen, leblosen und verzerrenden Kupferstichen gesehen hatte. Er erkannte daher nur wenige der Anwesenden: Buffon etwa, Helvétius, Fontenelle, de Richelieu, Malesherbes, de l'Aune Turgot, Diderot, Graf de Caylus, de Stainville, Rameau, Rousseau, Raynal, de La Condamine, Marivaux, Gresset, Daubenton, Condillac, Réaumur. Nur sieben Damen übrigens befanden sich – die Gastgeberin Geoffrin und d'Alemberts Freundin Lespinasse einrechnet – unter den knapp fünfzig Anwesenden.

Man taxierte des Grafen zimtfarbenen Rock mit goldenen Knöpfen und seine schwarze Perücke. Ein geschmackloser Landadeliger! Man rümpfte erschrocken die Nase, als man sah, dass Gesicht und Anzug mit Fäden und Weben von Schnupftabak bekleckert waren. In diesem Moment bellte ein nahe Sitzender auf, denn die Kiefer Biches hatten sich schmerzhaft um seine träge von einer Stuhllehne herabbaumelnde Hand geschlossen wie um ein zum Fraße gereichtes Schnitzel ...

»Die Exekutive!«, schrie der Baron de Montesquieu, schon gänzlich erblindet, und rieb sich lachend die Hand, die zum Glück nur ein paar Kratzer zeigte.

»*Mon dieu* – Montesquieu!«, rief Maupertuis entsetzt.

»Ich dachte, der wäre schon tot!«, sagte Langustier, und de Quattre nickte:

»Das dachte ich auch.«

»Oh, welche Monstrosität! Keine Hunde hier drin, keine Tiere

überhaupt! Das übertrifft ja noch den Papagei des Herrn neben Ihnen. Er hat mich einmal ins Ohr gekniffen.«
Maupertuis nickte schuldbewusst, und Langustier fragte spaßhaft, ob der Abbé Barthélemy auch schon einmal seine Ente mitgebracht hätte, was Madame nur mit einem nervösen Schnauben kommentierte. Der Graf funkelte die Gastgeberin herausfordernd an, schluckte aber das Wort »Hund« wie eine bittere Pille und ließ den Diener Karl schweren Herzens mit seiner geliebten Biche nach draußen gehen. Er ergriff die Hand des Greises, dessen Augen sich auf ihn richteten, als wären sie plötzlich wieder sehend geworden, und drückte sie.
»Ich bin untröstlich, Baron! Meine ungezogene Biche! Lassen Sie mich einmal sehen ... Ein wenig hat sie zugeschlagen: Ich werde mich selbst um einen Arzt bemühen.«
»Dort ist einer«, sagte Langustier, der eben gesehen hatte, dass auch Quesnay im Raum war, mit dem er sich jüngst so einseitig unterhalten. Er winkte ihn heran wie einen Domestiken.
Dieser hatte freilich den Grafen und Langustier längst erkannt, und da sich die schützende Hand seiner Herrin über sie breitete, waren seinem Groll über die Insubordination dieses Koches gegen einen geistig alle überragenden Mann wie ihn die Hände gebunden. Inzwischen war er als Madame de Pompadours engster Vertrauter freilich über ihre wahre Identität in Kenntnis gesetzt.
»Ein wenig Branntwein zur Desinfektion, dann sollte es glimpflich abgehen«, sagte er, nickte dem Grafen und seinem Koch verschwörerisch zu und tupfte bereits etwas klare Flüssigkeit auf ein nicht ganz lupenreines Taschentuch aus seiner Rocktasche, das er auf die nun schwach blutende Wunde Montesquieus legte.
»Ich habe ihre Werke mit flammendem Eifer studiert«, beteuerte der Graf. »Es ist keines darunter, das ich nicht für wert befände, jedes Jahr aufs Neue einer Lektüre unterzogen zu werden.«

»Auch die kleinen Schweinereien in meinen Hauptwerken, den *persischen* Romanen?«, fragte Montesquieu mit kratzig-wacher Stimme, und seine blinden Augen suhlten sich in ihren Betten, während er mit den zitternden Händen vormachte, wie der Beischlaf vonstattenging.

»Ich wusste gar nicht, dass Sie auch Romane geschrieben haben«, sagte der Graf mit plötzlicher Kühle, bevor er neben Maupertuis, Langustier und de Quattre weiter hinten Aufstellung bezog, um die übrigen Anwesenden mit mehr Muße in Augenschein zu nehmen.

»Ist das da nicht Rousseau – der Verrückte mit dem Tscherkessen-Käppi?«, fragte Langustier den einstigen Akademiepräsidenten.

Der Akademiepräsident nickte indigniert, und der Graf visitierte den Gegenstand dieser Frage mit kühlem, abschätzigem Blick. Dieser Mensch verkörperte für ihn die reine Anarchie. Immerhin: Das besagte Tscherkessen-Käppi trug er an diesem Tage nicht.

Langustier erkannte d'Alembert, der sie zu dieser verrückten Reise animiert, sowie den Enten-Abbé, den er in der Post von Versailles nach Paris kennengelernt.

»Da ist Abbé Barthélemy!«, rief er daraufhin erfreut aus. »Und da neben dem Lesetisch sitzt ja d'Alembert!«

Der Abbé nickte freundlich mit entspannten Gesichtszügen, als er Langustier erblickte. D'Alembert dagegen wirkte betroffen und unsicher, als er den Inkognitokönig sah. Errötend wie ein Schulmädchen lugte er zu ihm und Langustier herüber und klammerte sich mit dem Blick an seine Freundin, Julie de Lespinasse. Ein drei Plätze entfernt Sitzender beugte sich halsbrecherisch zur Seite, nur um den Mathematiker zu fragen, ob er mit diesem tolldreisten Herrn mit dem verrückten Hund da hinten vielleicht näher bekannt sei? Sein linkisches Kopfschütteln überführte ihn in den Augen aller Aufmerksamen sofort der Lüge. Der *Graf* sagte mit ungespielter Höflichkeit zur Gastgeberin, die geschäftig im Raum herumging und inzwischen in ihre Nähe zurückgekehrt war:

»Ich danke Ihnen sehr für Ihre Aufgeschlossenheit, Madame, für Ihre Nachsicht meiner geliebten Biche gegenüber, die sich heute so ... *hündisch* gebärdet, und für Ihre Gastfreundschaft! Sagen Sie mir bitte nur noch, wer sich da eben so weit zu Herrn d'Alembert vorneigte.«

»Das ist Duclos, der Historiker und Enzyklopädist«, antwortete Madame Geoffrin, bevor sie sich matronenhaft endlich wieder auf ihren Sitzplatz an der rechten Wand begab – durch diese Worte über die Schrecknisse ebenso hinweggetröstet wie der lachende Montesquieu durch die Pulle, die ihm Quesnay nur höchst widerwillig für einen tiefen Schluck überlassen und dann wieder fortgerissen hatte, bevor auch er ins Halbrund der sitzend Wartenden zurückkehrte.

In diesem Moment betrat Lekain, der große Lekain, mit dem Text des Voltaire'schen Dramas unterm Arm den Raum.

Das ist er!, dachte Langustier und wälzte während der ganzen Lesung nur diesen einen Gedanken wie einen dicken Feldstein vor sich her. Die Statur und die Bewegungen passten haargenau zum Craisbillet-Double vor der Orangerie.

XVIII

Der Beifall war achtungsvoll, aber nicht überschwänglich. Eine Weile stritt man über die Berechtigung fernöstlicher Themen im europäischen Theater, wo es doch ausreichend Möglichkeiten gäbe, eigene Stoffe und eigene Mittel zu verwenden, bis die Gastgeberin Geoffrin ihr berüchtigtes »Kinder, jetzt ist es genug!« hören ließ und so wie üblich die Debatte treffsicher erstickte, sobald sie anzufangen drohte, interessant zu werden.

Langustier interessierte sich jetzt nicht für bühnentheoretische Dispute. Er wollte rasch seine Theorie bestätigt sehen und drängte sich in den Kreis der Verehrer und Lobredner des Schauspielers Lekain, um ihm rundheraus zu erklären:

»Beim letzten Mal, als wir uns begegneten, hatten Sie keine Silbe für mich! Dieses Mal dagegen gleich ein ganzes Drama!«

Der *Graf* war ihm gefolgt und verfolgte nun auch gespannt den Ausgang dieses Wortwechsels.

»Sie müssen sich irren, mein Herr«, erwiderte Lekain kühl. »Ich bin Ihnen noch nie begegnet.«

»Aber doch – nach dem Essen des Königs, am Sonntag, vor der Orangerie!«, beharrte Langustier.

»Das ist nicht gut möglich ...«, sagt Lekain unsicher.

»Das ist sogar völlig unmöglich«, mischte sich ein Herr von der Seite ein. »D'Alembert und ich waren am Sonntag Zeugen der Matinee-Vorstellung von Marmontels *Égyptus,* in der dieser Herr die Hauptrolle spielte.«

»Dann wurde er vielleicht von einem anderen gespielt?«, sagte Langustier, erntete jedoch nur Gelächter.

Seine kühne, jäh aufgeschossene Mutmaßung fiel jämmerlich in sich zusammen.

Lekain verschwand, nicht ohne einen indignierten Abschiedsblick auf Langustier geworfen zu haben. D'Alembert begrüßte nun endlich den sogenannten Grafen, sein Inkognito wahrend, und stellte ihm seinen Nebenmann vor.

»Denis Diderot!«

»Durchlaucht«, sagte Diderot und wand sich förmlich bei dieser Anrede.

Der Graf behandelte ihn dagegen mit einer Ehrfurcht, die ans Groteske grenzte:

»Mein Herr, welch eine Freude! Die beiden Größten nebeneinander! Von Ihrer *Enzyklopädie* wird man noch sprechen, wenn mein Kö... wenn meine Grafschaft schon lange in die Grube gefahren ist.«

»Die *Indiskreten Kleinode* werden die *Enzyklopädie* immer in den Schatten stellen«, sagte Diderot, auf das bekannte Werk eines Anonymus anspielend, in dem das Liebesleben des Hofes auf die Schippe genommen wurde.

Der Graf, der nicht wusste, wovon die Rede ging, rettete sich in Allgemeinplätze:

»Durch Ihr Werk wird unser Jahrhundert aus der Abfolge der wesenlosen Äonen herausgehoben und auf eine Stufe mit den Hochzeiten des Altertums gestellt!«

Langustier befreite beide Seiten, indem er Diderot fragte:

»War der Herr Beaufrange – sei der Himmel seiner Seele gnädig – ein reger Beiträger Ihres Lexikons?«

»Es ist eine Enzyklopädie, mein Herr! Das müssen wir festhalten. Aber ja! Er war ein Beiträger, den wir sehr schmerzlich vermissen werden, denn die Zahl seiner Artikel geht in die Hunderte.«

»Man könnte also sagen, dass Sie durch seine Ermordung einen veritablen Schaden erlitten haben?«

Diderot und d'Alembert sahen einander fragend an, um dann aber brav und einstimmig zu nicken.

»Ja, das könnte man sagen«, erwiderte Diderot. »Indes, so schlimm es ist: Wir werden Ersatz schaffen, sodass der Schaden nicht so weit geht, dass wir deswegen Schiffbruch erleiden werden. Es wird Veränderungen geben, doch wir werden sie meistern.«

»Welche Artikel werden davon betroffen sein?«

D'Alembert sagte:

»Es werden vor allem sein: *Stil* und Stilbewusstsein in Literatur, Kunst und Musik sowie *Geschmack* in Handwerk und Architektur. Das stand, glaube ich, auf seiner Liste.«

»Das sind enorm wichtige und sehr ausufernde, schwierige Themen«, sagte der Graf. »Wer soll das alles bewältigen?«

»Das sind nun einmal so richtige Themen für die jungen Talente. Da kann sich der Anfänger seine Hörner abstoßen. Beaufrange war eines dieser Talente, aber er war zum Glück nicht das einzige. Ich denke, dass wir die Artikel in unseren Bulletins an die Mitarbeiter ausschreiben werden. Irgendeiner wird schon anbeißen.«

»Das bedeutet, dass es noch keinen Ersatzkandidaten gibt?«

»Das bedeutet es«, sagte Diderot und fügte hinzu: »Wenn Sie mich bitte entschuldigen würden, ich habe noch ein Wörtchen mit Rousseau zu reden. Vielleicht kann ich ihn sogar für eines der genannten Themen begeistern.«

D'Alembert drückte lange und innig des *Grafen* Hand und sprach mehr mit Blicken als mit Worten. Was er sagte, war jedoch eindeutig:

»Ich bin sehr froh, dass *Durchlaucht* wohlauf sind. Hätte ich Sie doch nur nicht dazu angestachelt, hierherzukommen!«

Der Graf lächelte gnädig und sagte:

»Was wir wirken, liegt nur zum kleinsten Teil in unserer eigenen Hand. Sie haben sich nicht das Geringste vorzuwerfen, mein Lieber! Ohne Sie hätte ich zum Beispiel diesen jungen Mann hier« – er winkte de Quattre heran –, »nicht getroffen. Sie können etwas von Ihrer Schuld abtragen, sei nun auch das meiste davon Einbildung, indem Sie ihm einen Blick in die hiesige Geisteswelt verschaffen. Das haben das Genie und die Jugend mir voraus: mehr zu sehen, als man sich mit Eifer angeeignet. Ich sehe nur noch, was ich schon gesehen.« Zu de Quattre gewandt: »Seien Sie mein Ohr und mein Auge! Und gehen Sie mir auf diesem heißen Pflaster nicht verloren – halten Sie sich an den größten Mathematiker unserer Tage: Halten Sie sich an d'Alembert!«

Nach dieser pathetischen Verabschiedung standen der Graf Le Constant und sein Küchenmeister etwas allein gelassen herum. Der Abbé Barthélemy sah es und witterte seine Chance. Nachdem er Langustier erfreut begrüßt hatte, wurde er von diesem dem Grafen als Altertumskundler und königlicher Münzsachverständiger vorgestellt.

»Ein Numismatiker, sagen Sie?«, meinte Graf Le Constant mit einer leicht näselnden, aber sonst klaren, hellen Stimme. »Ich wüsste recht gern, was Sie zu einer kleinen Kollektion alter Münzen und Medaillen sagen, die ich gestern in der Rue de la Jalousie zum Kauf angeboten fand und heute noch zu erstehen wünsche!«

»Mit Vergnügen würde ich Sie zu Ihrem Kauf begleiten«, entgegnete der Abbé, sogleich hinzusetzend: »Die Rue de la Jalousie ist aber berüchtigt – dort geben sich Gut und Schlecht ein unheiliges Stelldichein ... Ich werde Sorge tragen, dass Ihre gräfliche Durchlaucht keinem Scharlatan auf den Leim geht!«

Der Graf gab dem harmlosen Geplänkel ohne Vorwarnung eine philosophische Wendung, da er sich bei diesen Geistesgrößen zu langweilen begann.

»Was glauben Sie, hat der Herr Kant in Königsberg in seinem Buch das Weltall richtig beschrieben?«

Das war so, als übergösse man den auf besonnter Weide Schlafenden mit Eiswasser ... Zufällig besaß Barthélemy eine vage Kenntnis besagten Werks und konnte daher wie folgt respondieren:

»Ich denke, er hat Wrights Theorie unserer Milchstraße als einer Sterneninsel, wie sie in *An Original Theory or New Hypothesis of the Universe* geäußert ist, trefflich aufgefasst und vorzüglich fortentwickelt.«

»Zweifellos«, sagte der Graf. »Das sehe ich genauso! Doch was sagen Sie zu seiner Theorie der Bewohner fremder Planeten? Wie zutreffend etwa ist seine Einschätzung der Bewohner des Mars?«

Langustier schien es keineswegs verwunderlich, sondern sehr bezeichnend, dass er unter den Planeten gerade den roten herausgriff.

»Wenn man dem Herrn Kant folgt, so sind sie uns geistig überlegen!«, antwortete der Abbé.
»Warum dies?«, fragte der Graf.
»Weil er davon ausgeht, dass mit dem Abstand vom Herd der Sonne auch die intellektuelle Fähigkeit wächst.«
»Das deucht mich einsichtig«, mischte sich Langustier ein. »Wer den ganzen Abend am Ofen zugebracht, ist am Tag darauf ganz duselig. Mein Hirn war einmal regelrecht gekochet!«
»Das stellt den Damen von der Venus kein gutes Zeugnis aus!«, sagte der Graf, und die Lespinasse, die zufällig etwas vom Gespräch aufgeschnappt, äußerte schlagfertig:
»Der Intellekt ist das eine – das Feuer das andere. Wenn der Herr Kant wirklich recht hätte, so wäre der Kriegsgott kälter als die Liebesgöttin. Das kommt mir sehr schwachsinnig vor, denn der Krieg und die Liebe haben für mich die gleiche Temperatur!«
»Wohl gesprochen, Madame!«, sagte der Graf, und Langustier konnte sehen, wie seine zuletzt etwas müden Augen wieder zu strahlen und zu funkeln begannen, indes die Sprecherin ohne weiteres Interesse an der Unterhaltung entschwand.
»Nun, was dieses Abstandsgesetz betrifft, haben sich schon viele Zweifel eingestellt«, sagte der Abbé. »Auch die Geschichte mit den Läusen, die er zur Illustrierung des Analogiegedankens bei der Annahme fremden Lebens anführt, ist doch sehr hanebüchen ...«
»Eine Läusegeschichte?«, fragte der Graf und forderte: »Erzählen!«
»Ich will sehen, ob ich es zusammenbringe«, sagte der Abbé und kratzte sich am Kopf, was zwar ganz unabsichtlich geschehen war, nichtsdestoweniger zu größter Heiterkeit Anlass bot. »Diejenigen Kreaturen«, begann er, »welche die Wälder auf dem Kopfe eines Bettlers bewohnen, hatten schon lange ihren Aufenthalt für eine unermessliche Kugel und sich selbst als

das Meisterstück der Schöpfung angesehen, als einer unter ihnen, den der Himmel mit einer feineren Seele begabt hatte, ein kleiner Fontenelle seines Geschlechts, wenn man so will, den gewaltigen Wasserkopf eines Edelmannes unvermutet gewahr wurde. Alsbald rief er alle witzigen Köpfe seines Quartiers zusammen und sagte ihnen mit Entzücken: Wir sind nicht die einzigen lebenden Wesen der ganzen Natur! Sehet da ein gänzlich neues Land! Da wohnen noch weitaus mehr Läuse!«

Ins Gelächter hinein spekulierte der Abbé noch etwas weiter: »Kann man aber gar, wie Herr Kant behauptet, aus der mittleren Position der Erde im Sonnensystem auf eine mittlere Temperatur unserer Moral schließen? Ist unsere Moral etwa lauwarm?«

Der Graf grinste und sagte:

»Wer zeigt uns die Grenze, wo gegründete Wahrscheinlichkeit aufhöret und die willkürlichen Erdichtungen anheben? Ich glaube, ganz gleich, wie der Herr Kant die Sache begründet – sei's durch die Läuse-Analogie, sei's mit kosmogonischen Entwicklungstendenzen –, dass die Frage erst entschieden werden kann, wenn die Zeit reif ist! Meine Zeit unter den Größen hier ist jedenfalls überreif! Begleiten Sie mich, Abbé!«

Und so flüchteten sie aus der schalen Pariser Salonwelt voller Vorfreude auf die Abenteuer eines Nachmittags in Frankreichs Metropole.

XIX

Zwei Stunden später war der Graf im Besitz einer exorbitanten neuen Münzkollektion und saß freudig-zusammengesunken, mit geschlossenen Augen in der Ecke des Kutschkastens. Seine geliebte Biche döste auf seinem Schoß. Nur ab und an, wenn die Fahrt in der Kutsche sehr holperig wurde, hob sie kurz den schlanken, spitzen Kopf.

Nach einem heftigen Gewitter gegen vier Uhr des Mittags war aus dem harten, verkrusteten Boden in den Straßen eine Art Moor geworden, in dem Fußgänger ausrutschten und Pferde stecken blieben. Friedhofsgeruch hing über der Stadt. Die Pariser strauchelten und ruinierten sich reihenweise ihr Schuhwerk, was Langustier auf den Gedanken brachte, Barthélemy nach dem ominösen Schuhmacher mit dem Kürzel A. CH. zu fragen. Der Abbé sagte sofort:

»Das kann nur Antoine Chaval in der Rue de Cléry sein. Der beste seiner Zunft in ganz Paris übrigens!«

»Würden Sie diesen Umweg noch mitmachen?«

Barthélemy nickte, und Langustier lugte zum Grafen, der ganz offensichtlich mit allem einverstanden war, wenn die Kutsche nur in gemächlicher Bewegung blieb. Langustier holte den Leinenbeutel unterm Sitz hervor, in dem sich die Schuhe des Mörders befanden, öffnete das Kutschfenster und rief dem Kutscher das neue Ziel zu.

Die Rue de Cléry war zum Glück das Gegenteil des Sumpfes, in dem sie auf der Jagd nach dem geprägten Gold unterwegs gewesen waren. Links und rechts des Eingangs von Chavals vornehmem Laden türmte sich allerfeinste Chaussüre in schützenden Glaspyramiden.

»Monsieur Chaval, mein Kompliment!«, sagte der Abbé beim Eintreten. »Sie sollten nach Paris gehen – der König von Frankreich wird Sie mit Gold überschütten für Ihre Kreationen ...«

Chaval, ein dicker Mann in grüner Seide, mit roter Perücke und goldenen Schuhen, lächelte bei diesem plumpen Scherz, denn er *war* der Hoflieferant für Chaussüre. Nicht nur König und Königin kauften bei ihm – ganz Versailles bildete seine Kundschaft. Die beiden Männer kannten einander, wie Langustier aus der innigen Umarmung schloss.

»Ich glaube, Paris wäre nichts für mich!«, sagte Chaval, indem er Langustier die Hand schüttelte und augenzwinkernd hinzufügte: »Es soll sehr viel Schmutz auf den Straßen geben. Ich könnte es nicht ertragen, die feinen Goldstoffe auf meinen Schuhen dem übel riechenden gelbbraunen Dreck ausgesetzt zu sehen ...«

Er zog ein paarmal angewidert Luft durch die Nüstern, um übergangslos mit dem größten Ernst den Fuß des ihm Unbekannten zu taxieren. Offenbar dachte er, der Abbé wolle ihm einen neuen Kunden zuführen:

»Sie haben einen kleinen, aber breiten Fuß, mein Herr. Sie stehen viel, auf hartem Untergrund. Und doch tragen Sie da an Ihren geplagten Füßen ein Etwas, das sich hier schnell in Wohlgefallen auflösen wird. Ich würde Ihnen statt dieses rauen und wenig beständigen Wildleders eher zu gestrichenem und lackiertem Glattleder raten. Das hält der Feuchtigkeit und auch dem Druck besser stand. Ein Halbstiefel mit flachem Absatz wäre genau das Richtige für Sie, denn damit sinkt man nicht so ein, vor allem, wenn man unsere Statur hat.« Er ließ seine manikürte Hand vergleichend zwischen Langustier und sich hin- und herfahren. »Wir brauchen einen festen Stand. Auch sollte der Schuh nicht zu schmal ausfallen, denn unser Fuß liebt keine Enge.«

»Ich dachte an etwas in der Art«, sagte Langustier und holte die Mord-Schuhe aus dem Beutel.

»Souliers à claque, mit goldenem Samt überzogen, mit Silberdraht durchwirkt«, sagte Chaval wie ein Schusterautomat.

Dann verengten sich seine Augen.

»Sie haben diese Schuhe verfertigt, nicht wahr?«, sagte Langustier.

»Selbstverständlich, so eine Qualität finden Sie bei keinem anderen«, antwortete Chaval mit der natürlichen Selbstgefälligkeit des extraordinären Handwerkers.

»Für wen haben Sie diese Schuhe angefertigt?«

Chavals Augen mutierten zu Schlitzen des Argwohns.

»Wer will das wissen? Diskretion ist in meinem Handwerk oberstes Gebot.«
Langustier hatte keine Lust zu großen Erklärungen und zückte den Permiss, den ihm Madame de Pompadour am Morgen durch einen Boten aus Versailles hatte zustellen lassen.
Chaval erstarrte erst, dann antwortete er erbost:
»Für Craisbillet, den verrückten Hund von einem Baron!«
»Warum nennen Sie ihn *verrückt*?«
»Weil er erst zwei Paar dieser Schuhe haben wollte und ich sie dann noch ein drittes Mal anfertigen musste, nachdem ein Paar gestohlen worden war. Er hat sämtliche Kleidungsstücke in zweifacher Ausfertigung, denn er hasst die Veränderung, wie mir sein Diener im Vertrauen erklärte.«
»Wie heißt dieser Diener?«, fragte Langustier.
Laval sah ihn entgeistert an. »Soll ich mir vielleicht auch noch die Namen der Haustiere meiner Kundschaft merken?«
Er hatte Langustier die Schuhe aus der Hand genommen und besah sie sich voller Bestürzung.
»Das ist Blut!«
Dann aber fiel ihm noch etwas weit Schlimmeres ins Auge.
»Da!«, stieß er aufgeregt hervor und wiederholte entgeistert: »Da!«
Langustier beugte sich vor, um seinem Hinweis zu folgen, und bemerkte ein spitzes Lederdreieck, das in die rechte Ferse eingearbeitet war. Die ursprüngliche hintere Rundung war durch einen barbarischen Schnitt durchtrennt worden ...
»Brutalität hat dieses Wunderwerk zerstört! Sehen Sie, wie verheerend da herumgeflickt wurde, nur damit der dicke Fuß irgendeines Monstrums hineinpasst! Das ist die Arbeit eines zehntklassigen Schusters oder gewöhnlichen Kammerdieners!«
Wild schwang er seine feine rechte Hand, zur Faust geballt, gen Himmel und schrie:
»Bediente, Lakeien und Zofen! Tiere sind es! Haustiere!«

Als sie wieder in der Kutsche saßen, fanden sie den Grafen inzwischen tief im Mittagsschlaf, wie die Geräusche bewiesen, die er periodisch ausstieß.
Langustier versank für einen Moment in ein indefinites Brüten, bevor er den Abbé leise fragte:
»Halten Sie es für möglich, dass Sie in Ihrem werten Heim in einigen Tagen eine Gesellschaft von ... sagen wir einmal ... einem Dutzend Gäste bewirten?«
Der Abbé Barthelémy runzelte kurz die Stirn, fasste sich aber rasch und antwortete:
»Aber mit dem größten Vergnügen! Vorausgesetzt allerdings, dass Sie, mein Verehrtester, für das leibliche Wohl dieser Gesellschaft Sorge trügen. Ich bin nämlich ohne Koch, müssen Sie wissen, da meine Tage in diesem kleinen Stadtpalais bereits gezählt sind. Ein kleines Souper bestreite ich aus dem Hôtel d'Aligre, aber für zwölf ... Die Küche jedenfalls, die Sie freilich selbst erst besehen müssten, ist nicht groß, aber sie erfüllte noch vor einem Jahr ihren guten Zweck.«
»Parfait!«, sagte Langustier und atmete auf. »Ich werde Sie rechtzeitig wissen lassen, wann es so weit ist. Es juckt mich nämlich in den Fingern, endlich einmal wieder das große Ockham'sche Rasiermesser zu schwingen!«
Er stellte sich vor, wie er den Mörder vor Publikum entlarven würde, indem er ihm den passenden Schuh überstülpte ...
»Wissen Sie eigentlich, wie der Diener des Barons Craisbillet heißt?«, fragte Langustier den Abbé, auf das Gespräch mit dem Nobelschuster zurückkommend.
»Ich glaube, er heißt Gabriel«, sagte Barthélemy.

Der Abbé wurde verabschiedet und vor seinem Palais abgesetzt. Die Kutsche rollte wieder, und Langustier fand plötzlich, dass seine Gründe, ein großes Essen anzuberaumen, doch reichlich dürftig waren. Was, wenn jener Gabriel nun nicht die richtige

Schuhgröße hatte? Dieselben Zweifel schien auch der Graf zu hegen, der offenbar keineswegs geschlafen hatte. Plötzlich kam seine Stimme aus der Kutschecke:

»Sicher, mein Lieber, dass wir wieder frei und unbescholten sind, ist Anlass genug, dem Himmel eine Opfergabe darzubringen. Doch finden Sie, dass es gleich ein ganzes Bankett sein muss?«

Nach einer kurzen Pause, in der sich Langustier vergeblich bemühte, eine plausible Erklärung für seine Voreiligkeit zu finden, setzte der Graf auf Deutsch nach:

»Es seindt denn, Sie schwante bereits mehr, als Sie zu sagen beliebte ...«

In seine Augen stahl sich diebische Vorfreude.

»Mich deucht doch nichts erfrischender als eine Omelette surprise!«

Dies war eine so feinsinnige Anspielung auf das Ei des Königs, bei dessen Verzehr alles begonnen hatte, dass Langustier in die Heiterkeit des Grafen einstimmen musste, obgleich ihm gar nicht zum Lachen zumute war. Der Graf nahm dies als Anzeichen dafür, dass er richtig lag mit seiner Vermutung. Er sagte noch, bereits wieder im Französisch des Weltläufigen:

»Die Madame sind einzuladen sowie ihr Doktor, der Polizeichef und der verrückte Dichter, wenn es denn unbedingt sein muss. Im Übrigen verfahren Sie bitte nach Gutdünken und ermuntern auch unseren lieben Abbé, Gäste seiner Wahl hinzuzufügen. Aber es wäre schön, wenn das Dutzend nicht über Gebühr dépassieret würde! Ach, der Comte de Stainville – den würde ich mir gerne einmal aus der Nähe aussehen, er ist der Botschafter Frankreichs in Italien.«

Die Diener, dachte Langustier, *ich muss die Diener ebenfalls einladen ...*

XX

»Begleiten Sie mich, bester Balbi – ich fürchte, es könnte hart auf hart gehen«, sagte Langustier zum Ingenieur-Major.
Balbi zuckte bedauernd die Achseln und sagte:
»Da war ein anderer schneller, bedaure sehr!«
Er wies mit einer angedeuteten Wendung seines Patrizierkopfes in Richtung auf den gut gelaunten Herrn hinter sich, der sich eben anschickte, in Begleitung von de Quattre zu einem ausgiebigen Besuch der Ateliers in der Königlichen Akademie im Louvre-Schloss aufzubrechen.
»Nun ja, Herr Eichel wird mir sicher zur Seite stehen!«, sagte Langustier.
»Das wage ich zu bezweifeln«, erwiderte Balbi. »Der Arzt hat ihm strikte Bettruhe verordnet. Zu seiner Verstauchung hat sich während der letzten Tage eine veritable Entzündung der Muskeln gesellt. Er kann jetzt schlicht gar nicht mehr laufen.«

Langustier stand daher wenig später ganz allein vor dem Tor zu Craisbillets Reich, das er erst fand, nachdem er mehrere Personen vergeblich gefragt hatte. Baron Craisbillet schien keiner zu kennen. Aber die Frage nach dem Verrückten im Turm zeitigte sofort Ergebnisse. Die Gefragten hatten wie wild Kreuze in die Luft geschlagen und ihn in die Rue de Grenelle geschickt.
Der Park neben dem Stadthaus der Marquise du Tessin, der früher zum Hôtel de Rohan gehört hatte, war durch einen schmalen Stichkanal voll blühendem Rhododendron mit der Rue de Bourgogne verbunden. Das Tor qietschte in den Angeln, als Langustier es aufschob. Durch die Bäume des Tessin'schen Parks wurde ein höchst bemerkenswertes Gebäude sichtbar, das frei auf einem weiten Rasenrund stand: Auf einem drei Meter hohen, aus roten Ziegeln gemauerten Rundturm thronte – von

schwarz gestrichenen, auskragenden Holzbalken gestützt – ein Fachwerk-Oktogon mit Ziegeldach und kleinen, schießschartenartigen Fensterlöchern. Der Kies des kleinen Weges knirschte unter seinen Tritten, und ein Hund, der einmal angeschlagen hatte, hörte nicht mehr auf zu bellen, bis die kratzige Stimme des Alten ertönte, die er bereits kannte:

»Wer ist da?«

Aus einer der Schießscharten ragte der blitzende Lauf einer Doppelflinte. Er war, wie der zielende Blick des Alten, direkt auf Langustiers seidenüberspannte Brust gerichtet. Langustier zückte einen kleinen Band Lyrik und rief, mit dem Büchlein wedelnd:

»Autogrammstunde!«

Der Alte schoss zur Warnung einmal in die Luft, sodass ein Schwarm Stare, die sich über die Kirschen der Marquise du Tessin hergemacht hatten, schnalzend, quietschend und rätschend in alle Winde zerstob.

»Wer sind Sie, was wollen Sie, ich habe Sie noch nie gesehen, verschwinden Sie sofort von meinem Grund und Boden!«, ratterte der Alte wie zu stark aufgezogen.

Langustier ließ sich nicht so einfach beeindrucken.

»Kannst du mich hören, du alter verlauster Tatter-Affe?«

Baron Craisbillet schwieg verdutzt, dann krächzte er:

»Wie nennst du mich, Fant?«

Langustier lächelte und erwiderte betont höflich:

»Da Sie mich also durchaus gut hören können, Euer Exzellenz, und nur dazu, dies zu eruieren, diente meine Frage, wäre ich Euer Exzellenz sehr dankbar, wenn Euer Exzellenz sich an mich erinnerten: Bastille – Gedichte – Signet!«

Er wedelte noch einmal mit dem Büchlein, doch der andere reagierte nicht.

»Außerdem möchte ich Sie zu einem kleinen Essen einladen, welches der Abbé Barthélemy für Sie auszurichten beabsichtigt!

Es ist ihm sehr wichtig, dass Sie kommen, denn er reist in Kürze gen Italien und lässt fragen, ob Sie nicht geruhen möchten, aus dem in Entstehung begriffenen neuen Drama, das, wie ich mich entsinne, *Elagabal* heißt, vorzutragen. Der Hofküchenmeister des Königs in Preußen wird kochen, sodass Sie zwanglos weiteren Stoff für Ihr Werk aufnehmen könnten.«

Nach einer sehr langen Pause, die von den zurückkehrenden Staren dahingehend genutzt wurde, sich wieder sorgsam über die weite Rundung des voll behangenen Kirschbaumes der Marquise herzumachen, kam von schräg oben ein murrendes Brabbeln, das alles bedeuten konnte. Indes wurde der Gewehrlauf zurückgezogen, und schon nach einigen polternden Schritten und dem Geräusch eines zurückgeschobenen schweren Holzriegels kam ein livrierter Diener zum Vorschein.

Langustier taxierte ihn, was Statur und Bewegungen anging, und war sich absolut sicher, diesmal den richtigen Doppelgänger vor sich zu haben. Doch es war gar nicht so leicht, einen professionellen oder einen Laienschauspieler in seiner alltäglichen Garderobe wiederzuerkennen, wenn man ihn nur einmal auf der Bühne bzw. Weltbühne gesehen hatte. Von oben drangen markerschütternde Pfiffe. Als Langustier Anstalten machen wollte, in den Turm zu gehen, wies ihn der Diener kühl zurück und zeigte fingerschnippend auf das Buch. Langustier schüttelte den Kopf und deutete auf sich selbst. Wahrscheinlich war Gabriel taub und stumm. Dann aber fiel ihm ein, dass ein taubstummer Diener sehr unpraktisch wäre, vor allem als Schreiber.

»Würden Sie dem Herrn Baron repetieren, was Sie auf diesem Schriftstück lesen können, Monsieur Gabriel?«

Der Diener äugte erstaunt und fragte sich ganz offensichtlich, woher der Unbekannte seinen Namen wusste. Dann beugte er sich vor und las. Auch als er den Namen und das Siegel der Pompadour sah, verzog er keine Miene. Nach dem Ende der Lektüre sagte er:

»Wie Sie wünschen, Herr von Toepffer.«
Damit verschwand er, um nach zwei Minuten, die Langustier mit seiner zwiebelförmigen Taschenuhr abgemessen hatte, wieder an der sorgfältig erst ver-, dann wieder entriegelten Tür zu erscheinen und ihn mit einer einladenden Geste zum Eintritt aufzufordern.
»Der Herr Baron lassen bitten!«
Gabriel hieß ihn am Fuß der breiten und äußerst gemächlich aufwärts führenden Wendeltreppe warten und sicherte die Tür sorgfältig mit dem Riegel von innen. Nach mehreren Windungen in dem gar nicht so kleinen Aufstiegsturm kamen sie an eine Klapptür, die sich auf leichten Druck nach oben öffnete. Der Diener blieb zurück, um sie mit einem beweglich angebrachten Stock offen zu halten, während Langustier in die Öffnung stieg. *Eine perfekte Menschenfalle!*, dachte er, sich mit weit aufgerissenen Augen ins Dämmerlicht des sich auftuenden größeren Raumes vortastend. Im ganzen Turm roch es wie in einer stickigen Gärtnerei. Ein markerschütternder Schrei ertönte, ohne dass Langustier den Schreihals ausfindig machen konnte. Plötzlich wurde er heftig an den Haaren gezogen. Eine behaarte Kreatur hechtete an ihm vorbei und sprang ihm auf den Rücken, noch bevor er Klarheit über seinen Angreifer gewinnen konnte.
»Keine Angst, mein Herr – das ist nur Voltaire!«, sagte der Diener, der nun ebenfalls im Raum war und ihn ein wenig weiterschob.
Langustier packte seinen Peiniger, der sich hartnäckig wehrte, bei den Hinterläufen, was zur Folge hatte, dass dieser sich nur umso heftiger um die Haare des Opfers kümmerte. Langustier taumelte weiter vorwärts. Der alte Baron Craisbillet stand vor ihm, noch immer das Gewand vom Sonntag tragend, dem scharfen Pferdegeruch nach zu urteilen, der von ihm herströmte. Erst als Langustier in seiner Not den Craisbillet'schen

Gedichtband aus der Jacke zog und damit auf den Quälgeist einzuschlagen begann, brachte der Autor seinen seltsamen Zerberus mit einem Zungenschnalzen zur Räson. Voltaire wechselte auf die Schultern des Dichters und entpuppte sich als kleiner Schimpanse.

»Sie mögen wohl keine Tiere?«, fragte Craisbillet mit der kollernden Stimme eines Kolkraben, funkelte Langustier bedrohlich an und streichelte zärtlich seinen Voltaire, der sich wild keckernd die Stelle rieb, an der ihn die Lyrik getroffen hatte.

Unter einem umlaufenden Arbeitstisch, von einem vorgezogenen Vorhang nur notdürftig verhüllt, standen Batterien von Phiolen und Flaschen. Auch Laborgerät wurde sichtbar, als der Affe wütend am Stoff riss.

Der Schreihals flog nun plötzlich durchs Blickfeld. Es war ein etwas überamselgroßer Vogel mit glänzend schwarzem Gefieder. Füße, Schnabel und Nackenlappen strahlten gelb. Unterm steil ansteigenden Dach, in das mehrere große Glasscheiben eingesetzt waren, hatte man Sitzstangen für ihn angebracht. Am Boden zeichneten sich deutliche Spuren seines kalkigen Kotes ab, die der Diener vermutlich jeden Tag mit Wasser und Schwamm entfernte.

»Wie heißt dieser Vogel?«, fragte Langustier, ohne auf die Frage des Barons einzugehen, während er sich bemühte, seine Haare notdürftig in Ordnung zu bringen. In kleinen Käfigen purrten Wachteln, sangen Kanarienvögel, ein größerer Glaskasten enthielt neben üppigem Rankenwerk eine gefährlich aussehende Schlange.

»Beo!«, bellte Craisbillet.

Ein Graupapagei auf einer Stange echote:

»Beo!«

Als Langustier sich ihm interessiert näherte, palaverte das hübsche Tier, mit dem Köpfchen rollend:

»Voltaire – verrückter Affe! Rousseau – falsche Schlange! Montesquieu – geiler Bock! Bertrand – flinker Teufel! Geoffrin – eingebildete Pute!«
Langustier, der ein Lächeln über die eben gehörte Suada nicht unterdrücken konnte, schaute zu einer Höhlung in der Backsteinwand, wo eine weiß verschleierte Eule ihre starren Augen auf ihn ausrichtete.
»Faszinierend«, sagte er »Und was ist Ihr ausgefallenster Mitbewohner?«
Der Baron ging wortlos zu einem Kasten, der mit einer Glasplatte abgedeckt war. Kies, zwei größere Steine, eine Binse, eine im Boden versenkte Schale mit Wasser. Mehr war nicht zu entdecken.
»Ihr Tier sieht sehr unscheinbar aus. Es scheint unsichtbar zu sein«, sagte Langustier.
Craisbillet klopfte leicht an eine Seite des Kastens, und Langustier schrak zurück: Auf dem Stein saß mit einem Mal ein kleiner gelber Frosch, der aussah wie aus glänzend lackiertem Metall und ihn mit schwarzen Kugelaugen anstarrte.
»Phyllobates terribilis«, sagte der Baron Craisbillet mit einem Blitzen in den Augen. »Er kommt nur an einem Flussdelta in Südamerika vor und entwickelt das tödlichste Gilft der Welt. Man nennt ihn Schrecklicher Blattsteiger oder Schrecklicher Pfeilgiftfrosch, weil die Indianer im Urwald ihre Pfeile mit seinem Hautsekret benetzen, bevor sie auf die Jagd gehen. Wenn Sie ihn mit bloßer Hand berühren, sind Sie in zwanzig Minuten tot. Wollen Sie es einmal ausprobieren?«
Craisbillet hatte seinen Arm in falscher Vertraulichkeit um Langustiers Schulter geschlungen und schob mit der freien Hand die Glasplatte zur Seite.
»Ich glaube Ihnen«, sagte Langustier schnell und wand sich aus der Umarmung.
Der Baron griente, lachte irr und streute eine Handvoll Fliegen und Ameisen aus einem mit Insekten gefüllten Glas in das

Froschbehältnis, bevor er sorgsam die Platte wieder an ihren Platz schob. Nun wurde er doch etwas gesprächig, da es um seine Menagerie ging.

»Der König hatte für dieses seltsame Geschenk des Herzogs von Aubreville keine rechte Verwendung. Angeblich soll dieser Frosch aus der Nachzucht stammen, die der Trappistenmönch Gorot 1562 begann, nachdem er den Pater Con Reale auf einer Reise nach Neu-Indien begleitet und ein Paar dieser Tiere mitgebracht hatte.«

»Woher weiß man um seine Giftigkeit?«

»Gorot hat Buch geführt. Von den siebzig Padres, die er die Frösche berühren ließ, überlebte nur ein einziger – und der hatte eine hölzerne Armprothese.«

Des Barons menschenverachtendes Lachen verhallte in der Kuppel des Turmes, wo ein Dutzend Fledermäuse wie riesige Teertropfen hingen.

»Amerikanischer Gemeiner Vampir, sehr begierig, französisches Jungfrauenblut zu kosten«, sagte der Baron, mit seinem zitternden Greisenfinger hinaufdeutend, und Langustier konnte an seinem lüsternen Blick sehen, dass er sehr gerne mit diesen Tieren getauscht hätte – kleine Öffnungen im Dach schienen den Vampirfledermäusen des Nachts das Aus- und Einfliegen zu ermöglichen.

Sich auf den eigentlichen Zweck seines Besuches besinnend, packte Langustier die Umhängetasche, die ihm bis dato unter der Achsel gebaumelt hatte, und fragte, das blutbefleckte Gewand und die Schuhe hervorziehend:

»Erkennen Sie dieses Kostüm?«

Der Baron strich sanft über die Oberfläche, um sich der Echtheit des Brokats zu versichern, bevor er mäßig erstaunt entgegnete:

»Man stahl es mir. Ich bin Ihnen sehr verbunden, dass Sie es mir zurückbringen.«

Er wollte es an sich nehmen, doch Langustier gab es nicht her. »Tut mir leid, mein Herr, aber die Polizei wird es in Verwahrung behalten müssen, bis der Mörder des Chevalier de Beaufrange gefasst ist.«

Bei diesem Namen bekam das Gesicht des Barons etwas Monströses. Er ließ den Stoff nur höchst widerwillig los und murmelte Verwünschungen. Langustier legte die Kleidungsstücke auf den Schreibtisch, was weitere leise Flüche zur Folge hatte. Er stellte auch die Schuhe obenauf.

»Wie viele Kopien dieser Gewandung, Schuhe inbegriffen, nennen Sie Ihr Eigen?«

Der Baron sah ihn angewidert an und antwortete murrend:

»Eine. Ich ließ sie anfertigen, nachdem die erste gestohlen war.«

»Das heißt, Sie verfügen zurzeit über zwei Exemplare?«

Baron Craisbillet nickte.

»Dürfte ich Sie bitten, mir den Beweis zu erbringen?«

Craisbillet machte ein Gesicht, als wollte er seinem Gegenüber an die Gurgel springen. Langustier zog den Brief der Pompadour ein Stück weit aus der Tasche. Der Baron gab seinem Adlatus ein Zeichen mit den buschigen Augenbrauen. Der Diener entschwand über die Treppe nach unten. Man hörte den Riegel gehen. Dann entfernten sich die Schritte durch den Park.

»Wohnen Sie denn nicht hier im Turm?«, fragte Langustier irritiert.

»Doch, natürlich«, entgegnete der Baron kratzig und zeigte auf eine schmutzige Bettstatt unter einem Paravent im Halbdunkel. »Solange es die Witterung erlaubt. Im Winter sitze ich im Schloss der Marquise, die mir ein Zimmer eingerichtet hat, wo ich auch meine Kleidung dauerhaft aufbewahren kann. Hier wäre sie zu vielen Gefahren ausgesetzt!«

Eine weiße Kotfahne haftete plötzlich auf Langustiers Ärmel.

»Bestie!«, schrie er hinauf, woraufhin der Graupapagei einstimmte:

»Schwarzes Miststück! Fliegendes Aas! Scheißvogel!«
Der Diener brachte eine identische Kopie der Kleidung, die Craisbillet trug. Beide Garnituren unterschieden sich, wie Langustier rasch feststellen konnte, nur beim Lederdreieck. Der Mörder hatte dickere Fersen als Craisbillet.
»Wäre Ihr Diener einmal so freundlich, in diese Schuhe zu schlüpfen?«
Baron Craisbillet zuckte die Achseln und schnarrte angewidert, was offenbar »Ja« bedeutete, denn der Diener streifte anstandslos seine eigenen Schuhe ab und zog die blutbespritzten Exemplare über. Die unbeholfenen Schritte, bei denen die Chaussüre kaum an seinen Fersen haften wollte, zeigten deutlich, dass die Weitung nicht für ihn vorgenommen worden sein konnte. Langustiers Mut sank bis auf Bodenniveau. Der Schlimmste aller Fälle war eingetreten: Er hatte das Überraschungssouper anberaumt, und der Einzige, der überrascht wäre, wenn etwas dabei aufgelöst würde, wäre er selbst.
»Wann und wie ist Ihnen dieses Gewand gestohlen worden?«, fragte er, denn einfach Aufgeben war seine Sache nicht.
Der Baron antwortete in grollender Erinnerung:
»Vor einem halben Jahr. Es fehlte eines Tages in meinem Kleiderschrank.«
»Haben Sie damals die Polizei verständigt? Den Verlust angezeigt?«
Craisbillet verneinte.
»Warum denn nicht?«, wollte Langustier wissen. »Es ist doch schließlich überaus viel wert?«
Craisbillet, der selbst verrückt aussah, sah ihn an wie einen Verrückten.
»Hätte ich denn der Marquise du Tessin, meiner Gönnerin, in deren Räumen dies Verbrechen sich ereignete, Ungelegenheiten bereiten sollen? Sie hat wohl jedes Mitglied ihres Hausstandes auf Ehre und Gewissen befragt – doch ohne Ergebnis. Da die Marquise um meine Schwäche weiß, keine äußere Veränderung

mehr zu ertragen, besaß sie die Großherzigkeit, mir das geliebte Gewand ein drittes Mal anfertigen zu lassen, wofür ich ihr von Herzen dankbar bin.«

Er legte die rechte Faust aufs Herz, was wohl das Gesagte unterstreichen sollte.

»Wenn Sie mich fragen«, fügte er mit einem Lächeln hinzu: »Bei Beaufrange halte ich es sogar für möglich, dass er seinen Tod selbst inszenierte. Nur um mir zu schaden!«

Zu diesem Unfug sagte Langustier nichts, brachte indessen noch einmal das anberaumte Souper beim Abbé Barthélemy in Erinnerung. Er zog zum Abschied den Gedichtband hervor mit der Bitte um eine Signatur, die Craisbillet volle fünf Minuten in Anspruch nahm. Er musste partout noch eine geistreiche Sentenz vor seinen Namen setzen, doch alles, was ihm mit äußerster Verzögerung aus der Feder floss, war:

Jung schon gegangen, nichts dran gehangen!
Alt noch am Leben, Gott hat's gegeben!
CRAISBILLET

Bevor er den zoologisch so merkwürdigen Turm verließ, nahm Langustier die drückende Atmosphäre noch einmal in sich auf. Auf Bodenniveau glitt sein Blick unter den Vorhang des Arbeitstisches an der Wand ringsum. Töpfe, Tiegel, Vorratsbehälter, chemisches Werkzeug aller Art. *Ein Goldmacher,* dachte er und seufzte über den menschlichen Unverstand.

Als er hinter dem Diener wieder abtauchte, rief ihm der Graupapagei noch einmal seine Schimpftirade hinterher:

»Voltaire – verrückter Affe! Rousseau – falsche Schlange! Montesquieu – geiler Bock! Bertrand – flinker Teufel! Geoffrin – eingebildete Pute!«

Der Baron blieb wie eine riesige rotgoldene Fledermaus in der Bodenluke über ihm zurück.

XXI

Vom kleinen seitlichen Parkeingang in der Rue de Bourgogne waren es nur wenige Meter bis zur Rue de Grenelle, wo sich neben einem schmalen Eckhaus das Hôtel du Tessin befand. Langustier gab seine Karte ab, auf der in goldenen Kapitälchen sein falscher Name stand: *Honorius von Toepffer*, und darunter, klein und silbern: *Mâitre de Cuisine*. In roten kursiven Lettern war am unteren Rand des Kärtchens die Adresse des Hôtel Impérial hinzugesetzt: *27 Rue Dauphine*. Langustier hatte etwa zwanzig dieser kleinen Juwelen, deren Ränder zu sanften Wellenlinien ausgestanzt waren, in der Rue de la Jalousie bei einem Visitenkartendrucker für ein paar Sous anfertigen lassen. Ein Laib Brot hätte kaum mehr gekostet. Er betrachtete den Diener aufmerksam, einen großen, beweglichen Mann – eine Ähnlichkeit mit dem Bedienten des Barons war nicht zu verkennen. Nach einigen Minuten erschien der Diener wieder und bat Langustier, ihm zu folgen. Auf der Treppe begegnete ihnen der Comte de Vavigny, den Langustier an dieser Stelle am wenigsten erwartet hätte.

»Meine Verehrung, Monsieur le Comte! Kein Versaillestag heute?«

Der Comte erschrak heftig über die unvermutete Anrede. Er sah aus, als wäre ihm ein lang gehegter Plan fehlgeschlagen. Nachdem er ihn für einige Sekunden entgeistert angestarrt hatte, hellte sich seine Miene auf. Er trat nahe an Langustier heran, fasste ihn bei den Händen wie bei der *Pastourelle* und sagte mit der üblichen höfischen Geziertheit, die stets ein Odeur der Falschheit umweht:

»Mâitre! Wie glücklich bin ich, dass Sie meine Gestalt nicht verteufeln. Welch ein Segen, dass jene Affäre, die Ihnen so viel Ungelegenheiten bereitet hat, so rasch und glücklich beigelegt werden konnte!«

Er neigte sich demonstrativ aus der Hörweite des Dieners, der dazu die übliche, schwer erlernte Geste des absoluten Desinteresses zur Schau stellte, und flüsterte:
»Kein Wort zur Marquise, versteht sich! Sie weiß von alledem rein gar nichts.«
»Selbstredend!«
»Guten Tag, Mâitre!«
»Gehaben Sie sich wohl, verehrter Comte!«

Die Marquise empfing Langustier im Hauskleid – sie saß im Bett, wo sie ihr recht üppiges Frühstück auf der grünen Damastdecke vor sich hatte: heiße Schokolade, Obst und diverse süße Gebäcke. Er warf einen raschen Blick auf die himbeerrosa Seidentapete mit den großen hellblauen Blüten und dunkelgrünen Ranken, auf die meterbreite Stuckregion mit einem wahren Wald aus Akanthus, den hie und da ein grinsender Faun oder eine berauschte Nymphe durchbrach, sowie zuletzt auf den Kronleuchter aus goldenen Rosenranken, unter denen eine in dicken Bergkristallen erstarrte Springbrunnenfontäne von der Decke hing.
»Ein Küchenmeister zum Frühstück – das ist ja fast wie bei dem König in Preußen!«, sagte die Marquise. »D'Alembert hat mir davon berichtet: Jeden Morgen muss Ihr dortiger Kollege bei seinem eigensinnigen Herrn vorsprechen und ihm die Wünsche von den Augen ablesen. Finden Sie das nicht auch entsetzlich?«
Noch bevor er etwas erwidern konnte, hatte sie ihn mit einer einladenden Bewegung gebeten, Platz zu nehmen. An der vagen Richtung, in die sie dabei sah, konnte er erkennen, dass ihre Augen zwar noch schön anzusehen waren, aber nicht mehr ihren Dienst verrichteten.
»Bitte leisten Sie mir Gesellschaft.«
Ohne dass er dazu angehalten werden musste, brachte der Diener ein zweites Gedeck.

»Bringen Sie uns auch noch Kaffee, Bertrand!«

»Sehr wohl, Madame.«

Ihre Hand suchte und fand die seine.

»Ich muss mich an das halten, was ich kriegen kann«, sagte sie lachend. »Eine Hand sagt mir mehr als ein verschwommenes Gesicht. Ich sehe nur noch so viel wie durch ein Schlüsselloch.«

Ihre Finger waren erstaunlich weich und beweglich für ihr Alter – sie mochte wie er selbst die Mitte der Fünfzig schon überschritten haben. Eingehend befühlte sie seine rechte Hand, als wollte sie daraus wahrsagen. Dann gab sie ihm seine Hand zögernd wieder zurück und ließ die ihre über seine Brust gleiten, wohl um sich ein Bild seiner Montierung zu machen. Seine Hand streifte leicht ihren halb entblößten Arm, was sie erschreckt-erfreut zusammenzucken ließ.

»Sie haben eine sehr warme und kräftige Hand. So wie ein Küchenmeister sie wohl hat. Suchen Sie eine Stellung, mein Herr?«, fragte sie und biss geräuschvoll in ein knuspriges Hörnchen, das sie sich mit der freien Linken geangelt hatte.

Sie sind ja auch noch ein ganz knuspriges Hörnchen, dachte Langustier, während er antwortete:

»Oh, nein, nein. Ich bin in meiner jetzigen Position sehr gut aufgehoben, weitaus besser übrigens als der arme Hund, von dem Sie sprachen. Monsieur d'Alembert sollte dem Preußenkönig vorschlagen, das Gehalt jenes Herrn zu verdoppeln, denn er trägt seine große Verantwortung mit Würde und macht seine Sache sehr gut, wie ich aus eigener Anschauung sagen kann. Sein schweres Los dauert mich in der Tat – ich glaube, er heißt Languste, Krebs, Krabbé oder so ähnlich ...«

»Langustier!«, half die Marquise du Tessin aus und fügte sogleich hinzu: »Das ist zum Glück weder nötig noch möglich, da der Ärmste seinen ungebliebten Dienst kürzlich quittiert hat und nun Beikoch in Versailles wurde!«

»Was Sie nicht sagen! Sie scheinen sehr gut über Versailles informiert zu sein, Marquise!«

Sie setzte sich mit einem Ruck aufrecht, wobei sich ihr Negligé gänzlich verschob und einen aufreizenden Anblick beinahe jugendlicher Weiblichkeit offenbarte.

»Das ist nicht schwierig, wenn man den Polizeipräsidenten kennt!«, sagte sie, die Hausjacke ohne jede Spur von Scham wieder über die nackten Schultern ziehend.

Langustier indessen war errötet und einigermaßen froh, dass sie es nicht sehen konnte.

»Dann wissen Sie sicher auch, wen man am verwichenen Sonntag in Versailles für ebenjenen Küchenmeister des Preußenkönigs hielt und des Mordes bezichtigte«, sagte er. »Er stand neben dem ehrenwerten Herrn, der in ihrem Taubenhaus wohnt, und jener Mord geschah, als der König sein Ei aß.«

Sie ließ die Tasse sinken, aus der sie gerade das letzte bisschen Schokolade hatte trinken wollen. Schelmisch beugte sie sich vor, sodass ihre roten Lippen fast seine Wange berührten, und flüsterte:

»Aber natürlich! Es ist ein falscher Graf aus Utrecht. Ich habe vergeblich in meinem Adelslexikon nachgeschlagen – eine Familie mit dem Namen Constant habe ich aber nicht gefunden. Ich frage mich ernsthaft, ob dies wirklich der echte Küchenmeister Langustier ist. Angeblich arbeitet er doch nun in Versailles ... Der Polizeichef, der gestern Abend mein Gast war, hat seine Informationen von noch höherer Stelle, aber er ist selbst mit einem guten Cognac nicht zu überreden gewesen, mir die Wahrheit zu verraten.«

Langustier konnte sich eines Schmunzelns über diese komödienreife Verwirrung nicht enthalten und sagte, ihre helle, sommersprossige Haut bewundernd, an der kaum ein entstellendes Fältchen zu bemerken war:

»Das übersteigt nun etwas meinen beschränkten Horizont,

Marquise. Doch in aller Bescheidenheit – ich fürchte, da sind sie falsch unterrichtet worden. Ich arbeite als Küchenmeister für ebenjenen Grafen, den Sie für den Küchenmeister Langustier halten. Ich sage Ihnen, er ist ganz und gar nicht von meinem Fach. Er ist ein wirklicher Fürst, wenn auch der Name Le Constant nicht sein echter ist. Ihn aber ganz durch eigene Anschauung kennenzulernen lädt der Graf nun alle Neugierigen ein, sofern sie ihn selbst interessieren. Der Abbé Barthélemy, der inzwischen mit dem Grafen gut bekannt geworden, da beide die Vorliebe für seltene Münzen eint, hat freundlicherweise sein Haus zur Ausrichtung eines Soupers angeboten. Meine Wenigkeit wird die Ehre haben, für die kleine, ausgesuchte Gesellschaft zu kochen, zu der unter anderem sowohl der Herr, der in Ihrem Taubenhause wohnt, als auch Ihre Bekannten, der Herr d'Alembert und der Herr Polizeipräsident Nicolas René Berryer Comte de La Ferrière, gehören ... Ach ja: und die Madame de Pompadour!«

»M. de Pomp.?«, sagte sie, und in ihrem Blick mischten sich Bewunderung und ein Anflug von Bosheit. »Da sollte auch die O'Murphy eingeladen werden. Die beiden an einer Tafel, und man wird noch im Jahr 2013 von jenem Essen reden! Da müssen Sie mir später alles berichten, was Sie sehen.«

Sie hatte auf gut Glück zugegriffen und seine Wange mit der Hand erwischt.

»Bitte lassen Sie mich Ihr Gesicht sehen!«, flehte sie. »Es ist immer gut zu wissen, mit wem man spricht.«

Er ließ es zu, dass sie ihn abtastete wie eine Büste, doch sie ging dabei mit solcher Zartheit vor, dass er beinahe enttäuscht war, als ihre Untersuchung beendet war. Verlegen sah er sich um und erblickte eine kleine Schale mit rosa Marzipanherzen. Die Papiertüte lag noch daneben.

»Sie sehen meinem verstorbenen Mann ähnlich«, sagte sie. »Ihre Nase und Ihr Kinn sind noch markanter als bei ihm«, fügte sie hinzu und kniff ihn lachend erst in die eine und dann in das andere.

Die angenehme Irritation dieser Berührungen hinderte ihn nicht am Nachdenken. Auch wenn Langustier nicht klar war, nach welchem Algorithmus die Marquise gerade auf das Jahr 2013 gekommen war – die Idee mit der O'Murphy war interessant. Und was die rosa Röschen anging ...

»Wer stellt eigentlich diese kleinen Leckereien her, die da stehen?«, fragte er so ungezwungen wie möglich. »*Rosé Pompadour* ist doch gar zu köstlich!«

Sie war für einen Moment irritiert.

»Das kann ich Ihnen gar nicht sagen, der Comte de Vavigny hat sie mir mitgebracht ... Rosa, sagen Sie?«

Er wollte nicht zu viel Neugier entwickeln und sagte daher, auf die Idee mit der O'Murphy zurückkommend:

»Ich werde Ihre Empfehlung weitergeben, Madame. Stehen Sie in freundschaftlichen Beziehungen zu dieser Dame, der O'Murphy?«

»Das ist nun etwas zu viel gesagt. Ich kenne einen Diener, der bei ihr arbeitet, namentlich, wenn auch nicht persönlich. Das ist alles.«

Sie zog seinen Kopf durch eine sanfte Umhalsung zu sich heran und flüsterte:

»Man munkelt, dass die O'Murphy mit diesem doppelten Simon ein Verhältnis habe ...«

»Mit einem Bedienten?«, fragte Langustier entrüstet.

»Tun Sie doch nicht so unschuldig!«, sagte sie und ließ ihn nicht wieder los.

»Und wie heißt dieser Diener?«, fragte er, als ob ihn die Klatscherei daran am brennendsten interessierte; ihr Parfüm brachte ihn beinahe um, so betörend war es.

»Simon!«, flüsterte sie direkt in sein Ohr, und es klang wie eine Liebkosung.

»Das ist sein Vorname?«, hauchte er zurück.
»Und auch sein Familienname: Simon Simon! Kurios, nicht wahr?«, säuselte sie.
»Äußerst, Marquise, äußerst! Die Eltern waren Spaßvögel!«
Er machte einen schwachen Versuch, sich ihrer Umarmung zu entziehen, obwohl ihre Ohrläppchen und ihre Nase und ihre Wangen und ihre wunderschönen, wenn auch blinden Augen allesamt zum Strecken der Waffen aufforderten.
»Darf ich das als Zeichen werten, dass Sie bei dem anberaumten Essen ebenfalls zu erscheinen geruhen?«, stieß er gepresst hervor.
»Ja, Sie dürfen!«, sagte sie. »Aber wenn Sie es uns jetzt nicht etwas bequemer machen und mich weiter so viel Kraft aufwenden lassen, werde ich ernstlich böse!«
Er küsste sie auf den Mund, und sie erwiderte den Kuss mit einer Inbrunst, die ihn nach Luft schnappen ließ. Sie schnippte mit dem Finger, nachdem sie den Griff gelockert, und sagte: »Bertrand, tragen Sie dafür Sorge, dass diese Tür in der nächsten Stunde nicht wieder aufgeht. Lassen Sie keinen herein, und wenn es die M. de Pomp. persönlich ist!«
Der Diener erwiderte mit der größten Nonchalance:
»Sehr wohl, Madame.«

XXII

Langustier irrte in einem Zustand schwer beschreiblichen Glückes durch die Stadt. Mochte es für sie nur eine momentane Laune gewesen sein – ihm brachte es jene Klärung bis dahin vernebelter Gedankengefilde, die er seit seinem Beilager mit der schönen Germaine in Breteuil so schmerzlich vermisst hatte. Es war ein Naturgesetz – die Stillung körperlicher Begierde befreite zugleich den Geist. Dies galt, fand er, in gewissen Grenzen sowohl für die Befriedigung der Wollust als auch für die Befriedigung der gastronomischen Gelüste, und er war sich beileibe nicht immer sicher, dass er den Lockungen eines schönen Körpers nicht einen schönen Braten vorziehen sollte ... Einen Augenblick lang beschäftigte ihn die Frage, ob die Marquise dem geckenhaften Comte auf ähnliche Weise zugetan war, doch inzwischen meldete sich eine freundliche Instanz in seinem Kopf und schnitt weitere Grübeleien mit einer gründlich arbeitenden Schere ab.

»Ich suche das Büro des Lieutenant général de police!«

Nachdem man ihn bereits durch mindestens fünf der zwanzig Stadtviertel geschickt hatte, stand er nun im pompösen Hôtel de Ville am Place de Grève und hatte einen kleinen, anämischen Concierge vor sich, dem die Hitze sehr zu schaffen machte.

»Sie werden ihn drüben in der Großen Torburg finden«, sagte er ächzend.

Langustier dankte und verließ das Pariser Rathaus wieder. Er fächelte sich mit dem Dreispitz Luft zu und besah sich kurz die Stelle, wo in grauer Vorzeit eine schiefe Sandebene das Anlegen der Kähne am Seineufer und damit irgendwie auch Paris möglich gemacht hatte. Er beobachtete etwas neidisch die Gassenjungen, die, nur mit ihren kurzen Hosen bekleidet, in die Fluten wateten, und überlegte kurz, Strümpfe und Schuhe auszuziehen und es ihnen gleichzutun. Doch er besann sich a) auf sein Alter und b) auf die bräunliche Farbe dieser Fluten und ging zum Grând Châtelet. Seltsam verwinkelt, aus Quadern und Rundtürmchen zusammengestoppelt, bewachte es seit alters her die Geschäfte der Geldwechsler und Geldverleiher auf der mittelalterlichen Tauschbrücke, die das nördliche Ufer mit der Seineinsel verband. Die beiden unheimlichen Hauszeilen auf den Brückenbögen, die sich im Wasser spiegelten, erinnerten entfernt an die Gebäude auf der Berliner Mühlenbrücke, doch war die Ponte au Change weit größer.

»Ich hätte Sie bereits verhaften sollen, als Sie und Ihr Herr die Staatsgrenze überschritten«, sagte Nicolas René Berryer Comte de La Ferrière, ein stämmiger, etwas zu kurz geratener Herr mit amtlicher Allongeperücke. »Sie haben Glück, dass *Madame*« – und er betonte es so, dass es die gleiche Bedeutung wie das Wort »König« bekam –, »sofort einschritt und Ihnen ihre Protektion angedeihen ließ.«
Eine reichlich hinterhältige Protektion, fand Langustier, dankte aber nur durch eine weitere Kopfneigung. Wie hat sie so schnell von unserer Einreise erfahren, fragte er sich zum wiederholten Mal. Schon im nächsten Moment kam ihm selbst die Erleuchtung: d'Alembert! Darum also weigert er sich, nach Potsdam zu kommen. Er müsste unweigerlich als Spion agieren, und das würde totsicher auffliegen. Agent der Sûreté in Preußen zu werden – so weit schien die Loyalität bzw. Illoyalität des genialen Mathematikers doch nicht zu gehen. Aber das preußische Gehalt anzunehmen und zugleich für die Sûreté in Paris gegen den eigenen Mäzen zu arbeiten: Das war ein starkes Stück!
»Um Ihnen, mein Herr«, sagte Berryer, »der Sie nie ruhen, bis Sie die Wahrheit herausfinden, eine Andeutung von der Leistungsfähigkeit unserer neuen städtischen Polizei zu geben, möchte ich Sie auf dies hier hinweisen: Kein Fremder, der in unser Land, respektive in unsere Stadt kommt, der sich nicht binnen kurzer Frist *hier* drin wiederfände!«
Er schlug mit einem Stöckchen, das er unausgesetzt wie eine Reitpeitsche schwang, auf eine Registratur, die sämtliche Wände, mit Ausnahme eines kleinen Fensters, vollständig bedeckte. Schon ließ er das Stöckchen wieder ein Stück durch die dicke Luft seiner Amtsstube schwirren. Ein Gehilfe mühte sich verzweifelt, eine unglaublich dicke Akte – bei genauer Betrachtung nur das fünfte Exemplar von fünf gleich dicken – ins Regal zu drücken.

»Wir sind so gut informiert, dass wir nur von einem Bruchteil unseres Wissens jemals amtlichen Gebrauch machen könnten.« Mit dem göttlichen Stolz eines Allmächtigen schlenderte er zu seinem brokatbespannten, gut gepolsterten Sessel und bot Langustier einen einfachen blanken Holzstuhl auf der anderen Seite seines breiten Mahagonischreibtisches an.

»Ich bin erstaunt«, fuhr er fort, nachdem er sein Gegenüber eine Zeit lang wortlos gemustert hatte, »dass Sie mich nicht schon früher aufsuchten! Schließlich liegt es doch bestimmt in Ihrem Interesse als Kriminalist, unsere neuen Pariser Polizeimethoden aus eigener Anschauung kennenzulernen!«

Langustier glaubte keinen Augenblick, dass sein Ruf als Liebhaber der Verbrechensaufklärung schon von selbst bis in die Kreise der Sûreté gedrungen war.

»Was unternimmt man in Paris«, fragte Langustier, ehrfürchtiges Interesse heuchelnd, »wenn ein wichtiger Brief, den man verschickt, seinen Adressaten nicht erreicht?«

Berryer machte große Augen. Diese Frage hatte er am allerwenigsten erwartet. Der Gehilfe, von einem kleinen Rollwagen eine weitere übergewichtige Akte aufklaubend, verlor sie aus den ungeschickten Händen, sodass sich ihr Inhalt über den halben Boden verteilte. Ein Blatt landete direkt zwischen Langustiers Füßen:

> Einrichtung des geheimen Lustkabinetts Sr. Majestät in Versailles, Rue Saint-Médéric, genannt Hirschpark, durch einen Strohmann der Madame de Pompadour namens Cremers (= Comte de Vavigny): 2 Häuser, durch Garten verbunden: No. 2 und No. 4. Verantwortlich für die Dirnen: Adelaide de Scudery und Madame de Pomp. (Gezeichnet: Le Bel)

»Ich denke ...«, antwortete Berryer zögernd und vorsichtig, nicht wissend, was sein Gegenüber soeben gelesen, »... man wird sich bei der Königlichen Post beschweren.«

Langustier nickte und lächelte, innerlich um Jahre gealtert durch sein neues Wissen, bevor er sagte:
»Ich glaube, dass derjenige, dem dieses Malheur unlängst widerfuhr, dies auch getan hat. Aber seine Beschwerde hat nichts gebracht. Der Brief, den er an seinen Verleger schickte, samt einem Originalmanuskript, von dem es keine Abschrift gab, ist nicht wieder aufgetaucht.«
»Wer war dieser Jemand?«, fragte Berryer.
»Der Chevalier, nach dessen Mörder Sie suchen«, entgegnete Langustier.
Auf dem Deckel der Akte, die zwischen ihnen auf dem Tisch lag, entzifferte er, indem er seinen Kopf etwas schräg legte, den vollends auf dem Kopf stehenden Namen »Langustier«.
Berryers Lächeln kehrte zurück.
»Sie gäben sicher viel darum, einen Blick in diese kleine Sammlung werfen zu können, hab ich recht?«
Langustier winkte ab, den zitternden Helfer beobachtend, während der das Blatt aufklaubte, das zwischen seinen Füßen lag.
»Ach nein, was mich betrifft, bin ich durch mein eigenes Dasein gut unterrichtet. Sicher haben Sie alles über mich darin gesammelt, da Sie selbst die vom Balken hängende Fledermaus in Ihren Dienst gestellt haben.«
Berryer lachte.
»In diesem Falle kam die Nachricht von der Schlange ... Im Übrigen: Ich danke für die Einladung zum Souper beim Abbé Barthélemy und nehme selbstredend nur allzu gern an.«
Langustier nickte, nur schwach erstaunt, und sagte:
»Ich kann Ihnen den Termin noch nicht nennen.«
Berryer lächelte hintergründig:
»Das ist gar nicht nötig – ich erfahre ihn auch so!«
Er fixierte Langustier mit plötzlichem Ernst, so als wäre alles vorab Gesprochene nur eine leicht zu übergehende Farce gewesen, und fragte:

»Versichern Sie mir lieber an Eides statt, dass ich auch als Erster wissen werde, was Ihrem werten Gehirn entspringt, bezüglich des Casus, der hier zwischen uns infrage steht?«

Langustier legte die Hand aufs Herz, wie er es bei dem Baron Craisbillet gesehen hatte:

»Ich schwöre!«

Daraufhin nahm Berryer die Akte »Langustier« vom Tisch und schob seinem Gegenüber ein gebundenes Verzeichnis zu, in dem eine Seite aufgeschlagen und eine Zeile unterstrichen war.

»Der Brief, von dem Sie sprechen, gibt auch uns Rätsel auf. Er wurde in unserem Schwarzen Kabinett geöffnet – darüber finden Sie einen regestenhaften Eintrag in dieser Kladde. Aber die Angaben sind sehr dürftig. Dann ist dieser Brief aus diesem Raum hier verschwunden.«

»Das heißt, eine Ihrer Fledermäuse arbeitet für mehrere Seiten?«, fragte Langustier, der das Schwarze Kabinett für eine Erfindung gehalten hatte. Angeblich war es auf Geheiß der M. de Pomp. eingerichtet worden.

Berryer nickte ratlos:

»Sieht ganz so aus.«

Langustier las:

Absender: Pierre de Beaufrange, Rue de Saint-Hilaire; Adressat: Mercier & Mercier, Verleger, 67 Rue de la Confiscerie. Inhalt: Roman »Der Vorhang«. An- bzw. Auszügliches, auch Schwarzes Genre. 30 Kapitel mit deutlicher Darstellungsabsicht – Erregung der Wollust unterm Vorwand moralischer Entrüstung über einen erfundenen Geheimbund, der sich unter Vorspiegelung der Einweihung naive Opfer für die mannigfaltigen Ausschweifungen seiner reichen Mitglieder sucht. (Mehrfach »verfeinerte« Geschichte von einflussreichen Persönlichkeiten, die sich durch verwerfliche Handlungen an geheimen Orten vergnügen.) Multipler Beischlaf nach ungewöhnlichen Modellen, Inzest gar, Lustfolter. Buch ist nach Erscheinen sofort zu verbieten und zu beschlagnahmen! Autor beobachten und nach Erscheinen einkerkern!

Von wegen »Die dressierte Ente«, dachte Langustier. Da hatte ihm Madame de Pomp einen ziemlichen Bären aufgebunden. Natürlich hatte sie es gelesen. Vielleicht hatte sie es gar verschwinden lassen?

Berryer schob den Helfer hinaus.

»Danke, Charpentier! Den Rest können Sie später erledigen. Schöne Grüße an Ihren Freund Simon. Er soll uns mehr von dem Zeug liefern, wir müssen es analysieren, bevor wir etwas unternehmen können!«

Er schloss die Zimmertür und zündete sich eine Meerschaumpfeife an.

»Wollen Sie auch?«

Langustier schüttelte den Kopf. Er hatte den Namen Simon ganz deutlich gehört. Mit »Zeug« konnte eigentlich nur das gemeint sein, was mit den Apparaten unter den Tischen in des Barons Taubenturm hergestellt wurde ... Es war sicher Craisbillets Diener Gabriel gemeint.

Berryer paffte, dass er ganz in einer Wolke verschwand. Er sagte: »Soweit wir wissen, hatte Madame de Pompadour ihre eigenen Pläne mit Beaufrange. Wir wissen immer mehr als der, den wir überwachen«, sagte er und ließ seine Gerte schwirren.

»Hat Ihnen das die Madame selbst geflüstert?«, fragte Langustier, und Berryer antwortete:

»Mitunter beißt sich die Schlange in den Schwanz! Selbst die Auftraggeberin kann sich der Überwachung nicht entziehen.«

»Was hatte sie vor?«, fragte Langustier.

»Ein wenig Heiratspolitik – sie wollte die O'Murphy von ihrem dünnen Ast in Versailles schütteln. Sie hatte vor, ihr nahezulegen, den Chevalier zu heiraten.«

»Beaufrange?«
»Genau den!«
»Wie geht das?«
»Man braucht einen guten Grund!«
»Der wäre?«
»Geld oder einen Beweis, der sie reif gemacht hätte fürs Schaffott!«
»Hatte sie den?«
»Ja.«
»Aha.«
Berryer grinste, und Langustier verstand, dass es nichts gebracht hätte, an dieser Stelle weiterzufragen. Daher kehrte er zum Hauptthema zurück.
»Was können Sie mir über Beaufrange sagen?«
»Er kam aus Varennes, hat eigentlich Jura studieren sollen und geriet über die Bekanntschaft mit Marmontel an die Enzyklopädisten und an Madame de Pompadour. Er hat verschiedene kleine Stücke geschrieben, und war einmal – nach einer kleinen Injurie gegen den Herzog von Aumont – drei Monate in der Bastille inhaftiert.«
»Ach, was für eine Injurie war denn das?«
»Er hat in einem Stück mit dem Titel *Die dressierte Ente* behauptet, der Herzog habe eine Ente zum Bestehlen seiner Gäste abgerichtet und sei so in den Besitz seiner vielbestaunten Münzsammlung gekommen ...«
Langustier lachte.
»Und so was reicht, um in die Bastille zu kommen?«
»Da fanden sich oft schon kleinere Anlässe ...«
»Hatte er wenigstens annehmbare Haftbedingungen?«
»Oh, soweit ich weiß, ging es ihm recht gut. Er hat jenes Manuskript, von dem Sie vorhin lasen, übrigens dort verfasst.«
Langustier dachte angestrengt nach.
»Arbeitet auch ein gewisser Simon Simon für die Sûreté?«

Berryer klopfte sein Pfeifchen aus und stopfte ein anderes, kaltes, neu. Er schob Langustier ein weiteres Verzeichnis zu, das er aus der Lade des Tisches gezogen hatte.

»Sehen Sie auch unter den Namen Gabriel Simon und Bertrand Simon nach!«

Langustier tat es und pfiff erstaunt. Die drei waren Brüder und hatten alle ihre sicher sehr einträgliche Nebenbeschäftigung.

»Hm. Was können Sie mir über den Baron Craisbillet verraten?«, fragte er beiläufig.

Berryer lachte.

»Nichts, was Sie nicht schon wüssten, vermute ich. Ein alter Narr ist er, der sich ein bisschen zu sehr in die Alchemie vertieft. Er hat in diesem ... Fach genauso wenig Erfolg wie in der Literatur.«

Langustier glaubte ihm kein Wort. Was wollten sie da wohl analysieren, die Herren von der Surêté, wie sich die Geheime Sicherheitspolizei des Staates hierzulande nannte, wenn nicht verbotene Tränke und Mixturen?

»Sagt Ihnen *Rosé Pompadour* etwas?«

Berryer erstarrte.

»Die Lieblingsfarbe von M. de Pomp.? In welchem Zusammenhang?«

»Ich hörte nur Andeutungen, aber es soll da so einen schmutzigen Geheimbund geben.«

»Wo haben Sie das gehört?«, fragte Berryer, plötzlich überwach.

»Ich hörte es in Versailles!«, log Langustier und weidete sich an der Verzweiflung in Berryers Gesicht. »Vielleicht wusste Beaufrange davon und wurde aus dem Weg geräumt, als er sein Wissen in diesem verschwundenen Roman verarbeitete.«

»Interessanter Verdacht!«, sagte Berryer, schüttelte jedoch gleich den Kopf und sagte: »Nein, nein, das sind üble Erfindungen von Leuten, die in ihrem belanglosen Leben noch weniger

als nichts erleben. Der einzige Geheimbund, den es in Paris gibt, sind doch wir: die Sûreté.«
Langustier wurde nicht schlau aus seinem Gegenüber. War das Koketterie oder Überheblichkeit – oder der Versuch, ihn vom dunkelsten aller Pariser Geheimnisse abzulenken? Er war schon aus dem Büro heraus, da kehrte er noch einmal um und fragte: »Ach, verzeihen Sie, eine Frage noch. Wo wohnt eigentlich der Comte de Vavigny?«

XXIII

Es war ein kleines, aber sehr schmuckes Palais am Quai d'Orsay. Der Comte empfing ihn in seinem Arbeitszimmer mit Blick auf die Seine.
»Sie haben Glück, verehrter Mâitre – ich war gerade auf dem Sprung nach draußen! Madame de Pompadour ist in der Stadt, und ich darf sie leider nicht lange warten lassen. Übrigens habe ich vorhin, als wir uns begegneten, auch eine Einladung von Madame überbracht. Doch die Marquise hat sich entschuldigen lassen, sie hasst es, halb blind durch die Gegend zu irren.«
Langustier konnte sich gut vorstellen, dass Madame de Pompadour einige Teilnehmer des bevorstehenden Gastmahls beim *Grafen Le Constant* über die wahren Hintergründe in Kenntnis setzen und insgesamt auf die politische Brisanz der Zusammenkunft hinweisen wollte.
»Werter Marquis, ich werde Sie nicht lange aufhalten, ist es doch nur eine Kleinigkeit, die mich zu Ihnen treibt. Der Polizeichef war so freundlich, mir Ihre Adresse zu verraten.«
Vavignys Gesicht, bis zu diesem Punkt ganz offen und lebhaft, versteinerte sofort. Er sah seinen überraschenden Besucher durchdringend an, als ob er schon jetzt einen Hintergedanken witterte.

»Bei der Marquise du Tessin, wo wir uns trafen, kostete ich von den kleinen Marzipankugeln in Rosenblütenform, die Sie ihr geschenkt haben. Ich wüsste gern, wo ich selbige erstehen kann.«
Vavigny hatte sich wieder leidlich entspannt.
»Oh, nichts leichter als das: Sie gehen ins Hôtel d'Aligre. Der Patissier Papille, ehemaliger Hofpatissier übrigens, stellt sie her. Er hat sie Madame de Pompadour gewidmet. Sie erhält jeden Monat eine kleine Kiste dafür, dass sie die Erlaubnis erteilte.«
»Und im Hôtel d'Aligre werden sie auch verpackt?«
Vavigny lächelte.
»Nein, bei Papille, gleich nebenan. Aber ihm gehört auch das Hôtel d'Aligre, und er spart sich ein eigenes Ladengeschäft. Alles Süße, was Sie dort bekommen, stammt von ihm.«
Vavignys Diener, ein Zwerg namens Foufou, brachte eine Schale mit dem fraglichen Konfekt. *Ihn muss ich wenigstens keinen Schuh anprobieren lassen,* dachte Langustier.
»Sind Sie eigentlich mit dem Baron Craisbillet näher bekannt?«
»Nur sehr flüchtig ... Zum Glück!«, sagte der Comte. »Er ist doch eine zu groteske Erscheinung.«
»Sein Kleid aber – respektabel, oder etwa nicht?«
»Da hat ihn der Schneider der Marquise beraten. Nein, eher gezwungen! Und Bertrand kümmert sich hingebungsvoll um seine Garderobe. Der gute Bertrand, was täten wir ohne ihn!«
»Gabriel, meinen Sie – sein Diener heißt doch Gabriel.«
»Ach ja, natürlich, Gabriel! Wer kann sie auseinanderhalten, diese Diener ... Da hab ich mit meinem Kleinen keine so *großen* Probleme.«
Er lachte, als hätte er einen anspruchsvollen Scherz gemacht. Langustier verabschiedete sich ernst.
»Ich will Ihre Zeit nicht länger in Anspruch nehmen. Ich wünsche Ihnen eine zerstreuende Krisensitzung. *Au revoir,* Monsieur le Comte!«
»Au revoir, mon tres chèr Mâitre!«

Aus dem Augenwinkel sah Langustier die Entspannung in Vavignys Gesicht. Grund genug, noch einmal anzuhalten, sich an die Stirn zu schlagen und zu fragen:
»Kennen Sie eigentlich einen Roman von Beaufrange mit dem Titel *Der Vorhang?*«
Dem Comte fiel die Kinnlade herunter.
»Er soll bei Mercier & Mercier erschienen sein.«
»Das gibt es nicht!«, sagte Vavigny. »Das kann nicht sein ... Er hat das verlorene Werk doch nicht noch einmal geschrieben! Wer hat Ihnen das erzählt?«
»Ich hörte vorhin zwei Herren davon sprechen.«
»Das ist ganz unmöglich!«, sagte Vavigny, blass wie ein Leichentuch.
»Nun, dann war es sicher eine falsche Information. Oder ich habe mich beim Titel verhört. *Der Vorrang, der Vorgang, der Vorklang* ... Auch hinsichtlich von Autor und Verlag gibt es viele Möglichkeiten: Beaugrange, Boulange, Beutranche ... Marcier & Marcier, Mortier & Mortier, Merbier & Merbier ... Bitte verzeihen Sie nochmals die Störung!«
Und weg war er.

XXIV

»Der Schlendrian des Franzmanns seindt nichts vor mir!«, sagte der sogenannte *Graf Le Constant* am frühen Morgen und dachte an sein geliebtes Sanssouci, wo er – dem hübsch klingenden Namen zum Spott – all die Sorgen vorfinden würde, die ihm sein Leben erst lebenswert machten: fällige Entscheidungen über Postenbesetzungen, Aushebungen, Truppenverpflegung, Winterquartiere und politischen Briefwechsel, den Empfang und die Maßregelung von Ministern und die Konferenz mit Generälen.

»Seindt mich sehr danach gelegen, noch mit Surprise zu speisen, *sur le départ!*«, sagte er zu Langustier, der insgeheim gehofft hatte, die Zeit habe für ihn gearbeitet und das Interesse an dem toten Chevalier erkalten lassen.

Dem gräflichen Augenzwinkern konnte er jedoch entnehmen, dass die leichtfertigen Versprechungen, das Enthüllungsmoment des anberaumten Essens betreffend, über all den Diversionen, die das Metropolendasein des unbeschwerten Touristen mit sich führte, keineswegs vergessen worden waren. In Eile waren zwei Tage zuvor die Einladungen ausgetragen worden. Bis auf den Bastillegouverneur und die O'Murphy hatten alle ihr Kommen zugesagt. Sogar Mâitre Mouthier, von M. de Pomp. über Langustiers kleine Notlüge in Kenntnis gesetzt, hatte einen seiner Küchenjungen – den jungen Lefaibre – zu Langustiers Unterstützung nach Paris herübergesandt. Lefaibre wusste zwar Langustiers echten Namen, wurde aber weiter in der Annahme belassen, dass er tatsächlich seine frühere Stelle aufgegeben habe und künftig unter Mouthier in Versailles arbeiten wolle. Der sogenannte Graf blieb weiterhin im weitgehend sicheren Inkognito.

Während der Graf sich also mit de Quattre und Balbi zu einem ausgiebigen Spaziergang über den Büchermarkt am Seineufer aufmachte, in der Hoffnung, eine Erstausgabe der *Verssatiren* von Boileau günstig erstehen zu können, und Eichel in der Obhut von Karl weiter seinen Knöchel durch Nichtstun schwächte, begaben sich Langustier und Lefaibre in die Rue de la Chaise, wo sie Barthélemy beim Morgenkaffee antrafen. Er hatte dem Jungen seinen Decknamen von Toepffer eingeschärft, denn der Abbé sollte durchaus weiterhin in der Vernebelung des weltfernen Gottesmannes bleiben, was seine fremden Gäste betraf.

Es war gerade einmal neun Uhr, und jener saß noch – jeder Morgentoilette bar – in seinem rotbrokatenen Hauskleide da.

»Ich bin froh, Sie bereits anzutreffen, bester Abbé!«, sagte Langustier. »Nach den Erfahrungen, die der Graf und ich in den letzten Tagen machten, ist dies bei Personen gehobener Kultur in Paris zu dieser Stunde nicht oft der Fall. Im Gegenteil, so scheint es mir: Je höher die Kultur, desto länger der Schlaf!« An Barthélemys Lächeln konnte er erkennen, dass er ihm damit nicht eben das beste Zeugnis, die Kultur betreffend, ausgestellt hatte, und beeilte sich, seine Scharte auszuwetzen:

»Sie, mein lieber Abbé, stehen natürlich nicht in dieser Hierarchie – als Gottesmann sind Sie den Niederungen der menschlichen Kultur gänzlich enthoben …«

Dem Abbé gingen solche Präliminarien gegen den Strich, und er erwiderte:

»Mein Herr, ganz ohne Zweifel: Ich stehe viel zu früh auf, um mit den Größten der Kultur Schritt halten zu können. Was führt Sie so zeitig schon zu mir?«

»Ich würde es sehr begrüßen, wenn Sie mich bei meinen Einkäufen für heute Abend begleiteten. Mag Paris auch mitunter hinterwäldlerisch sein, so ist es doch und bleibt nun einmal die Oase der Feinschmecker. So wie das gemeine Schwein sich am liebsten in seiner eigenen Suhle wälzt, möchte man meinen, so ist auch der edelste unter den Essern, der Gourmand, am liebsten in Paris, der wohl übelsten aller Hauptstädte der Zivilisation!«

Der Abbé lachte, denn dagegen konnte er wenig einwenden.

»Graf Le Constant möchte unter keinen Umständen«, sagte Langustier, »dass Sie um seinetwillen besonderen Aufwand treiben. Er wünscht, Ihnen die freundliche Einladung zu entgelten, indem er Sie bittet, in folgendes Arrangement einzuwilligen: Der Graf und ich kümmern uns um die Küche – Sie, Abbé, möchten für guten Vin de Champagne und ungeschönten roten Wein sorgen.«

Der Abbé wollte diese Entmündigung als Gastgeber nun gar nicht so einfach hinnehmen und erwiderte:

»Ich will der hausgemachten Diät Ihres Herrn Grafen keinesfalls im Wege stehen, doch wie kann ich wissen, dass mir selbige ebenfalls bekömmlich ist? Ich bin durchaus ein Mahl von zwei Gängen zu je drei Schüsseln gewohnt, worinnen mindestens dreie von gebratenem oder gekochtem Fleische vorkommen, und vertrage partout nicht weniger ...«
Auf diese Einwendung erwiderte Langustier lächelnd:
»Hier nun müssen Sie keine Bedenken tragen, werter Abbé, von einer Diät kann bei den Tafelgewohnheiten des Grafen recht eigentlich nicht die Rede sein. Wenn ich Ihre üblichen Mahlzeiten in Rechnung stelle, wie Sie sie schildern, so denke ich, werden Sie einen ausgezeichneten Handel abschließen.«
»Alsdann bin ich beruhigt«, sagte Barthélemy und führte die beiden Köche in seine Küche.
»Glauben Sie, dass es heuer gute junge Zuckererbsen in der Stadt geben wird?«, fragte Langustier seinen Gehilfen, um etwas Konversation zu machen, da der Abbé plötzlich wortkarg seinen Kaffee kaute, und der Vorwitzige wusste nichts Besseres zu entgegnen, als dass es – soweit er wisse – in Paris vor knackigen Zuckererbsen nur so wimmele ...
Langustier sah mit einem Blick, dass er es mit einer großen, ummauerten, oben offenen Herdstelle unter einem riesigen Rauchfang, einem kleinen, aber feinen geschlossenen Herd (mit einer durchlöcherten Metallplatte) und einem geräumigen Backofen (einer Lehmkuppel mit breitem Einschussloch auf einem gemauerten quadratischen Sockel) zu tun hatte. Er war es zufrieden und komponierte im Geiste bereits sein Menü. Indes war seine Inspektion noch nicht abgeschlossen:
»Was für ein Brennholz ist das?«, fragte er Lefaibre, und in diesem Punkte gab dieser nach kurzer Inspektion durchaus ernste Auskunft:
»Es sind Weide und Holunder und Apfel.«
»Trefflich. Doch ich habe von der Marquise du Tessin noch

einige seit Jahresfrist getrocknete Weinstöcke zugesagt bekommen – zersägt und klein gehackt, versteht sich. Obstbäume haben ein aromatisches Holz, dessen Duft sich auf den Braten überträgt, aber nichts geht über die Rebe!«
Der Abbé hörte und staunte und Lefaibre ebenfalls.

Während sie sich in der Kutsche noch recht träge durch die Stadt bewegten und die armen gewöhnlichen Sterblichen beobachteten, die schon seit Stunden ihren täglichen Überlebenskampf führten, sagte Lefaibre:
»Wissen Sie, dass in der eigenen kleinen Küche unseres Königs alles Gerät aus Silber ist?«
»Das dünkt mich keine große Idee zu sein«, entgegnete Langustier ohne Ehrfurcht. »Mâitre Mouthier sollte es ihm ausreden: Das edle Metall gibt seinen schalen Hautgout an die öligen und fettigen Speisen ab. Haben Sie schon einmal ein gekochtes Ei mit einem Silberlöffel gegessen, dann wissen Sie, was ich meine ... Der König sollte lieber Kupfer oder Eisen nehmen, das ist ihm vielleicht nicht teuer genug, dafür hervorragend auf dem Herd. Mir geht doch nichts über das gute alte Eisen!«
Die Erinnerung übermannte ihn, und Langustier sprudelte heraus:
»Oh ja, die feine eiserne Küche am Hofe meines Arbeitgebers in Sanssouci!«
Er errötete, verdutzt über seine eigene Indiskretion, und schickte heiser hinterdrein:
»Ich meine natürlich am gräflichen Hof, Sie verstehen? Es beliebte dem Grafen Le Constant, sein kleines Domizil nach dem Weinbergschloss des Roi de Prusse zu benennen.«
Sie lächelten, und Langustier konnte dem Gesicht des Abbés nicht einen Funken der Erkenntnis anmerken. Dieser sagte:
»In unserem Land halten die vornehmen Kreise viel davon, selbst zu kochen und feine Gerichte zu erfinden. Sie gehen davon aus,

dass nur das Teuerste gut genug sei. Und sie verschleudern ihr – überhaupt nicht sauer verdientes – Geld für jeden Unsinn!«

»Das ist übel!«, sagte Langustier. »Ist denn ein gutes Huhn teuer? Sind es etwa die frischen Kräuter und Wurzelgemüse, mit denen man es stopft? Ist es das Schweineschmalz, mit dem man es anbrät, sind es die Zwiebeln? Ist es der einfache, ungeschönte Rotwein, mit dem man es ablöscht? In der vollendeten Schlichtheit liegt die Perfektion! Mein König, ich will sagen, mein Herr, würde, was die Grande Cuisine betrifft, niemals in diese hirnlose Prasserei einwillligen.«

Nun hatte er sich endgültig verraten. Auf Diskretion bedacht, raunte ihm der Abbé auch tatsächlich zu:

»Jetzt ist es heraus: Sie meinen doch ganz offenbar la Grande Cuisine von Frédéric le Grand? Geben Sie es zu: Sie sind kein anderer als der Leibkoch des Preußenkönigs in Sanssouci! Und wenn ich nicht irre mit meinen Vermutungen, so war er es, den man an Ihrer Seite bei Madame Geoffrin sah ... Es gehen die wildesten Gerüchte um: Man hält ihn für den Hochstapler Cagliostro, gar für Nostradamus persönlich, aber auf das Naheliegendste kommt man nicht.«

Langustier war rot geworden und wusste nicht, wie er aus dieser Falle entweichen sollte.

»Nicken Sie bloß, wenn es sich so verhält!«, sagte der Abbé. »Ich will mir in Gegenwart Ihres Herrn nichts anmerken lassen, vorausgesetzt, Sie beide sind nicht hier, um die Verwundbarkeit meiner törichten Heimatstadt auszuspionieren und sie bei nächster Gelegenheit zu überfallen. Das Überfallen scheint mir nämlich Ihres Königs Hauptintention in der jüngsten Vergangenheit gewesen.«

Langustier nickte kaum merklich, furchterfüllt, obwohl sie in der geschlossenen Kutsche saßen. Im Brustton der Überzeugung schickte er hinterher:

»Wo denken Sie hin? Dies ist eine Vergnügungsreise! Eine Bildungsreise! Eine echte Kavaliersreise ... Aber dennoch: Wir, mein Herr und ich, sind des Todes, wenn meine Torheit dazu führt, dass man es morgen von den Dächern schreit. Ich beschwöre Sie, bester Abbé: Stehen Sie mir bei, indem Sie Ihren dunklen Abbé-Mantel des Schweigens über seine Anwesenheit breiten! Ich bin ja nur sein Zweiter Hofküchenmeister, meine größten Leidenschaften sind die große Küche und ihre Geheimnisse, und die Politik war nie mein Fach. Ich eigne mich, wie Sie bemerkt haben, zu allem – nur nicht zum Diplomaten.«

Der Abbé war bestürzt angesichts der Gefahren, die hier blühten. Aber er ermannte sich rasch, denn wie selten geschieht in unserem Leben einmal etwas Außergewöhnliches! So sagte er denn mit möglichst leichtem Ton, um seinen Nebenmann der Wohlaufgehobenheit seines Geheimnisses zu versichern:

»Ich habe Spaßiges von seiner Reise ins Elsass im August 1740 gehört – war es nicht dort, wo er Sie kennenlernte?«

»In der Tat, so war es. Ich hätte nie gedacht, dass ich auch einmal in die Rolle des Herrn Algarotti schlüpfen und ihn inkognito begleiten würde.«

Er pausierte kurz, wischte sich die Stirn, als wäre er selbst erleichtert, dass es endlich heraus war, um dann fortzufahren: »Es kamen damals, vor fünfzehn Jahren, einige Haudegen in meinen Gasthof, in dem der König und die Seinen abgestiegen waren, und es wäre leicht kniffig geworden. Ein Offizier wollte Händel anfangen, weil Algarotti ihn verärgert hatte. Doch es ging gut ab. Seine Majestät rief mich noch im selben Jahr zu sich, und ich folgte dieser Einladung, was ich nicht bereute.«

Er war noch immer sehr bedrückt und argwöhnte, dass der Abbé eine große Affäre lostreten wollte und nur zum Schein den Harmlosen spielte. Dieser aber beeilte sich, ihm zu versichern:

»Mein Herr! Auf Ehre und Gewissen eines Gottesmannes! Sie dürfen mich sotten und braten wie der Teufel höchstpersönlich, wenn über meine Lippen etwas von dieser Wahrheit nach außen dringen sollte! Lassen Sie uns so tun, als wäre nichts geschehen. Mir liegt sehr daran, dass unser kleines Souper stattfindet und für uns alle drei ein Genuss wird.«

Langustiers erwiderte, wenn dem so sei, so wolle er sein Schicksal und dasjenige seines Herrn in des Abbés Hände legen und keine Silbe mehr darauf verschwenden. Der Abbé möge nur nicht seinen Fehler aufgreifen und sich am Abend im Eifer des Gesprächs in der Anrede vertun. Nachdem ihm Barthélemy dies zum wiederholten Male geschworen, entspannten sich seine Züge, und sie berührten diesen heiklen Punkt in der Tat nicht weiter.

»Der Mensch betritt seine Feinschmeckerlaufbahn beim Saugen an der Mutterbrust«, verkündete Langustier mit gewichtiger Miene, um den jungen Lefaibre etwaigen Argwohn zu erschweren. »Er verliert seine Affinität zur Speise und zum Trank erst, wenn er stirbt – dreimal am Tag zum wenigsten meldet sich der Appetit! Ist es da verwunderlich, dass es Menschen gibt, die sich bemühen, stets nur das Beste zu sich zu nehmen? Sicher, es sind nicht viele, vielleicht zwei unter hunderttausend Individuen, die einen guten von einem schlechten Koch unterscheiden können.« Er lächelte, hob den Zeigefinger und sagte: »Merken Sie auf, lieber Abbé – und auch Sie, werter junger Freund –, denn ich verrate Ihnen jetzt das erste und oberste meiner Küchengeheimnisse: Es ist die Güte der Zutaten. Je besser die Stoffe, mit denen wir laborieren, desto besser unsere Resultate. Wie kann aus Schlechtem etwas Gutes werden? Nur durch eine übermäßige Würzung hatte man in finsteren Frühzeiten des Kochens das längst Verdorbene noch genießbar gemacht. Vieles Frische wurde so seither ebenfalls verdorben. Das Frische und Unverbrauchte besitzt das meiste an natürlichem Geschmack.«

»Wir werden gleich ein Comptoir betreten, das sich nie erdreisten würde, Ihnen etwas Schlechtes anzubieten«, warf der Abbé

ein. »Auf den Markt für Gemüse werden wir uns im Anschluss begeben.«
»Das ist die rechte Reihenfolge«, pflichtete Langustier bei. »Auch frischestes Gemüse und Fleisch verderben, wenn man sie zu lange durch das sonnige, heiße, stickige Marktgewühl schleift.«
Sie schnauften beide, denn mit derlei Unarten sollten zivilisierte Menschen in unserem wissenschaftlichen Jahrhundert sich nicht mehr selbst beschämen.
In diesem Moment rief Lefaibre aufgeregt:
»Da, die O'Murphy! Mit ihrem Diener Simon!«
Die Kutsche wäre fast umgekippt, als alle drei zugleich zum Fenster flogen, wobei es natürlich das Gewicht des Küchenmeisters war, das die gröbste Schwankung hervorrief.
»Was für eine Figur«, stöhnte Lefaibre.
»Gott hat reichlich gespendet«, sagte der Abbé mit sichtlichem Wohlgefallen.
»Vor allem an den richtigen Stellen«, präzisierte Langustier.
Dann fiel ihm etwas ein. Er klopfte dem Kutscher, reckte den Kopf zum Fenster hinaus und rief ihm zu:
»Bitte halten Sie einmal kurz an! Ich brauche nur zwei Minuten.«
Er sprang aus dem Wagen, noch ehe dieser ganz zum Stillstand gekommen war, und lief der Dame mit dem zweifelhaften Ruf hinterdrein, die sich wie ein weißes Hermelin in der Masse gewöhnlicher brauner Wiesel bewegte.
»Madame!«, rief er, doch es gelang ihm nicht, sie zum Anhalten zu bewegen.
»Würden Sie mir eine Sekunde Ihrer kostbaren Zeit schenken?«, fügte er atemlos und keuchend hinzu, als er sie endlich eingeholt hatte und sich auf gleicher Höhe mit ihr befand.
Sie beachtete ihn nicht, sondern setzte ihren Weg unbeirrt fort, sodass er gezwungen war, wie ein Zirkusaffe neben ihr herzutanzen und weiter auf sie einzureden.

»Das Souper, Madame? Graf Le Constant hat Sie zu einem Souper geladen!«

Auch daraufhin erfolgte keine Reaktion.

»Seine gräfliche Durchlaucht wünscht nur zu erfahren, ob Sie geruhen, ihn mit Ihrer werten Anwesenheit zu beglücken. Ich bin sein Küchenmeister, und auch mir drängt sich diese Frage auf. Dürfen wir mit Ihnen rechnen?«

Jetzt hielt sie endlich an und besah sich den lästigen Mitläufer.

»Man rechnet für gewöhnlich nicht mit Menschen, mein Herr, sondern mit Zahlen«, sagte sie.

Er atmete einmal tief durch.

»Zweifellos verhält es sich so, Madame! Verzeihen Sie meine nachlässige Wortwahl – Ihre atemberaubende Schönheit hat mich durcheinandergebracht.«

Er zog den Hut und verbeugte sich, so tief es ging.

»Mit wem spreche ich?«, fragte sie und berührte ihn leicht an der Schulter, auf dass er sich wieder aufrichte.

Wahrscheinlich hat sie das bei der Königin gesehen und will es nachmachen, dachte er. *Sie fühlt sich allen überlegen und ahnt doch, dass eine Königin von ihrer Art sich alles sofort und gleich nehmen muss, weil in Versailles kein Erfolg von Dauer sein kann.* Sie hatte ein frisches, unverbauchtes Gesicht, fand er. Ein Mädchen vom Land, das noch von der Frische der Jugend zehrte, wenngleich es seine Unschuld schon längst verloren hatte.

»Honorius von Toepffer, Madame. Ich bin mit dem Abbé Barthélemy unterwegs, der uns heute Abend sein Palais zur Verfügung stellt, um noch einige Kleinigkeiten für das Essen zu besorgen«, ergänzte er, da sie ihn fragend ansah.

»Was gibt es? Ente?«

Sie lachte und schlug vor Freude über den eigenen Scherz mit dem Schirm auf einen Drahtkorb mit undefinierbarem Geflügel, der dort stand. Der rhythmischen Lautäußerung nach zu urteilen, die jetzt folgte, waren es Perlhühner.

»Oh nein, der Abbé hat die von Ihnen gespendete Ente zu seiner Lebensbegleiterin auserkoren. In seinem Haushalt, wo auch immer es ihn hinverschlägt, wird es niemals Ente geben.«

»Schade, ich liebe Ente. Nun, also: Ich habe mich dagegen entschieden, Monsieur. Das können Sie ihrem Grafen ausrichten. Heute Abend ist der große Lekain in Marmontels *Égyptus* zu sehen! Ihn kenne und schätze ich, den Grafen kann ich nicht schätzen, denn ich kenne ihn nicht. Bedaure sehr.«

Langustier sah seine Felle davonschwimmen und stand kurz wie erschlagen.

»O wie schrecklich!«, rief er aus. »Doch bedenken Sie, dass der große Lekain noch eine ganze Weile zu sehen sein wird, Marmontels Name bürgt dafür. Doch der Graf Le Constant wird Paris schon morgen wieder verlassen.«

»Umso weniger interessiert er mich«, schoss sie zurück und legte alle Verschmitzheit in die Widerfrage: »Warum sollte ich einen mir völlig unbekannten Grafen an seinem letzten Pariser Abend mit meiner unschätzbaren Gegenwart beehren?«

»Im Vertrauen, Madame: Der Graf ist als Unterhändler des preußischen Königs in Paris, um Kontrakte mit fanzösischen Künstlern abzuschließen. Der König in Preußen würde sich glücklich schätzen, wenn Madame dem Herrn Boucher noch einmal Modell sitzen ... nein: *liegen* könnten. Madame würde für alle Ewigkeit in seinem Schloss in Potsdam aufgehängt.«

Langustier zog alle Register der Lüge, denn er musste, ja, er *musste* sie dazu bewegen, zu kommen! Ohne sie könnte das Überraschungssouper schwerlich ein Erfolg werden.

»Der Preußenkönig will mich bei sich im Schloss aufhängen? Ich soll mich malen lassen, um aufgehängt zu werden?«, fragte sie mit jenem flachen Sinn für die billige Pointe, den er auf den Tod nicht ausstehen konnte.

»M. de Pomp. wird auch da sein«, sagte er und weidete sich an den fiebrigen Wellen auf ihrem Gesicht.

Die Granate versank im Wasser. Einige Augenblicke war es ganz ruhig. Der Wasserspiegel hatte sich schon fast wieder ganz geglättet, als sie detonierte.

»Die Pompadour?«, fragte die O'Murphy hechelnd mehr sich selbst als Langustier.

»Es werden sicher wichtige politische Themen behandelt«, warf er hinterdrein, denn er konnte sich vorstellen, dass die junge Venus vor ihm von schlimmen Vorahnungen der eigenen politischen Ahnungslosigkeit geplagt wurde.

»Wenn Sie kommen, wäre es gut, wenn Sie Ihren Bedienten mitführten, denn es herrscht im Hause des Abbés doch ein gewisser Mangel an Personal, da der Gute in den nächsten Tagen mit dem Comte de Stainville nach Rom reisen wird. Der Comte wird bei unserem Souper übrigens ebenfalls zugegen sein.«

Auf ihrem Gesicht widerstritten Zustimmung und Ablehnung. Er ließ sie für den Moment allein mit sich und warf einen Blick zu ihrem Diener. Simon Simon war ein schöner Mann, ganz im Gegensatz zu seinen Brüdern. Schönheit lässt die Gefühlsregungen doppelt auffällig erscheinen, daher war das unterdrückte Entsetzen, das Langustier zu sehen vermeinte, einigermaßen eindeutig. Marie Louise O'Murphys Abschiedszwinkern signalisierte schon beinahe vollständiges Einverständnis. Dennoch war ihre Antwort ein bedauerndes Kopfschütteln.

Unter Aufbietung all seiner Selbstverachtung präsentierte er ihr eine Rolle mit sechzig Denier, die der Küchenkasse schmerzlich fehlen würden.

»Für Ihre Fahrtkosten kommt der Graf selbstverständlich auf, und das Menü ... Nun, ich sage nur: Es ist vom Besten! Dafür stehe ich mit meinem Ruf!«

Sie nickte Simon Simon zu, der folgsam das Geld nahm.

»Ich kann aber nichts versprechen ...«, sagte sie, indem sie ihren Sonnenschirm drehte wie ein kleines Windrad.

Doch er wusste – er hatte gesiegt.

Als Langustier sich in der Kutsche wieder in die Polster fallen ließ, war er schweißgebadet und trocknete sich die Stirn mit einem großformatigen roten Schnupftuch.
»Ich werde alt – ich habe gerade einen Achtel-Louis zum Fenster rausgeworfen, nur um eine hübsche Frau an meine Tafel zu kriegen … Können Sie mir bis heute Nachmittag etwas Geld leihen, werter Abbé? Ich fürchte, sonst müssen wir uns mit Sauerampfersuppe und Griesknödeln zufriedengeben.«
»Das wird der O'Murphy aber gar nicht schmecken«, seufzte Lefaibre. »Sie wird nach einem Blick wieder gehen. Nenne ich ein Vermögen für zwei Sekunden …«
Der Abbé sagte lachend:
»Ich habe noch nie erlebt, dass ein Koch einem Gast Geld gibt, damit er kommt. Ich habe nur zwei halbe Louis bei mir. Die Hälfte wird für Getränke draufgehen. Wird Ihnen ein halber reichen?«
Langustier nickte.
»Wie nun aber halten Sie es mit den getrockneten Gemüsen und Pflanzen, namentlich den Kräutern und Pilzen? Sind sie zu verteufeln?«, fragte Lefaibre mit gespieltem Interesse, dem das Wohlergehen seines Interimschefs am Herzen lag. Sie hatten noch immer ein kleines Wegstück vor sich, und er sah, dass der an sich so lebenslustige Mann in Trübsinn zu verfallen drohte. Langustier bedrückte vor allem, dass seine Kunst wieder einmal zur bloßen Einrahmung eines Aufklärungsessens dienen sollte. Doch das Thema Kräuter belebte ihn etwas.
»Bei Kräutern und Pilzen kann man Ausnahmen von der Regel machen, denn der gemahlene trockene Steinpilz oder die Morchel und das getrocknete Estragonblatt entwickeln mitunter mehr Aroma als frische. Aber: Nie würde ich einen satten, grünen, saftstrotzenden Bund Dill oder Petersilie dem harten Pulver aus getrockneten Blättern und Stängeln selbiger Pflanzen vorziehen!«

Lefaibre hatte zu tun, die Antwort in sich aufzunehmen. Der Abbé machte den Fehler zu fragen:
»Wie, denken Sie, ist mit dem König der Pilze, der Trüffel, in Bezug auf die Frische zu verfahren?«
Er hatte ihn erneut auf die Probe stellen wollen, doch Honoré Langustier kannte sich freilich in allen Zweigen seines Berufes aus. Seine Augen bekamen einen eigenartigen Glanz, und seine Lippen wurden feucht, während er erklärte:
»Die Trüffeln sind etwas ganz Besonderes und Eigenartiges. Man muss sie frisch kaufen, und – bei Gott – ich entsann mich in den letzten Jahren oft schmerzlich meiner Vergangenheit. Das Einzige, was es in diesem öden Land gibt, in das es mich verschlagen hat, sind Winter-, Sommer- und falsche Burgundertrüffeln. Die echten und einzigen schwarzen und weißen dagegen ... Ach, ich hoffe sehr, mir hier einen kleinen Schatz zu ergattern! Man hobelt sie stets frisch über die Speisen, die man zu veredeln wünscht, und braucht sie am besten gleich auf. Doch wenn man sparen und sie partout einmal einige Zeit aufbewahren muss, so gibt es unterschiedliche Methoden. Die echten schwarzen oder Perigord-Trüffeln kann man in einem verschlossenen Glas oder einer Dose mit Reiskörnern vor Schimmel bewahren. Die echten weißen oder Alba-Trüffeln brauchen gleichmäßige Luftfeuchte, um nicht binnen Kurzem zu verderben. Hier hilft ein täglich zu wechselndes, mit Wasser benetztes Stofftuch anstelle des Reises.«
Da zeigte sich seitlich im Kutschfenster ein Portal, welches von zwei riesigen Kaskaden aus Räucherschinken gesäumt wurde.
»Wir sind da«, frohlockte der Abbé.
Schon sahen er und Lefaibre durch die offen in den Angeln schwingende Tür von ihrem bislang so bedrückten Mitfahrer nur noch die rasch kleiner werdende Rückenansicht.

XXV

Das Hôtel d'Aligre in der Rue Saint-Honoré war der Treffpunkt der Anhänger Lukulls. In jener berühmten Pariser Straße gelegen, in der nicht nur die Madame Geoffrin ihren Salon unterhielt, sondern auch Molière geboren worden war, versammelte es alle erdenklichen Artikel für den Liebhaber exquisiter Lebensmittel: Heil- und Betäubungsmittel für die immer lechzenden Seelen der Feinschmecker, ambrosische Tautropfen für die Anbeter des Wohlgeschmacks und der Gaumenfreuden. Im großen Verkaufsraum breitete Langustier, in Seligkeit vergehend, die Arme aus, als wollte er alles mit einem Male in sich aufnehmen. Laut rief er:

»Hier ist es! Das Himmelreich auf Erden!«

In Teigsärgen eingebacken, lagen Wachteln und Fettammern von den Grenzen des Landes zu Pyramiden aufgestapelt, Räucherwurst aus Boulogne ringelte sich um Stangen. Marinierte Austern schwammen in buchtigen Gläsern, desgleichen junger Salm und Anchovis. Gekochter Bayonne-Schinken, gedünstete Halsstücke und Zungen aus Vierzon harrten des baldigen Verzehrs – aufgebahrt auf braunen Scheiben vor langer Zeit gefällter Buchen. Dazu kam die Fülle der exotischen Früchte: Datteln aus dem Orient, Marseiller Feigen, Prinzessinnen-Mandeln, Orangengelee aus Malta und kleine kandierte chinesische Zitronen ... Tief atmete Langustier die Wohlgerüche ein, die aus allen Ecken dieses Paradieskontors heranströmten, und sagte zu Lefaibre, der ihn lächelnd beobachtete:

»Der natürliche Geschmack der Dinge muss in der Küche durch Genie und Geist veredelt und auf die Spitze getrieben werden. Drum würze mit Bedacht und lass lieber den Gast selbst die Chose verwürzen!«

Angestachelt vom berauschenden Parfüm des Ortes, behauptete er kühn:

»Gourmandise ist die Erkenntnis mit dem Bauch! Diese innerste und reinste Form der menschlichen Erkenntnis gilt es in der guten Küche vorzubereiten und zu befördern. Man kann ein gelungenes Gericht vollständig wie einen klassischen Syllogismus behandeln: Das Gericht ist wahr, wenn sowohl die Prämissen als auch die Konklusion stimmen. Ein gutes Gewürz mag eine Prämisse sein, ein gutes Stück Braten eine weitere – die gute Sauce dagegen ist der wahre Schluss!«

Betäubt vom Odeur dieses kulinarischen Paradiesortes, variierte er das Thema, indem er seine Gedanken auf das Gebiet der Rhetorik transponierte:

»Ein Gericht ist wie eine Behauptung. Diese steht und fällt mit der Qualität der Argumente zu ihrer Stützung. Zum Beispiel: Ein Hirschrücken allein vermag wohl schon zu überzeugen. Doch wie zwingend wird er durch eine Sauce aus Preiselbeeren!«

Im Gespräch mit den Verkäufern, redete er über zarteste Puten aus dem Périgord, getrüffelte Bekassinenpastete, Leberpasteten aus Toulouse, herbe Thunfischpasteten aus Toulon, Fasanenpasteten aus Nérac, goldbraune Fettlerchen aus Pithiviers, Lerchenpastete aus Chartres, die Schnepfenpastete aus Abbeville, die Entenpastete aus Amiens und die Aalpastete aus Melun, die Gänseleberpastete aus Straßburg und gesottene Wildschweinköpfe aus Troyes nicht zu vergessen. Er kannte und schätzte die einzelnen Provinzen Frankreichs allein nach Geflügel und Fisch: So gab er etwa an, dass er, als er noch in Straßburg weilte, einst einen Karpfen von formidabelsten Abmessungen auf dem Markte erstanden habe. Er würde diesem Prachtexemplar noch heute, so sagte er, an jedem Ort in Europa auf der Poststation entgegengehen! Seiner Meinung nach müsste man den Postdienst expressive beschleunigen, um Gebirgssteinhühner, Schneehühner und Waldschnepfen der Pyrenäen, aber auch Haselhühner der Dombes sowie Caux-Kapaunen oder rote

Rebhühner aus Quercy schneller ins benachbarte Ausland zu bringen, wo er sich nun dauerhaft aufzuhalten zu seinem größten Leidwesen gezwungen sehe. Dabei sei doch kein anderer Ort Europens für den Feinschmecker so zentral gelegen wie Paris. Hier könne er mit einer Hand einen achtbaren Karpfen und mit der anderen einen großen Rheinbarsch nehmen – indem er dies betonte, tat er es wirklich und gab beides (die Fische wohl eingehüllt in die Schlagzeilen von letzter Woche) in einen Korb, den man ihm zuvorkommend gereicht –, mit der einen ein Glas eingemachte Kastanien aus dem Schweizer Jura und der anderen ein Fässchen Straßburger Sauerkraut – auch dieses geschah simultan zu der Verlautbarung – und mit der einen ein Fläschchen Sesamöl, während die zweite Pfirsich-, Quitten- und Apfelgelee aus Rouen herbeibefördere. Frische Butter, in Ölpapier gehüllt, ein Dutzend Eier, Milch, Sahne ... Beiläufig hatten noch eine geräucherte Blutwurst, drei Dutzend frische Weinbergschnecken, ein Beutelchen getrocknete Morcheln, ein Bund Makkaroni, ein halbes Dutzend Kaldaunen-Würste und ein kleiner Schinken Einzug in den Langustier'schen Einkaufskorb gehalten. Am hier ebenfalls errichteten Altar von Monsieur Duchaise, dem Gott der Pariser Fleischer, erstand er Schweineschmalz, ein Dutzend weiße, wie Spitzengewebe aussehende Schweinsnetze, Rindermarkknochen, Hasen- und Kaninchenfleisch, Hühnerlebern, Junghasenkeulen, Kalbsbries, Lammfilets und Hammelkeulen sowie ein Stück vom Hirschrücken. Dass er im Comptoir noch ein Glas Kaviar vereinnahmte, sah Lefaibre, der ihn aufmerksam beobachtete, doch die zwei Dutzend Froschschenkel entgingen ihm, die er später zutage förderte. Diverse Käse, besonders weiche Chaumes und reife Münster, kamen zur Sammlung, süß eingelegte kleine Gürkchen und zum Beschluss (denn warum sollte man das Vorgefertigte meiden, wenn es vortrefflich ist und einem viel Zeit erspart?) sowohl ein Glas Fasanenpastete als auch ein

Glas *Sauce poivrade*. Den Schlusspunkt setzten zwei Dutzend vorgekochte Fett-Ortolane aus der Champagne.
Champagne war das Stichwort für den Abbé, und dieser ließ abseits seine Börse zur Ader, um die nötigen geistigen Getränke zu besorgen. Neben zweieinhalb Dutzend Flaschen Folies de la Marquetterie, Jahrgang 1734, von Fourneaux erwarb er auch noch die gleiche Menge Pontiac (so genannt nach den früheren Eignern des Château Haut-Brion bei Bordeaux), der Langustier zufolge zu den bevorzugten Weinen des *Grafen* gehörte.
Honoré Langustier war nur schwer aus dem Tempel der Gourmands herauszubekommen. Behängt mit zwei riesigen Körben, hatte er die Form eines kleinen wandelnden Gebirgskegels angenommen. Auch ein Beutel voll mit weißen und schwarzen Trüffeln baumelte an seinem Hals – wie ein gut zu hütender Schatz. Er setzte alles ab, auf dass Lefaibre die Erwerbungen vorsichtig in die Kutsche verfrachte. Dann schlug er sich gegen die Stirn und drehte noch einmal um. Weitere lange Minuten später kam er mit einer Papiertüte voller kleiner rosa Marzipanrosen wieder heraus. *Papille* stand quer auf die Verpackung gedruckt. Er hatte beinahe sämtliche Rollen Deniers im Tempel der Gourmandise geopfert, und der Abbé pries die Fürsten, die für ein Essen so viel Geld aufwendeten.
Langustier drehte die Papiertüte mit den Marzipanrosen hin und her, als sie den Rückweg angetreten hatten. Er klopfte seinen Hut aus, legte den gefälschten Permiss der Pompadour hinein und ließ den Inhalt der Tüte in die Wölbung fallen. Er krempelte die Papiertüte um und glättete sie. Sodann untersuchte er beide Seiten. Erfolglos.
»Haben Sie eine Kerze?«, fragte er den Abbé.
»In der Laterne hier oben!«
Der Kutscher musste halten und sein Zündbesteck zücken. Über der Kerzenflamme bewegte Langustier vorsichtig die Tüte hin und her. Plötzlich erschienen Buchstaben, die alsbald

zu dunkelbraunen Flecken wurden. Langustier vergrößerte rasch den Abstand des Papiers zur Flamme, und statt weiterer Flecken erschienen nur weitere Buchstaben. Leicht konnte man die anfangs verdorbenen ergänzen und erhielt:

TOUR DE LA CHAPELLE

Samedi au soleil couchant

»Was für ein Kapellenturm könnte da gemeint sein?«, fragte Langustier.
Lefaibre zuckte die Achseln. Der Abbé indessen sagte sofort:
»Das ist einer der Bastille-Türme. Was ist das, was Sie da haben?«
Langustier zuckte nun seinerseits die Achseln.
»Eine Einladung zu einer Schwarzen Messe, nehme ich an.«
Der Abbé bekreuzigte sich, während Lefaibre große Augen machte.
»Nehmen Sie mich mit?«
»Ich fürchte, Sie müssen allein gehen – übermorgen bei Sonnenuntergang werde ich schon nicht mehr in Paris sein.«

Sie ließen die bereits gut beladene Kutsche zu den Markthallen (Les Halles) vorausfahren und schlenderten zu Fuß die Straße entlang, die den geheiligten Vornamen des echten preußischen Hofküchenmeisters trug. Etwas Bewegung war nötig, da sich der restliche Tag im engen Küchenraum abspielen würde. Weder Abbé noch Lefaibre konnten Langustier davon abhalten, seinen brennenden Durst bei einem Lakritzwasserverkäufer zu stillen, obwohl ihnen beim Anblick der Blechtröge und der Schöpfkellen, an denen schon hundert Münder gehangen und die durch ein vom vielmaligen Gebrauche bereits graubraunes Tuch abgewischt worden waren, das Grausen kam. Auch die Verkäufer, die Splitter gefrorenes Seinewasser verkauften, das in den tiefsten Eiskellern bis in die Sommermonate lagerte, sah Langustier zum ersten Mal. Er saugte daran kaum hundert Meter weit und zahlte dafür so viel wie für einen Laib Brot.

In den Hallen mühten sich die Einkäufer zunächst vergeblich, einen Korb auch nur mittelmäßigen Gemüses zusammenzubringen, worin der Kohlkopf noch das frischeste zu sein schien. Langustier verfluchte lauthals seine Pariser Kollegen, denn diese pflegten – wie zu ihm erläutern der junge Lefaibre das zweifelhafte Vergnügen hatte – sich bereits früh am Tag die besten Stücke für ihre Herrschaften reservieren zu lassen. Dabei rafften sie nicht selten alles an sich und trieben untereinander später einen regen Handel mit ihren Räubereien, denn dass sie unverschämte Rabatte erhielten, kam noch dazu. Wohl sah man jetzt zwar überall an den Ständen, in wappengeschmückten Körben aufgebahrt, die schönsten Auberginen, die herrlichsten Artischocken, die prächtigsten Zwiebeln – doch nichts von ihrem Inhalt war mehr zu erwerben.

Mit etwas Glück kamen sie trotzdem ans Ziel ihrer Wünsche. Der Koch des Duc d'Autréville sah sich auf einmal außerstande, aufgrund des endlich erfolgten vollständigen Bankrotts seines Herrn (eines schon längere Zeit als illiquid verschrienen Lebemannes) den auf ihn wartenden Korb auszulösen. Zufällig nahebei stehend, schlug Langustier daher sogleich zu. Da war nun alles, was ihm bislang noch gefehlt hatte, aufs Vortrefflichste beisammen: frische Zitronen, kleine süße, gelbe Netzmelonen, der erste Sellerie, der letzte Spargel, Brunnenkresse, Karotten aus Crézy und – er bedachte es mit einem hellen Aufschrei – ein Kistchen der grünsten, frischesten, erst tags zuvor geernteten Zuckererbsen aus Étampes!

Viel mehr hatte ihnen Paris an diesem frühen Vormittag nicht mehr zu bieten. Für mehr als einen Kaffee und ein Gläschen Likör im Café Alexandre war dem Küchenmeister die Zeit zu kostbar. Er hatte einige Minuten lang mit einem Bleistift auf einen Bogen Papier eingekratzt und diesen mit reichem Entgelt einem vertrauenswürdigen Botenträger anvertraut. *»Pour le Lieutenant général de police en personne«*, stand außen darauf. Der Mâitre brannte darauf, unverzüglich mit seiner Küchenarbeit zu beginnen, weshalb sie flugs zur unweit wartenden Kutsche eilten.

XXVI

Langustier betrachtete die Gästeliste, um sich gedanklich und gefühlsmäßig einzustimmen, denn es war dem Prozess des Kochens und dem Gelingen eines Gastmahls stets zuträglich, wenn er die Menschen vor sich sah, derentwegen er seine Talente spielen ließ.

An den beiden jeweils 2,10 Meter langen und 1,20 Zentimeter breiten Tischen, die zu einer langen Tafel zusammengeschoben waren, fanden zwei mal sechs und zwei mal zwei Personen an Längsseiten und Kopf Platz. Graf Le Constant und die Marquise du Tessin würden an dem einem Kopfende, der Graf von Bierzot und die Madame de Pompadour am anderen sitzen. Zwischen ihnen säßen, von Madame de Pompadour aus zum Grafen Le Constant hin: der Comte de Stainville, die Madame de Scudery, Nicolas René Berryer Comte de La Ferrière, der Ingenieur-Major Balbi, François Craisbillet und der Abbé Bartélemy. Auf der gegenüberliegenden Längsseite folgten, von der Marquise du Tessin zum Grafen von Bierzot hin: der Comte de Vavigny, die O'Murphy, der Kabinettsrat Eichel, Jean le Rond d'Alembert, de Quattre und der Doktor Quesnay. Das

Dutzend war damit zwar deutlich überschritten, aber der Inkognitokönig als Gastgeber hatte nur einmal die Brauen hochgezogen und wieder sinken lassen. Als Langustier ihm die Summe nannte, die für Speisen draufgegangen war, bedeckte er die Augen mit der behandschuhten Hand und verließ wortlos den Raum, um sich mit seiner geliebten Biche, mit de Quattre und Balbi als Begleitern auf einen kleinen Spaziergang durch das Quartier Saint-Germain zu begeben.

Langustier gliederte seine Gedanken über die Verdächtigen im Mordfall Beaufrange in zwei Abteilungen. Erstens: Feinde Beaufranges und zweitens: Feinde der M. de Pomp. Die Untergliederung dieser zwei Abteilungen war nicht sonderlich kompliziert. Beaufrange hatte vor allem vier Gegner: a) die O'Murphy und ihren vermeintlichen Freund Simon Simon, die bei einer zwangsweisen Verheiratung vielleicht Nachteile für ihr Verhältnis befürchtet hatten, b) den schriftstellerischen Konkurrenten und Jugendhasser Craisbillet, c) den Comte de Vavigny als Rivalen um die Gunst der Madame Pompadour und d) den Doktor Quesnay (aus dem gleichen Grund). Es war unmittelbar einleuchtend, dass junge Talente inmitten von älteren Minderbemittelten gefährlich lebten, vor allem wenn sie von ein und derselben einflussreichen Dame gehätschelt wurden. Madame de Pompadour hatte zwei Hauptantagonisten: Versailles im Allgemeinen und die O'Murphy im Speziellen. Sie durch einen Mord verunsichern zu wollen konnte selbst noch dem kleinsten Fisch im Haifischbecken von Versailles eingefallen sein.

Nachdem der Maître seine Einkäufe auf einem großen Tisch wie die verschiedenen Teile eines Heeres auf einem Schlachtfeld aufgestellt hatte, begann er unverzüglich mit seinen Vorbereitungen. Er führte seine eigenen Messer und einige weitere Utensilien in einem Köfferchen mit sich, wie etwa eine vollständige Plat de Ménage, die Salz, Pfeffer, Senf, Muskat, Nelken,

Chili, Ingwer, Zimt, Zucker, Honig, Olivenöl, Sonnenblumenöl, Nelkenöl, Walnuss- und Trüffelöl, Knoblauchöl, Kürbiskernöl, Feigenessig sowie Zitronensaft enthielt.
Lefaibre ging auf wie eine bislang in Finsternis gehaltene Blume, die unverhofft in sonnendurchflutete Räume gebracht wird. Wenn es unter den fertigen Exemplaren ihres Berufstandes – nach Honoré Langustiers Klassifikation – Sudelköche, Bürgerliche und Große Köche gab, so war sein Gehilfe noch völlig formbar und konnte sich in jede Richtung entwickeln. Er würde sein Bestes tun, um ihn auf den richtigen Weg zu bringen.
Nebenbei arbeitete er an einer weiteren Front: Der doppelte Simon kam ihm von den Verdächtigen als Erstes in den Sinn – Simon Simon ... War er wirklich der Liebhaber seiner Herrin, oder handelte es sich bei dieser Behauptung nur um das hämische Gerede der Neider in Versailles, die alles daransetzten, eine Favoritin des Königs, sofern sie nicht standesgemäß war, nach Strich und Faden zu derangieren? Dabei war die O'Murphy noch weit schlimmer dran als die Pompadour, denn sie war nur die Tochter eines immigrierten irischen Schusters, die M. de Pomp. immerhin die eines Heereslieferanten.
»Der Koch muss wie ein Feldherr denken. Der gute Schlachtplan ist alles!«, sagte Langustier zu Lefaibre. »Wo greife ich an, was ist vorab zu tun? Wie müssen meine Truppen aufmarschieren, um im entscheidenden Moment, wenn es zur Tafel klingelt, schlagkräftig auf einmal das Feld des Tisches zu stürmen? Das Langsamste zuerst, das Schnellste am Schluss!«
Er runzelte jetzt leicht die Stirn. Das Schnellste am Schluss – das bedeutete wieder etwas mehr, als er Lefaibre beibringen wollte. Er dachte an die Lösung, die ihm vorschwebte. Eigentlich war es ja ganz einfach: Wenn er einen Beweis dafür finden konnte, dass Simon Simons Dienste für seine Herrin das Übliche überschritten, sprich: dass er sie beschlief, ihr beilag, ihre Zauberbrüste liebkoste, mit seinem Zepter ihren Venushügel bestürm-

te ... Er dachte an die Bedienung vom Café de la Bastille und an die kleine Phiole mit Liebesgift ...

»Geht es Ihnen nicht gut?«, fragte Lefaibre, der das Zittern bemerkt hatte, das Langustier befiel.

Auch sah er mit Bestürzung das blanke, scharf geschliffene Kochmesser auf der Schlachtbank des Küchentisches liegen, und es kostete ihn nicht viel Fantasie, zu ermessen, welch ein Blutbad ein krankes Gehirn auf einem stämmigen Körper wie demjenigen Langustiers anrichten könnte.

»Was soll schon sein?«, fragte Langustier zurück und tat beschäftigt. »Ich denke, wir brauchen doch noch ein Dutzend weitere mittlere Kasserollen und Schüsseln; des Weiteren einen zweiten Mörser – sonst kommen wir vielleicht doch in die Bredouille. Bitten Sie den Diener des Abbés, selbige zu leihen oder zu kaufen, hier sind ein paar Deniers! Ich beginne nun mit der Galantine, denn sie braucht mit fünf Stunden am längsten.«

Währenddessen versuchte er sich die Lage Simon Simons genau vorzustellen, für den Fall, dass zutraf, was die Marquise du Tessin über ihn ausgeplaudert hatte. Er hätte zweifelsohne ein handfestes Motiv gehabt, Beaufrange aus dem Weg zu räumen. Da er, wie alle Simons, Zuträger des Herrn Berryer, sprich: der Surête war, musste er wissen, dass es der Plan der Madame de Pomp gewesen war, die O'Murphy mit Beaufrange zu verheiraten. Das hätte ihnen beiden sicher nicht gefallen. Ob es allerdings wirklich in der Macht der Madame de Pompadour stand, eine unliebsame Rivalin zur Heirat mit einem Mann ihrer Wahl zu bewegen, das konnte Langustier nicht beurteilen ...

Während Langustier anschließend eine Mirepoix aus Sellerie, Möhren und Zwiebeln bereitete, fragte er sich, was sich über Beufranges zweiten Feind sagen ließe. Craisbillet hatte Beaufrange gehasst und daraus auch nie einen Hehl gemacht. Aber reichte der Neid auf einen schöpfungskräftigen und umtriebi-

gen Jungen aus, um Mordgedanken in die Tat umzusetzen? Der Diener Gabriel hatte sich die geweiteten Schuhe zwar anziehen lassen, doch passen wollten sie ihm nicht.
Langustier wischte sich die Hände an einer riesigen Schürze ab, die ebenfalls dem Köfferchen entquollen war, und schrieb etwa eine Minute sehr konzentriert. An einen kleinen Nagel am Rauchfang heftete er dann Folgendes:

I

Pimentsuppe mit Markklößchen
Soupe Crézy Cressonière mit Fasanenpasteten-Tropfen
Karpfenbällchen, mit Kaviar bestäubt
Spargel-Soufflées und diverse Käse
Sardinenpastete (Dormant)
Schnecken in Pilzköpfen auf Sauerkraut elsässisch
Hammelfrikassee auf Knoblauch-Polenta
Hühnerleberragout in Artischockenherzen

II

Blutwurst-Galantine
Risotto mit Trüffeln und Linsenpüree
Timbale aus Makkaroni und Kalbsbries
Frittiertes *en surprise*
(in Teigmänteln frittierte Lammfilet-Medaillons,
Hühnerbruststücke und Entenlebern
sowie Teufelsknochen)
Grillierte Barsch-Spieße und Auberginen-Crêpes
Hirschrücken (Dormant) mit Zuckererbsen
Salat aus Wachteleiern, Sellerie und Sardellen
Sautierte Froschschenkel und Ortolane

Dessert

Quitten-Salami
Mandelkuchen
Apfelmousse-Sorbet
Krokant-Soufflé
Crème von Pfeffernougat
Kandierte Ingwermaronen
Vanillepudding Pompadour und Ratafia-Likör
Meringues, Marzipanrosen und Kaffee

Als der Abbé, sehr besorgt um den weiteren Verlauf des Tages, diese Vielfalt sah, fiel er in heillose Verwirrung und sank wie betäubt auf den nächstbesten Stuhl.

Lefaibre war inzwischen zurück, signalisierte, dass der Diener auf dem Weg war, und feuerte alle Herdstellen an, was nicht ohne reichlich Qualm abging, da es draußen so heiß war wie nur je in diesem Jahr.

»Wie um Himmels willen wollen Sie das alles ganz allein bis um sechs Uhr bewältigen?«, fragte der Abbé.

Honoré Langustier lächelte.

»Ein Blick auf die Partitur verwirrt den Laien stets. Wurden nicht auch Rameaus Werke lange für unspielbar gehalten? Und jetzt? Ihr großer König hat ihn zu seinem Favoriten erhoben! Mit Verlaub, mein lieber Abbé: Was Sie hier sehen, sind einfachste Niaiserien, der relativen Zeitnot geschuldet ...«

Zu Lefaibre gewendet sagte er:

»Nie den Mut sinken lassen, wenn man den Plan eines etwas größeren Menüs vor sich sieht! Ich selbst habe einen Trick, der mich gut vor den allerschlimmsten Attacken der Verzweiflung schützt: Ich koche zunächst alles im Kopfe, bevor ich mich an die Bereitung eines Essens begebe!«

In seinem Kopfe kochte allerdings an diesem Tag auch noch etwas anderes, sodass er sich gründlich ermahnen musste, den Faden nicht zu verlieren. Die Verbindung zwischen Beaufrange und dem ominösen Rosé-Pompadour-Zirkel kam ihm plötzlich sehr lächerlich vor. Vielleicht war die Lösung viel profaner? War Beaufrange ermordet worden, um Madame de Pompadours Position in Versailles zu schwächen? Über die Jahre hatte sie sich so viele Feinde gemacht, dass sie gut daran tat, ihren Wohnort so oft wie möglich zu wechseln: Versailles, Paris, Meudon. Langustier hatte die Tränen auf ihrem Gesicht gesehen. Der schöne und junge Beaufrange, der sie mit Sicherheit angehimmelt und vielleicht sogar geliebt hatte, mochte ihr mehr bedeutet haben, als sie zugeben oder sich selbst eingestehen wollte.

»Nichts gegen Sie, Monsieur Lefaibre, doch die tägliche Routine ist mein treuester Gehilfe!«, sagte Langustier, den Kochfaden wiederaufnehmend. »Viele Köche machen den Fehler, dass sie ein Jahr im Faulbett verbringen, um dann quasi aus dem Stand ein grandioses Souper bewältigen zu wollen.«

Während er dies sagte, hatte er Speckwürfel zum Blanchieren vorbereitet und die Grundlagen einer Duxelles geschaffen: Zwiebeln warteten fein gehackt darauf, in Butter sautiert zu werden, bis sie weich wären. Champignons harrten – gleichfalls fein gehackt – auf den Sprung zu den sautierten Zwiebeln, ebenso Salz, Pfeffer, Petersilie und Zitronensaft. Der kleine Herd wurde heiß, sodass die Dinge endlich ihren geregelten Lauf nehmen konnten.

»Nur wer sich in den einzelnen Prozeduren ständig übt, erwirbt die Leichtigkeit, die es ihm ermöglicht, auch größte Ensembles von Gerichten zu bewältigen. Nicht länger erschrickt er vor den Folgen eines nicht aufgehenden Soufflés und verliert keine Zeit mit dessen Wiederholung – stattdessen hat er aus Erfahrung ein paar weitere Exemplare vorbereitet. Nur wenn man alles schon einmal gemacht hat, kann man getrost sein, keine Anfängerfeh-

ler zu begehen. Man lernt nichts aus den eigenen Fehlern – man lernt, sie zu vermeiden, indem man es oft genug besser macht!« Langustiers Lachen im Ohr, das sich in ein halblautes Gemurmel von Anweisungen für den Gehilfen Lefaibre verwandelte, begab sich der Abbé ins Speisezimmer, um persönlich die Vorbereitungen seines Dieners Albert fortzusetzen, der hoffentlich bald mit dem zusätzlichen Küchengerät zurückkehrte.
Schlaglichtartig streifte Langustier in der Küche ein völlig abstruser Gedanke: Einen Craisbillet-Doppelgänger als Mörder auftreten zu lassen, hätte für den echten Craisbillet tödlich ausgehen können, wenn er – Langustier – nicht gewesen wäre. Doch wer sollte – außer dem Ermordeten – einen Grund dafür gehabt haben? Hatte Craisbillet eigentlich Feinde? Oder sahen wirklich alle nur den greisen Spinner in ihm, der das Glück hatte, eine reiche Gönnerin gefunden zu haben? Was waren das für Batterien von Flaschen und Laborgeräten in seinem skurrilen Turm gewesen? »Alchemie«, hatte Berryer gesagt. Langustier sah sich in der Küche um und fand, dass auch seine Arbeit im Wesentlichen Alchemie war. Man kannte dies und jenes Geheimnis, aber wenn man erklären sollte, warum etwas funktionierte oder fehlschlug, dann war man oft aufgeschmissen.
Er bereitete die Füllmasse der Galantine vor: Hasenfleisch, Kaninchenfleisch, die Lebern beider Tiere sowie auch die von einigen Hühnern wurden im blanchierten Speck lebhaft angebraten. Die ankommenden zusätzlichen Kochgeschirre wurden begrüßt und im selben Atemzug die äußeren Blätter eines dicken Kohlkopfes zum Blanchieren vorbereitet. Ein riesiger Topf mit Wasser über der großen Feuerstelle begann sich (viel zu langsam in den Augen der umtriebigen Köche) zu erwärmen. Hatte es nicht im letzten Jahrhundert schon einmal einen riesigen Skandal um Gift und Schwarze Messen gegeben? Hatte man nicht mehrere Dutzend Schuldige hingerichtet? Auch dieser Gedanke ging Langustier völlig unvermittelt durch den Kopf.

Das Anerbieten der Marquise du Tessin, in Gestalt ihres Koches und ihrer Küchenjungen drei zusätzliche Helfer zu stellen, wurde nicht abgewiesen, und es zeugte von ihrer überlegenen Weitsicht, dass sie es dem armen Albert ersparte, seinen Weg noch einmal zu machen, denn die Helfer standen schon mit ihm in der Tür. Einer gab Langustier ein Briefchen, das dieser beiläufig einsteckte. Antoine Bourdain, der Koch der Marquise, und seine zwei Küchenjungen unterwarfen sich ihrem neuen Dienstherrn, als wären sie nie anderswo denn unter seiner Fuchtel und in des Abbés Küche tätig gewesen. Als er allen eine Arbeit zugeteilt hatte, erbrach Langustier verstohlen das Siegel der Marquise und las:

> Veni, non vidi, sed vici! Dies sagen zu können, mein Liebster, wie Cäsar nach der Schlacht bei Zela, wünschte ich auch mir heut – all mein Sehnen gilt Dir!

»Ich kam, sah nicht und siegte trotzdem!«

Langustier lächelte vor sich hin, als er bemerkte, dass den Abbé die Sorge erneut gepackt hatte, denn er stand schon wieder in der Küche, wo Lefaibre mit der Karotten-Kresse-Suppe beschäftigt war, bei der er am wenigsten falsch machen konnte, Bourdain dagegen mit den Vorbereitungen für die Sardinenpastete. Langustier hinwiederum strich die bereits mit der Duxelles erhitzte und dann klein gemörserte Füllmasse für die Galantine auf eine Lage blanchierter Kohlblätter, die ihrerseits auf einem großen Streifen Nessel lagen. Die Blutwurst wanderte in die Mitte, wurde gleichfalls mit der Füllmasse bestrichen. Kohlblatt für Kohlblatt legte sich hüllend daran. Die Nessel wurde hochgeschlagen und darumgewickelt, mit Garn alles sauber zu einer langen Rolle verschnürt (die etwa so aussah wie eine Bettwurst) – dann kam sie zu dem inzwischen fertigen Mirepoix in einen riesigen Bräter, wurde mit heißem Wasser zu zwei Dritteln ihrer Höhe angegossen und verschwand im rauchenden Lehmbackofen.

Langustier wischte sich mit seinem Schnupftuch den Schweiß vom Hals. Er zückte seine zwiebelförmige Taschenuhr und runzelte die Stirn.

»Gebe der Herr, dass viereinhalb Stunden dafür auch genügen.«

Dann erhellte sich sein Gesicht, und er atmete auf:

»Oh, zum Glück ist sie erst im zweiten Gang an der Reihe! Helfen Sie uns, lieber Abbé, und sorgen Sie dafür, dass das Gespräch im ersten in die Länge gezogen wird!«

Je länger, desto besser: Das galt auch im Hinblick auf die noch immer reichlich diffuse Frage, wie er den Diener der O'Murphy dazu bringen sollte, sich den geweiteten Schuh des Craisbillet-Doppelgängers anzuziehen.

»Sagen Sie, werter Abbé«, richtete Langustier noch einmal das Wort an den nervlich geschwächten Hausherrn und kam damit auf den Gedankenblitz von vorhin zurück, »was war das noch einmal damals mit den dunklen Geheimnissen von Paris? Sonnenkönig und Schwarze Messe, ist das nicht komisch?«, feixte er und goss zur Untermalung seiner Frage etwas Öl ins Feuer, sodass eine riesige Stichflamme fast den ganzen Herd ausfüllte.

Barthélemy schluckte.

»Ich weiß nicht, ob das jetzt so passend ist.«

Er blickte auf den Hackklotz und das blutige Messer.

»Ach, nun kommen Sie! Es ist doch schon so lange her!«, forderte Langustier.

Zögernd begann der Abbé zu erzählen:

»Es war nach der Aufdeckung der Giftmorde der Brinvilliers durch den damaligen Polizeichef La Reynie. Er hatte so viel über die Kundschaft des Giftmischers Sainte-Croix in Erfahrung gebracht, dass er über Querverbindungen auf eine noch viel umtriebigere Quelle für Gifte und Liebestränke stieß:

Catherine Deshayes, von ihrer Kundschaft vertraulich *La Voisin* – die Nachbarin – genannt. In einem Buch hatte die Krämerin stolz all die adeligen Namen aufgelistet, die sie beliefert und mit deren Geld sie steinreich geworden war. Diese Kunden, vom kleinen Licht bis zur einstigen Haupt-Mätresse des Sonnenkönigs, der Montespan, begingen in seltsamen Zusammenkünften die abscheulichsten Verbrechen, die auszusprechen meine Zunge sich scheut.«

»Heraus damit!«, forderte Langustier.

»Verkommene Priester sollen armen Frauen ihre neugeborenen Kinder abgekauft haben, die dann auf dem nackten Körper von reichen Frauen per Halsschnitt getötet wurden. Ihr Blut wurde in einem Abendmahlskelch aufgefangen und in Hostien verbacken ... Angeblich. Diese Hostien haben sich so widerliche Kreaturen wie die Montespan zwischen die Beine gelegt und anschließend den Beischlaf praktiziert.«

»Uff!«, entquoll es Lefaibre.

»Nein!«, sagte Langustier entsetzt.

»Vergib mir, Vater!«, murmelte der Abbé und bekreuzigte sich.

»Nun, ich denke, so etwas ist doch reine Erfindung«, sagte Langustier. »Das übersteigt alles, was man sich vorstellen kann, und sollte uns daher nicht weiter bekümmern, nicht wahr, mein junger Freund?«

Er stupste Lefaibre, der käseweiß geworden war. *Recht eigentlich,* dachte er kurz, *ist auch das Metier des Koches ein recht grobes und lebensverachtendes ...*

»Die Montespan flößte dem König einen scheußlichen Absud aus Krötenaugen und zermahlenem Mutterkuchen ein, an dem er fast zugrunde gegangen wäre. Seine Liebe zu diesem verwelkten und verdorbenen Scheusal wurde deshalb nicht wieder belebt«, beendete der Abbé seinen Bericht.

»Hat man die Montespan und ihre adeligen Konsorten verurteilt?«, fragte Langustier.

»Sie wurde verbannt. Drei Dutzend Mitglieder des Schwarzen Ordens wurden in etlichen Prozessen in den extra einberufenen Feurigen Kammern zum Tode verurteilt und auf dem Scheiterhaufen verbrannt, zuvorderst die Giftmischerin.«
Langustier dachte, dass Gifte und Liebestränke zu produzieren das eine war – doch was man damit anstellte, das andere.
»Das kommt mir nicht gerecht vor – sie hat doch selbst niemanden getötet ...«
Er ließ demonstrativ zwei weitere Kellen Wasser in den Topf mit der simmernden Pimentsuppe plätschern.
Er mengte Mark mit Ei und Mehl, würzte mit Pfeffer und Salz und Piment, formte mit der Linken Markklößchen daraus, bestäubte die fertigen mit der Rechten nochmals mit Piment und ließ sie in die Brühe gleiten. Einen Augenblick lang sah er einen brodelnden Hexenkessel vor sich, in dem Eidechsenblut, getrocknete Marderklauen und zerstoßene Mumienfetzen sprudelten. Langustier schüttelte die Bedenken ab und konzentrierte sich auf das, was zu tun war.
»Haben Sie sich um eine Stange Eis für den Champagner und das Sorbet bemüht?«, fragte er diabolisch den Abbé, denn er wusste genau, dass dieser nicht im Entferntesten dergleichen erwogen hatte. Beim Gedanken an die Kosten gefror dem Armen das Blut in den Adern. Doch er wollte die Deniers, die Langustier ihm hinstreckte, auf keinen Fall annehmen. Er würde beim Wucherer Procope keinen guten Preis bekommen, das versalzte ihm dieses Souper für den Moment doch sehr. Doch angesichts der Unsummen, die ihn Champagner und Pontiac gekostet hatten, wäre es freilich ein Jammer, wenn nichts zu ihrer Kühlung vorhanden wäre.
»Und wenn Sie kein Salz mehr haben, müssen Sie auch das noch heranschaffen – keine Kältemischung ohne Salz!«
Honoré Langustier legte begütigend den Arm um des Abbés Schultern und gab ihm eine Probe der von ihm erfundenen Pi-

mentsuppe zu kosten: Ihre Schärfe wäre unerträglich gewesen, wenn nicht das Markklöchen die Zunge gerettet hätte. Auch einen Pilzkopf mit Schnecke verabreichte er ihm, um sogleich entgrätete, innen mit Salz und Pfeffer bestreute Sardinen strahlenförmig auf einen runden Mürbeteigboden zu legen, mit einer Duxelles zu bestreichen und eine Deckelplatte aus Teig so auf allem zu platzieren, dass die Köpfe der Fischchen außen jeweils gerade herauslugten. Nachdem er sie mit Milch bepinselt hatte, übergab er sie Lefaibres Obhut.

»Wenn der erste Gang beginnt, ab in den mit Glut vorgeheizten Lehmofen: eine Dreiviertelstunde!«, schärfte er dem Gehilfen ein.

Der Koch der Marquise, Antoine Bourdain, eine Bohnenstange von Mann, sagte, während er sich dem Grillieren der überraschenden Kleinigkeiten widmete, die anschließend im Rechaud auf ihren Auftritt warten würden:

»Es wird heute vielfach nur noch genascht statt gegessen – ich hoffe, Ihr Graf ist nicht von dieser Sorte!«

Die Spargelspitzen blanchierend und kurz in Butter schwenkend, sich dabei einen kleinen Schaukampf mit Bourdain liefernd – die beiden fochten, ohne weiter auf den Inhalt zu achten, mit ihren Pfannen, wobei Hammelfrikassee und sautierter Spargel sich ineinander zu ergießen Gefahr liefen –, entgegnete Langustier alias von Toepffer, der Küchenmeister des Grafen Le Constant, lachend:

»Nein, nein! An seiner Tafel hat schon so mancher bis zum Umfallen gegessen – auch der berühmte La Mettrie ...«

Er stutzte kurz, denn dies war wieder ein Detail, das ihn verraten konnte, daher ergänzte er rasch:

»... was diesem unvergleichlichen Vielfraß später in Berlin noch einmal geschah! Dort ist er dann allerdings auch liegen geblieben.«

Er befreite den Hirschrücken von der Fettschicht, zog die Haut

ab, wog, was noch übrig war, mit den Händen und taxierte die nötige Garzeit:
»Perfekt ist der Hirsch, wenn er nicht blutig und nicht zu stark durchgebraten, sondern zart, rosa und voller Saft ist. Erst dann hat er das rechte Aroma.«
Der aufmerksame Lefaibre nickte begeistert.
Der Mordfall dagegen bekommt erst sein Aroma, dachte Langustier, *wenn alle Möglichkeiten offen zutage liegen. Vorher bleibt alles fad und farblos.* Der fehlende Brief mit dem verschwundenen Manuskript brachte ihn schier zur Verzweiflung. Es war wie ein fehlender erster Akt in einem Zweiakter.
Mit der Völlerei waren seine Küchenhelfer aber noch nicht durch – vielleicht war es überhaupt das Lieblingsthema der Köche? Bourdain jedenfalls sagte, in einem Tonfall und mit Wörtern, die seine geistige Konstitution besser umrissen als jede langatmige Beschreibung:
»Der Abbé de Verteuil hat sich auch totgefressen! Die Todesursache war nicht *Stilett,* sondern ... *Sterlet!*«
Bourdain fuhr, ungerührt vom aufbrausenden Gelächter, fort, während er die Hühnerleberfarce mit der Mousseline verrührte, um die Mischung in die Artischockenböden zu streichen:
»Auch einen Kammerdiener unseres vielfress... vielgeliebten Königs ereilte dieses Schicksal!«
»Huhn mit Basilikum?«, fragte Langustier, auf des Königs eigene Kochkünste anspielend.
»Nein, ich glaube, es war das hier ...« Bourdain zeigte auf das Hühnerleberragout.
In diesem Moment meldete Albert die Ankunft der Marquise du Tessin, welche die Eigenschaft hatte, stets eine Stunde zu früh zu erscheinen, sodass der Abbé, der am liebsten ganz in der Küche geblieben wäre, die Herren sich selbst überlassen musste – sehr zu seinem Leidwesen, denn der sautierte Froschschenkel, den Lefaibre ihm zum Kosten reichte, war unbeschreiblich gut.

XXVII

Die letzten Minuten vor dem Beginn einer festlichen Mahlzeit sind für einen Gastgeber die schrecklichsten. Die natürliche Aufregung, die jeden befällt, der es auf sich genommen hat, fremde Individuen im eigenen Hause zu bewirten, wächst ins Unermessliche. Noch sind nicht alle Gäste eingetroffen, und in der Küche wird weiterhin mit der Materie gerungen ...

Fiebernd eilte der Abbé als verzweifelter Wirt durch Räume und Fluchten, unfähig noch des kleinsten klaren Gedankens, das Auge des scharfen Blickes verlustig und dennoch begierig, letzte Fehler an der Tischdekoration oder im Speiseplan zu entlarven. Er durfte natürlich getrost sein, am bevorstehenden Menü nichts verbessern zu können. Auch in Betreffs der Gedecke war dank seines guten Geschmacks keine Blamage zu befürchten. Sein Diener Albert hatte auf dem Dachboden noch einige verstaubte Tafelaufsätze aus der Zeit des vierzehnten Louis gefunden, die an verspieltem Dekor kaum zu überbieten waren. Zum schlichten Speiseraum, den allein eine schmale Stuckleiste zierte, bildeten sie einen grotesken Kontrast und thronten auf der Tafel wie Meerwunder auf Wellenkämmen mitten in einer völlig stillen See.

Eine halbe Stunde vor dem Beginn des Gastmahls kamen die nächsten Kutschen. Langustier ließ sich von Lefaibre auf dem Laufenden halten: Madame de Scudery, der Comte de Vavigny, d'Alembert und – Lefaibre rollte mit den Augen – sie!

»Die O'Murphy!«, seufzte Langustier. »Hat sie ihren Diener dabei?«, fragte er aufgeregt.

»Ja, hat sie«, sagte Lefaibre, der sich nicht genug wundern konnte, dass man dem Bedienten einer solchen Schönheit auch nur die geringste Beachtung schenken konnte.

Da er im Wesentlichen nichts mehr zu tun hatte, erlaubte sich

Langustier einen Ausflug zu den Fenstern, die auf die Auffahrt hinausschauten. Er kam gerade rechtzeitig, um die Ankunft des Polizeichefs mitzuerleben: Eine imposante Reihe von fünf Kutschen fuhr in das Rondell ein. Zwei vorne und zwei hinten waren mit Soldaten besetzt, die jetzt absprangen und einen schützenden Kordon um das Haus bildeten.

Der mittleren Kutsche entstiegen außer Berryer: Madame de Pompadour, Doktor Quesnay, der Comte de Stainville sowie ein weiterer Mann. Da Langustier alle anderen kannte, musste es sich folglich um den Grafen von Bierzot handeln. Dieser schien alle in seinen Bann zu ziehen, denn sowohl Madame de Pompadour als auch der Doktor und Berryer waren sehr bemüht, ihm beim Aussteigen behilflich zu sein. Dieses Anerbieten wies er jedoch sogleich mit freundlicher Bestimmtheit zurück.

»Wer ist dieser Graf von Bierzot?«, fragte Langustier den Abbé, der ein letztes Mal in der Küche Kraft schöpfte. Langustier hatte eine Flasche Champagner öffnen lassen, um die gelungene Arbeit zu begießen, und auch der Gastgeber bekam sein ihm sehr nötiges Aufbauglas.

»Ein guter Freund der M. de Pomp.«, sagte er, und Langustier konnte ein leichtes Zittern an ihm bemerken. »Ja, eigentlich der beste Freund, noch besser als der Doktor. Sie hat darauf bestanden, dass er sie begleitet.«

Seine Stimme war fast nur noch ein ersterbender Hauch.

»So gut bewacht war Ihr Palais wohl lange nicht mehr, was?«, perlte es aus Langustier hervor, vom ersten Schluck des herrlichen Getränks getragen, denn – Kriminalsouper hin, Kriminalsouper her – wenn es an der Tafel ernst wurde, gab es bei ihm kein Zaudern und kein Zagen mehr.

»Sie müssen hinunter und die Gäste begrüßen, werter Abbé! Sie werden sehen, wir sind aufs Trefflichste vorbereitet.«

Abbé Barthélemy war jedoch keinen Deut ruhiger. Saßen Kleid

und Perücke? Waren Parfüm und Gewand à la mode? Dies mochten in etwa die Gedanken gewesen sein, die ihm durch den Kopf flogen, als er die Küche verließ, um die Ankömmlinge zu empfangen.

Es dauerte nicht lange, und auch der *Graf Le Constant* stellte sich ein. Er hatte seine geliebte Biche an der Seite, was helles Entsetzen hervorrief. Das Windspiel hatte vor nichts und niemandem Respekt, und selbst auf die Zurufe seines Herrchens, doch das Fleddern der fremden Kleider zu unterlassen, reagierte es nur äußerst widerwillig. Nichts war dem Grafen unangenehmer, als vor einer Mahlzeit lange müßig herumzustehen oder auf seinem Sitz endlos zu warten. Kaum war er eingetreten, fragte er den Abbé, den er mit warmem Händedruck begrüßte: »Sind alle gekommen?«, auf Barthélemys Nicken hinzufügend: «Dann bin ich, werter Abbé, der Glücklichste am Tisch!«
»Den Part des Glücklichsten, gräfliche Durchlaucht, mache ich Ihnen streitig, denn bei solchen Gästen kommt er wohl nur mir als Gastgeber zu. Ihr Küchenmeister ist überdies ein Zauberer!«
Wie er es immer hielt, wenn er ein Essen gab, begrüßte der sogenannte Graf erst diejenigen, die er nicht kannte, zunächst die Marquise du Tessin, die ihn mit der filetierenden Neugier der Pariserin beschnupperte. Ihren bebenden Nasenflügeln und zuckenden Fingern war zu entnehmen, dass sie alles tun wollte, um hinter sein Geheimnis zu kommen, das noch nicht bis zu ihr gedrungen. Der Comte de Stainville indes schien zu wissen, wen er vor sich hatte, hielt sich aber gut – hier mochte Madame de Pompadour gesündigt haben. Madame de Scudery wusste natürlich ebenfalls Bescheid, nicht aber die O'Murphy – sie sah in diesem Grafen Le Constant nur einen Unterhändler des Preußenkönigs in Kunstfragen. Er beherzigte den Hinweis Langustiers, ihr ein möglichst unverfängliches Kompliment zu machen, nicht ganz:

»Gewöhnliche Schönheit leuchtet, Sie jedoch strahlen, Madame! Ganz Europa kniet vor ihrem Sofa!«
Als er dies gesagt, verschluckte sich der Graf von Bierzot, ob vor Heiterkeit oder vor Entrüstung, war schwer auszumachen. Sein Charakterkopf mit der leicht fliehenden Stirn – der ihn Langustier überaus ähnlich machte – war noch immer gerötet, als der Graf Le Constant vor ihn trat. Dieser hatte zu einem kräftigen Händedruck ansetzen wollen, ließ die Hand aber plötzlich sinken und stand wie vom Donner gerührt. Beide neigten nur leicht den Kopf. Der Graf Le Constant sagte:
»Ich hoffe, meine Küche wird Ihnen genügen, *werter Graf!*«
Der Graf von Bierzot lächelte und sagte:
»Seien Sie da nur ganz unbesorgt, *werter Graf.* Davon verstehen wir ja wohl beide etwas, nicht wahr?«
Albert servierte ihnen zwei Gläser Champagner, die sie beide in einem Zug leerten, um einander noch einmal in stillem Einverständnis zuzunickten. Biche neigte ihren Kopf ebenfalls kurz, was der Graf von Bierzot erfreut zur Kenntnis nahm. Er versuchte, das Windspiel anzulocken, indes vergeblich: Biche kehrte, nach einigem neugierigem Schnuppern wieder zu ihrem Herrn zurück. Der Graf Le Constant, merklich reservierter als eben noch, vollendete seine Begrüßungstour, indem er Madame de Pompadour und ihren Leibarzt Quesnay, den Mathematiker d'Alembert, den Dichterbaron Craisbillet, den Comte de Vavigny und als Letzten den Polizeichef von Paris mit förmlicher Steifheit willkommen hieß. De Quattre, Kabinettsrat Eichel und Ingenieur-Major Balbi wurden natürlich nicht vergessen, sondern mit einem Blick bedacht, der zu sagen schien: *Kinder, wie freue ich mich, dass wir bald wieder heimfahren*. Möglich aber auch, dass er bedeuten sollte: *Ich bin froh, dass ihr da seid ...* Er setzte sich neben die Marquise du Tessin ans eine Kopfende der Tafel, und Biche legte sich zu Füßen ihres Herrn nieder, in Erwartung von herzhaften Bissen aus seiner Hand.

Langustier hatte hinterm Türflügel gestanden, gelauscht und durch einen Spalt manches mit angesehen. Er trug inzwischen seinen Galarock, denn er würde gleich, wenn es losging, an der Tafel seinen Mann stehen müssen. Was hatte das zu bedeuten? Wer um alles in der Welt sollte denn seine Küche als *ungenügend* empfinden können? Auch klang es so, als wären die beiden *Grafen* einander schon einmal begegnet. Zumindest schienen sie zu wissen, mit wem sie es jeweils zu tun hatten ... Die Art, wie sie einander anstarrten, verhieß nichts Gutes.

Langustier eilte zurück an den Herd, als die Gäste Platz genommen und die Gläser geleert hatten. Bourdain und Lefaibre legten gerade letzte verschönernde Hände an die Schüsseln der ersten Abteilung.

Wie Geister erschienen, von Albert geführt, die drei Simons an der Küchentür: Gabriel – der Diener Craisbillets –, Bertrand – der Diener der Marquise du Tessin – und Simon – der Diener der O'Murphy. Die Ähnlichkeit war sichtbar, aber nicht frappierend. Langustier stellte sich jeden in der Rolle des davoneilenden Craisbillet-Doppelgängers vor, eine Übung, die ihn weiter in der Ungewissheit ließ, da die Rolle auf jeden passte.

»Man bat uns, beim Service zu helfen«, sagte Bertrand frisch und direkt, der wohl auch der Älteste der drei war.

»Bitte teilen Sie uns nur ein!«, sagte der deutlich jüngere Gabriel mit serviler Kühle.

»Mich ebenfalls – nur wünscht meine Herrschaft, dass man mich ihr als alleinige Bedienung zuweist«, sagte der vom Alter wahrscheinlich mittlere Simon, und Simon Simons Stimme stimmte zu seinem Äußeren: Sanft klang sie und zurückhaltend.

Langustier zeigte auf eine Skizze der Sitzordnung.

»Sie sind zu viert und müssen sechzehn Trinker bedienen. Also übernimmt Monsieur Albert den Grafen Le Constant und die Marquise du Tessin, den Abbé Barthélemy und den Comte de

Vavigny, was bedeutet, dass er sich am oberen Kopfende platzieren muss. Monsieur Gabriel Simon betreut die Seite von Monsieur Craisbillet bis Madame de Scudery – recht übersichtlich. Monsieur Simon Simon hat ebenso leichtes Spiel: Er ist für die Seite der Tafel von Monsieur de Quattre bis zu seiner eigenen geliebten Herrin zuständig.«

Als er dies sagte, passte Langustier genau auf, um zu erfassen, wie Simon Simon reagierte, und sah, dass er leicht zusammenzuckte – fast unmerklich, aber eben auch gerade merklich ... Diese Spur eines Zuckens war kein Beweis, aber doch ein recht sicherer Hinweis darauf, dass in Simon Simons Beziehung zu seiner Herrin O'Murphy Gefühle im Spiel waren – Gefühle, die sich sogar irgendwie äußerten, wenn sie Aufmerksamkeit von außen auf sich zogen. Konnte aber ein so zartes, feines Geschöpf zum Mörder werden? Langustier brauchte nicht lange zu überlegen: Ja, das war möglich! Er fuhr fort:

»Monsieur Bertrand Simon schließlich wird hinter Madame de Pompadour und dem Grafen von Bierzot Aufstellung beziehen und neben diesem Pärchen noch den Comte de Stainville sowie den Doktor Quesnay betreuen.«

Er machte eine gewichtige Pause und fügte dann hinzu:

»Nicht erst warten, bis ein Glas leer ist, sondern stets nachschenken! Messieurs: Nachschenken!«

Er ließ eine Flasche Pontiac herumgehen, aus der jeder seinen Begrüßungs- und Muttrunk nahm. In diesem Moment erschien ein adretter, schlanker, muskulöser Mann, dessen Gesicht den Gleichmut und die Gleichgültigkeit selbst zu verkörpern schien.

»Ich bin der alleinige Diener des Grafen von Bierzot. Bitte stellen Sie einen Tisch neben den Platz meines Herrn! Ich werde ihm persönlich vorlegen und auch die Aufgaben des Mundschenks wahrnehmen«, sagte er und ging wieder, bevor auch nur eine Silbe entgegnet werden konnte.

Dem Beginn des Soupers stand damit nichts mehr im Wege. Der

Abbé leitete ihn auch sofort ein, indem er wie ein wandelnder Toter in die Küche wankte und verkündete:
»Die Hinrichtung kann beginnen.«
Er war von der Gewissheit des Scheiterns nicht abzubringen, was vielleicht bei Christen ohnehin schwierig ist. Als er den Raum wieder verlassen hatte, setzte sich Lefaibre wie ein Irrer auf den nackten Boden und stieß fassungslos hervor:
»Das war Le Bel, der Kammerdiener des Königs!«
Damit war das ganze diplomatische inoffiziell-offizielle Ausmaß des Abends abgesteckt.

Wie unter aufgeklärten Gastgebern üblich, bemühte der Graf Le Constant in seiner Einleitung einige Stellen aus dem *Enzyklopädie*-Artikel über die *Küche,* denn es galt als ein bewährtes Verfahren, unliebsame Themen bei Tische fernzuhalten, etwa indem man über das Essen oder *la cuisine* sprach. Er vergaß dabei nur leider den Umstand, dass der Autor dieses Artikels der vor dem König ermordete Chevalier de Beaufrange gewesen war.
»Die Kunst des feinen Tafelns besteht darin, ohne Hunger zu essen – und was die vornehme Küche uns auftischt, sind nichts als liebenswerte Gifte, um das Leben zu verkürzen.«
Langustier trat nahe heran und flüsterte ihm ins Ohr:
»Diesen Artikel schrieb leider jener, der neben Ihnen mit einem Messer im Rücken zu Boden ging.«
Der Graf war sehr geübt darin, Veränderungen der Lage in seine Rede einzupassen.
»Wir sind es dem Toten schuldig, dass wir ihn heute Abend mit unserer besonderen Aufmerksamkeit bedenken. Lassen Sie uns also so tun, als wäre er am Leben und säße mitten unter uns an der Tafel! Auf den verehrten Kämpfer des Geistes und des schönen Wortes, der auf dem unfruchtbaren und oft von dichten Nebeln der Unkenntnis überzogenen Felde des menschlichen Gegeneinanders fiel!«

Das hätte man unter diesen Umständen kaum besser formulieren können, dachte Langustier und zollte seinem Arbeitgeber größte Achtung für seine Geistesgegenwart.

Die kratzige Stimme des alten Craisbillet wurde vernehmlich, der, das Andenken des Toten keineswegs besonders achtend, bemerkte:

»Es war kein großes Verdienst des Monsieur de Beaufrange, dass er mit so viel Fleiß bei der Sache war, denn Fleiß allein ist keinen Pfifferling wert, wenn es um Geistesprodukte geht. Sein Artikel über die Küche macht ihm jedenfalls keine Ehre.«

Was er danach brabbelte, hörte zum Glück niemand außer ihm selbst:

»Dass er sich anschickte, uns so sang- und klanglos zu verlassen, schon eher!«

»Ecoutez tous!«, rief die Marquise du Tessin, bezogen auf das Erste und schaute mit unverhohlener Schadenfreude auf den *Enzyklopädie*-Herausgeber d'Alembert, der lächelnd fragte:

»Was genau ist denn Ihre Kritik an diesem Artikel, Baron de Craisbillet?«

Craisbillet hielt ein Markklößchen auf seinem Löffel in die Höhe und sagte:

»Ist das etwa Gift? Ist die Suppe, in der es schwamm, etwa Gift? Mir kommt die polemische Behandlung eines so artifiziellen, zarten, wohlschmeckenden Gegenstandes wie der hohen Küche sehr stümperhaft vor. Sicher würde man behaupten dürfen, dass sich der Mensch auch vom Obst und dem ungekochten Salat und allerlei anderem ernähren könnte, dass er also der Küche als Ort des Kochens gar nicht bedürfte, aber man muss die Worte sorgsamer wählen. Gift ist das jedenfalls nicht. Schädlich ist nur die Völlerei – sie hat schon den Untergang des Römischen Reiches bewirkt. Wie ich Ihnen in meinem neuen Drama *Ela...*«

Hier fiel ihm zum Glück Doktor Quesnay ins Wort:
»Sehr richtig bemerkt! Es ist erwiesen, dass die natürliche Nahrung dem Leibe eher frommt als die durch Kochkunst aufbereitete. Ein Doktor Lorry von der Akademie arbeitet gerade an einem Buche darüber.«
»...*gabal,* in meinem neuen ...«, setzte Craisbillet wieder an, doch der Graf Le Constant bemerkte, ihm die Rede abschneidend:
»Die Kritik setzt an der falschen Stelle an, mein Herr. Es ist immer schändlich, über einen Toten schlecht zu reden. Begreifen wir es also als einen Disput mit ihm. Was ich ihm entgegnen würde, ist, dass die Kochkunst doch eine *schöne* Kunst und kein bloßes stupides Handwerk ist! Hat nicht der große Montaigne sie gar definiert als die Wissenschaft vom Schlund und Monsieur de la Mothe le Vayer als *Magen*ologie? Wo, mein lieber Herr d'Alembert, bleibt in der *Enzyklopädie* die Anerkenntnis, dass sie eine Kunstfertigkeit ist, die über die Sinnenlust hinaus auch den Geist beflügelt? Auch will ich glauben, dass der Körper desto langsamer dem Grabe entgegenfalle, je bessere Speise er erhalte!«
»Nun, verehrte Durchlaucht«, antwortete der Angesprochene, »wie jede Kunst zeigt auch die Kochkunst ganz unterschiedliche Triebe. Der eine hält es mit der Natur, der andere gegen sie. Wenn ich die Sinne reize, nur um des Sinnenreizes willen, so muss der übrige Körper mit all den Nebenerscheinungen leben, an die ich im Moment des Genusses nicht denke. Sagen wir einmal, sie tränken ganz allein drei Flaschen Champagner und äßen zwei Braten ...«
»Wie lächerlich!«, sprudelte der Graf von Bierzot heraus. »Ich aß zuletzt allein drei Braten und trank ein Vielfaches von dem, was Sie da aufgezählt haben!«
»Nun, Durchlaucht, wie immer es sich bei Ihnen auch verhalten haben mag – hatten Sie nicht am folgenden Tag gewisse Proble-

me? Was war mit Ihrem Leib in der Nacht? Was war mit Ihrem Kopf am nächsten Morgen?«

»Nun, mein Herr Theoretikus – die Atmosphären rumoren mal stärker, mal schwächer, die Hauptwehe kommt und geht, der Priap steht fest oder nicht ... So ist des Lebens Lauf! Was liegt daran – gibt es dafür nicht den Doktor? Mich an den törichten Zwängen der Leibesmaschine zu stören, wenn es um die Freuden des wahren Menschenlebens geht, fiele mir im Traume nicht ein. Gibt man mir eine Phiole, um den Priap zu stärken, so tropf ich ihren Inhalt in meinen Wein. Das hingegen ist nicht Gift, sondern Medizin!«

Er prostete Quesnay und der O'Murphy, zu, die ihm mit den erhobenen Gläsern Bescheid gaben. Der Graf Le Constant fiel lebhaft ein:

»Wohl gesprochen, mein Herr! Hier sind wir uns völlig einig, und das werfe ich dem Artikel des Monsieur de Beaufrange vor: zu sagen, dass die legitimen Nachfahren des Lukullus die Tradition des Vergiftens am Leben erhielten! Das dünkt mich doch recht geistlos zu sein. Warum nicht den Geschmackssinn des Menschen höher schätzen als die organische Maschine, die ohnehin irgendwann zusammenklappt?«

D'Alembert war nun doch ein wenig ratlos, was er darauf antworten sollte, während der Graf von Bierzot lächelnd die Hände zum lautlosen Applaus rührte.

Es war bekannt, dass viele der *Enzyklopädie*-Mitarbeiter oft drei oder vier Artikel täglich über die verschiedensten Gegenstände verfassten. Da konnte es nicht verwundern, wenn Rhetorik und Polemik sich einschlichen, wo man mehr Fachwissen und Universalität gesucht hätte. Jetzt kam dem Co-Herausgeber die rettende Idee:

»Wenn es je eine zweite Auflage geben sollte, so wüsste ich, wen ich an diesen Artikel setzen müsste! Ich habe noch niemanden kennengelernt, der mit solcher Verve für die exzellente Küche votierte.«

Der Graf Le Constant fühlte sich geschmeichelt, das konnte man sehen.
»Ich – ein Autor neben all den Geistesgrößen des Jahrhunderts? Nein, das wäre ein zu ungleicher Kampf! Alle Welt würde sich auf mich stürzen wie das Gevögel auf den weißen Raben ... Aber meinen Küchenmeister könnte ich Ihnen zum Autor empfehlen.«
Er deutete auf Langustier, der sich schräg hinter ihm neben Barthélemys Diener Albert aufgestellt hatte.
»Monsieur von Toepffer kommt aus einer Familie von Köchen. In seinen Adern fließt sozusagen Sauce statt Blut. Und auch wenn er schreibt, weht einen der Duft der Töpfe an.«
Diese Äußerung gab Anlass zu verstärkter Heiterkeit, und alle lobten reihum die gerade genossenen Speisen: die ungewohnte, köstliche Schärfe, die Erfindung der sich in heißer Suppe mählich auflösenden Tropfen von Fasanenpastete, das außergewöhnliche Darreichen des Spargels im Soufflé, die kleinen Sardinenköpfe und wie sie spaßig aus ihrem Kuchenbett hervorlugten, die Bällchen aus Karpfenfarce ...
»Sie geben ein gutes Beispiel für die hohe Fürstlichkeit, wenn Sie mit Ihrem Koch reisen und ihn in die Gesellschaften einführen«, sagte der Graf von Bierzot anerkennend. »Ich werde den meinen demnächst adeln. Was mir der Gipfelflug im Bette wert ist, ist mir auch der Hochgenuss auf dem Teller wert.«
Er hatte ein mit Hühnerleberragout gefülltes Artischockenherz auf die Spitze seines Messers gesteckt und fuchtelte damit in Richtung auf die O'Murphy, ihr lautlose Küsschen zuwerfend, bis die Madame de Pompadour ihm Einhalt gebot.
Der Graf Le Constant lächelte und nickte.
»Ganz recht, mein Herr! Wie sagte schon der letzte König von Assyrien: ›Du aber, Fremdling, iss, trinke, liebe; was sonst der Mensch hat, ist der Rede nicht wert!‹«
Der Dichter Craisbillet wollte einen Vers aus seinem *Elagabal* anbringen, doch der Graf war schneller, indem er deklamierte:

> Ein Augenblick der Lust gilt dem Genießer mehr
> als ein Jahrhundert trügerischer Ehr'.

Dann kam er auf den Ausgangspunkt dieses kleinen Parforcerittes zurück und sagte:
»Des Adels ist schon genug in der Welt, und ich denke, nicht alle gieren mit gleicher Lust danach. Ist denn die Entführung des Koches nach Paris, in die Metropole seines Metiers, nicht eine dem Adeln gleichzustellende Erhebung? Der Grund indessen, warum ich auch auf Reisen beharrlich an seiner Seite bleibe, ist sehr leicht einsichtig – ich will nicht, dass ein fremder Graf sich seiner bemächtigt und ihn mir entführt.«
Dies war eine Anspielung auf das Wort des Allerhöchsten im Spiegelsaal, und sie wurde auch vom sogenannten Grafen von Bierzot wohl verstanden. Seinem Beispiel folgend, lachten alle herzlich und verliehen ihrem Wunsche nach umgehender Präsenz aller Köche so lautstark Ausdruck, dass sich sowohl Langustier, um den es vorrangig ging, als auch seine Helfer, vom Wein und von der Küchenhitze deutlich gerötet, kurz an der Tafel einstellen mussten, wo man sie lebhaft beklatschte.
Der Graf Le Constant sagte zu Langustier:
»Herr d'Alembert ist gewillt, als Herausgeber der *Enzyklopädie* die Behauptung seines verewigten Autors, alle großen Köche seien Verbrecher – weil Giftmischer – zurückzunehmen, wenn Sie uns sogleich den zweiten Gang auftragen!«

XXVIII

Als die zweite Garnitur von Schüsseln geleert war, belebte sich das Gespräch wieder, denn zuvor hatte der himmlische Geschmack die Anwesenden in Bann geschlagen.
»Leisten Sie der hohen Küche Abbitte, mein Herr?«, fragte der

Graf Le Constant, und d'Alembert tat es vollmundig, einem letzten Bissen der Timbale nachspürend.

»In Gänze! Ich bin kein großer Kenner der gehobenen Gaumengenüsse gewesen, ich muss es gestehen – bis zum heutigen Abend! Meine Zieheltern hatten leider nie den Ehrgeiz, meinen Geschmacksnerven besondere Wohltaten zu erweisen, und ich war froh, dass sie alles daransetzten, mir das nackte Überleben zu ermöglichen. Doch was auch ich bisher bezweifelte: Das Dinieren, bei dem es nicht auf das Sattwerden ankommt, bedarf noch einer besonderen Wertschätzung in der *Enzyklopädie.* Ein Hoch auf Monsieur L...«

Er stockte, und der Graf Le Constant griff unterstützend ein: »Toepffer, mein Herr – Honorius von Toepffer!«

Nachdem alle die Champagnergläser erhoben und ein neuerliches ehrliches »Vivat!« auf die Köche ausgebracht hatten, wurde es still wie in einer Kirche. Der Graf nahm als Erster das bereitliegende Tuch und verhüllte seinen Kopf damit. Alle taten es ihm nach, und wer immer (ohne Kenntnis der Sitte, das Verspeisen von in Dunkelheit gemästeten kleinen Gartenammern schamhaft dem zürnenden Auge Gottes zu verbergen) in diesen folgenden Momenten des heimlichen Genießens den Raum betreten hätte, wäre ohnzweifelhaft der Ansicht gewesen, ein Ritual eines fürchterlichen Ordens zu stören. Die Ortolane kamen herein, unter kleinen Wärmeglocken, die auch das Aroma gefangen hielten, und wurden den vorbereiteten Mitgliedern des Singvogelordens unter die Tücher geschoben. Man hörte Stöhnen und Seufzen, kleine Lustschreie der Gourmands. Ein Polizeisergeant kam lautlos herein und tippte, nachdem ihn Langustier zum rechten Platz gewiesen hatte, seinem Chef auf die Schulter.

Nicolas René Berryer Comte de La Ferrière, der bis dahin schweigsame Lieutenant général de police, nahm sein Tuch vom Kopf und blickte den Untergebenen streng an, dabei den Finger auf die Lippen legend. Der Beamte flüsterte ihm ins Ohr, was er zu sagen hatte, dann entfernte er sich schnell wieder. Berryer besah sich, was man ihm gebracht, dann winkte er Langustier, rasch heranzukommen. Als dieser mit fragendem Blick neben ihm stand, reichte er ihm einige eng beschriebene, zum Brief zusammengefaltete Bögen Papier. Er flüsterte Langustier ins Ohr: »Die Nachsuche in der Registratur war vergeblich. Sieben Stunden Arbeit durch neun Beamte ... umsonst! Aber eine Durchsuchung von Bertrand Simons Zimmer, kaum dass er mit seiner Herrin das Hôtel verlassen hatte, brachte Erfolg: Das hier ist der verschwundene Brief.«

Nach einer kurzen Pause fügte er hinzu:

»Auch alles, was Sie sonst noch haben wollten, wartet draußen. Harrt nur auf ein Stichwort von Ihnen, Herr Kollege ...«

Über Langustiers Gesicht, das sich erst verdunkelt hatte, flackerte das Wetterleuchten ersehnter Erkenntnis, und während er das stattliche Konvolut eng beschriebener Briefbögen an sich nahm, tauchte der Polizeichef wieder in den betäubenden Wohlgeruch des geschmorten Ortolans ein. Langustier blickte zu Gabriel Simon, der so tat, als hätte er nichts bemerkt. Die beiden anderen Simons wendeten rasch die interessiert starrenden Augen ab, als er ihre Blicke suchte. Er entschwand in die Küche, wo er Bourdain, Lefaibre und die beiden Helfer bei emsiger Vollendung der Desserts antraf.

»Ist das so, wie Sie es wollten?«, fragte Lefaibre, der sich bei der Dekoration der wackelnden Vanillebrüste à la Pompadour selbst übertroffen hatte.

»Mir deucht, mein junger Freund, Sie hatten schon weitaus mehr Anschauungsunterricht, als ich vermutet hätte«, sagte Langustier, bevor er sich – nach letzten Blicken auf die Vorbereitungen – in eine Ecke setzte und hastig zu lesen begann.

Der Geschmack einer in Armagnac ertränkten Ammer ist schwerlich mit irgendetwas anderem zu vergleichen, sodass die

Marquise du Tessin, die sich in allem stets herausfordernd und ungezwungen äußerte, fröhlich ausrief, nachdem sie sich als Erste von der Kapuze ihrer Serviette befreit hatte, wonach ihr Diener Bertrand sogleich die Perücke ordnete:

»Es hätte dem preußischen König bei uns in Frankreich wohl auch geschmecket!«

Der Graf riss sich als Letzter die Serviette vom Haupt, obwohl noch ein Knöchlein aus seinem Munde gepickt werden wollte ... Der Comte de Stainville, ein Mann dessen polierter Kopf wie eine Billardkugel aussah, blickte erst verstohlen zu seinen unmittelbaren Nachbarn – zu Madame de Scudery, Madame de Pompadour und zum Grafen von Bierzot, sodann schräg hinüber zu d'Alembert, welcher sich seines Schreckens kaum bemeistern konnte, schließlich aber zum Grafen Le Constant, der ganz zwanglos lächelte, sich ihr zuwendete und fragte:

»Was bringt Sie auf diese kuriose Idee, werteste Marquise? Ist es nicht ein kleiner, saftloser Herr mit einer Vorliebe für Trockenobst, wie es allgemein heißt?«

Er lachte, und alle Wissenden kicherten erleichtert. An der Art, wie die Marquise sich in dieses kleine Geplänkel stürzte, war leicht zu erkennen, dass sie tatsächlich ohne Arg und gänzlich zufällig auf diesem gefährlichen Pfade wandelte:

»Mitnichten, lieber Graf! Der Chevalier Voltaire hat uns alles über die Prasserei an dem kleinen Provinzhof in Potsdam erzählt!«

Bei dem Wort »Provinz« spannte sich das Lächeln auf den Lippen des Grafen Le Constant bis zu einem gefährlichen Knistern. Indessen war er doch ganz Herr der Lage und ging höchst freundlich auf das Thema ein:

»Die kleinen Höfe entwickeln mitunter wahrlich eine große Prätention, da stimme ich Ihnen zu. Gerade auf dem Gebiet der Küche ist das aber wohl kaum lächerlich, denn es ist doch eine Sprache, die zu lernen man keinem verwehren sollte, denken Sie nicht auch, Madame? Es müsste doch in jedem Land wenigstens einen wackeren Mann geben, der die Fahne Lukulls hochhält! Ich glaube, so steht es auch in dem Artikel des Chevaliers de Beaufrange.«

»*Fahne Lukulls* ... Sie reden, als wären Sie selbst der König in Preußen!«

Erneutes Entsetzen lähmte Bewegung und Mimik im Raum. Nur der Hund strich weiter um die Tischbeine. Ohne all dies zu bemerken, fuhr die Marquise fort:

»Ich glaube, auf seinem Tisch stehen kleine Kanonen, mit denen man einander während des friedlichsten Essens beschießt. Und alle haben verschiedene Fahnen für die verfeindeten Parteien, die sie zähnemahlend vertreten.«

Der Graf stimmte herzlich ins allgemeine erleichterte Gelächter ein und sagte, indem er d'Alembert ins Auge fasste:

»Ich hoffe, ein Artikel über den Hof in Preußen wird nicht vom Chevalier Voltaire oder der Marquise du Tessin geschrieben! Meines Wissens isst man dort in Preußen ganz ohne Politik. Hält man es nicht in Versailles genauso?«

Die Marquise du Tessin lachte hellauf:

»Wenn Sie wüssten! In Versailles ist alles Politik! Selbst wenn der König sein Glas erhebt, ist es Politik! Stimmt es nicht, verehrte Madame?«

Sie hatte in blinder Vertraulichkeit dem Comte de Vavigny, der um die Ecke neben ihr saß, die Hand auf den Arm gelegt, der zur allgemeinen Heiterkeit dieses Versehen richtigstellte, indem er sagte:

»Verehrteste, erschrecken Sie nicht, wenn ich Ihnen mit einer männlichen Stimme antworte – doch ich bin es wirklich: Ich bin die Madame de Pompadour!«

»Vergeben Sie einer nahezu Blinden, lieber Comte! Sie waren so schweigsam bisher, da narrte mich meine Imagination«, sagte die Marquise, und alle fanden es sehr drollig.

»Seien Sie unbesorgt, meine Gute. Ich trage es Ihnen nicht nach, dass Sie mich mit einem Manne verwechselten. Ich wäre mitunter viel lieber einer ... Doch ich trage Ihnen nach, dass Sie jetzt auf die Politik kommen. Wollten wir nicht davon fernbleiben?«, sagte die Madame de Pompadour höchstselbst vom anderen Ende der Tafel.

»Von mir aus können wir uns von dieser Regel gerne einmal dispensieren!«, meinte der Graf Le Constant, indem er die Hand der Marquise du Tessin ergriff und wärmstens drückte, um sie zum Weitersprechen zu ermuntern.

»Da wünschte ich wohl«, sagte diese sogleich, »es ginge im verschlafenen Potsdam noch richtig geschmackvoll zu. Aber wo anders werden die Kräfte für den Krieg mobilisiert, wenn nicht an der Potsdamer Tafel? Hat der preußische König nicht beim Dinieren eine Methode ersonnen, Fleischpillen für seine Soldaten zu kochen, um sein Heer von allem fouragierenden Plündern und Lebensmittelbeschaffen unabhängig zu machen?«

Ihr Sitznachbar respondierte sogleich:

»Ich glaube, Sie machen sich eine zu gefährliche Vorstellung von diesem Manne. Ich trat zwar kürzlich nur seinem Bilde gegenüber, als ich in Wesel im Hause eines reichen Kaufmannes das Vergnügen hatte, eine Kopie eines Porträts zu sehen, welches der Hofmaler des preußischen Königs – Antoine Pesne – von ihm angefertigt, doch da fand ich ihn recht speckbäckig und gar nicht soldatisch.«

»Er hat sich gewandelt!«, sagte die Marquise. »Glauben Sie mir! Mag sein, dass er früher so aussah.«

»Das ist noch nicht weit entfernt ...«

»Die Entfernung ist egal, der erste Schritt zählt!«

Der Graf wurde schweigsam und lächelte süßsauer. Schließlich erhob er sein Glas, blickte dem sogenannten Grafen von Bierzot ernst ins Auge und sagte:

»Auf Ihren vielgeliebten König! Auf Frankreich! Auf dass es

dem König in Preußen nie einfalle, seine Soldaten mit ordinären Fleischpastillen hierherzutreiben! Und Ihnen, werte Madame de Pompadour, würde der König in Preußen wohl liebend gern den ganzen Kanton Neuchâtel zum Geschenk machen, wenn Sie sich einer Allianz mit ihm nicht länger widersetzten!«
Das wurde allseits freudig erwidert, womit sich das Thema zum Glück verflüchtigte. Madame de Pompadour hatte den kleinen Wink wohl verstanden und erhob ihr Glas etwas höher, zum Zeichen, dass die diplomatische Botschaft wohl angekommen war.
Der Graf von Bierzot, dem man schon ein leichtes weinseliges Schwanken in der Stimme anhörte, sagte sonor:
»Auf den Frieden in Europa!«
Die frittierten Kleinigkeiten trugen nun das Ihre zur Entspannung bei, und es wollte kein Zweifel am gelungenen Abend mehr aufkommen. Dabei standen die Desserts erst noch bevor.
Als Langustier sich wieder in den Raum stahl, winkte ihn der Graf Le Constant zu sich und fragte, mit einem Faltennetz des Ärgers über dem Gesicht:
»Mein Lieber, ich habe Sie hier an der Tafel vermisst! Wo waren Sie denn?«
»*Omelette surprise*«, antwortete Langustier mit bedeutungsvoll geweiteten Augen. »Bitte untertänigst, Durchlaucht, dass Durchlaucht mich nach den Marzipanrosen fragen, die gleich auf den Tisch kommen ...«

XXIX

Das Gespräch belebte sich ungemein, als die Desserts aufgetragen wurden. Die wackelnden Vanillebrüste mit den Kakaokreisen und der Kaffeebohne obenauf sorgten für helles Entzücken. Der Graf von Bierzot schickte Le Bel zu Langustier mit der Bit-

te um eine schriftliche Beschreibung dieser Delikatesse und die Erlaubnis, selbige in Versailles unter seinem Namen herstellen zu lassen, wofür er ihm eine jährliche Zuwendung von fünfzig Louis für zehn Jahre im Voraus zahlen werde.
Der Baron Craisbillet machte schwerfällige Anstalten, sich zu erheben, um seine längst überfällige Lesung aus dem *Elagabal* zu beginnen, doch der Graf Le Constant kam ihm zuvor und sagte zu Langustier:
»Was sind denn das für exzellente Marzipanrosen? Auch eine Ihrer Kreationen, bester Toepffer?«
Er zwinkerte Langustier zu, was keineswegs nötig gewesen wäre, denn dieser stellte sich sofort wissend zwischen den Grafen und die Marquise ans obere Tafelende und sagte:
»Leider nein, wie ich neidvoll eingestehen muss. Ich erwarb sie im Hôtel d'Aligre, wo ich erfuhr, dass der Besitzer dieses heiligen Tempels sie erfand und ebenfalls Ihnen, werte Madame, zueignete ...« Er neigte das Haupt ergeben vor Madame de Pompadour.
»Das ist aber hoffentlich noch nicht alles, was Sie zu diesem Konfekt zu sagen haben?«, fragte der Graf Le Constant irritiert.
»Durchaus nicht. Es wird nämlich in Papiertüten verpackt, die eine seltsame Eigenschaft aufweisen ...«
Langustier hielt die seine über eine der Kerzen auf dem Tisch, und sogleich erschien wieder die zwischenzeitlich verblasste Schrift:

TOUR DE LA CHAPELLE

Samedi au soleil couchant

Langustier konnte sehen, wie aus mehreren Gesichtern die Farbe wich, kaum dass die Schwärze auf dem Papier erschien.

»Was soll das bedeuten? Ist das nicht der Name des Turms, in dem man mich einen Tag lang meiner Freiheit beraubte?«, sagte der Graf Le Constant, als er als Erster das herumgereichte Papier in Händen hielt.

»Sie waren im Grafenturm, aber das ist der Kapellenturm«, berichtigte ihn Langustier. »Im Kapellenturm spielen sich von Zeit zu Zeit Dinge ab, die vielen reichen Mitgliedern der höheren Gesellschaft dieses Landes eine Menge Geld wert sind.«

Die Unruhe im Raum war spürbar, doch gesprochen wurde nicht. Der Comte de Stainville zappelte unruhig wie ein Fisch am Haken. Den Doktor Quesnay hatte plötzlich ein schwer stillbarer trockener Husten gepackt.

»Was für Dinge? Sie reden in gequirlten Rätseln!«, sagte der Graf Le Constant höchst ungehalten.

»Gehört das noch an unseren Tisch?«, fragte die Madame de Pompadour jetzt ratlos vom anderen Tischende her.

»Ich denke schon, Madame!«, erwiderte Langustier. »Interessiert es nicht jeden hier am Tisch, zu erfahren, wer den Chevalier de Beaufrange auf dem Gewissen hat? Und was der Grund für seinen Tod war?«

Ein Rücken ging durch die Stühle. Selbst der alte Baron, der eben noch krumm gesessen nach Seepferdchenart, streckte sich wie eine Seenadel. Alle Augen richteten sich bei Nennung von Beaufranges Namens auf den Lieutenant général de police, der jedoch sein breitestes Lächeln aufsetzte und so zu verstehen gab, dass er ganz Ohr sei und in diesem vorlauten Koch eine Art von zu billigendem Mitstreiter sehe.

»Ich werde Ihnen jetzt aus dem ungedruckten Roman *Der Vorhang* des Chevalier de Beaufrange vorlesen!«, sagte Langustier und genoss das Aufstöhnen der gepeinigt Wissenden.

»Dieses Manuskript ... ist verschwunden!«, sagte die Madame de Pompadour mit flammender Röte im Gesicht, vor der ihr aufgetragenes Rosé direkt hell erschien.

Sie sah flehentlich zum Comte de Vavigny, der eifrig nickte und die Achseln hob und wieder senkte.
»Seltsamerweise ist das Manuskript aber heute wieder aufgetaucht!«, sagte Langustier.
Ohne sich um die Unruhe und das aufbrausende Gemurmel zu bekümmern, wie ein Dirigent, der rasch den Einsatz gibt und so das Lostrompeten der Hörner zum Mittel nimmt, die Ruhe herzustellen, begann er:

So verschlungen und voller Geheimnis waren die Wege, über die der Novize zum Ziele geführt wurde ... Die Schöne, die ihn im Café mit ihrem Anblicke und ihren Bewegungen so betört, hatte ihn zu einem Vorhang gelockt, hinter dem, als sie ihn beiseitezog, ein schwarzer Schrein erschien. Sie ließ ihn selbst mit einem Schlüssel aufschließen, die sie an einer langen goldenen Halskette unterm Busentuch hervorgezogen. Atemlos starrte er erst auf den Spalt zwischen ihren großen schneeweißen Brüsten, hernach auf eine Batterie von Phiolen mit grünlichem Trank im Wandschrank, von denen sie ihn eine kaufen hieß. »Dies ist dein Erkennungszeichen! Der Wächter an dem Ort, den man dir noch bezeichnen wird, zu der Zeit, die man dir noch offenbaren wird, darf dich nur einlassen, wenn du diese Phiole noch unberührt vorweisen kannst!« Daraufhin beschrieb sie ihm mit ihren zauberhaften Lippen, die ihm am Ende einen flüchtigen Kuss auf die Wangen hauchten, welche weiteren Schritte zur Erfüllung nötig seien, und er tat alles – nachdem er sie schweren Herzens und erfüllt von wildesten Gefühlen verlassen hatte –, was sie ihm gesagt hatte, um Zeit und Ort in Erfahrung zu bringen.
Ein Kauf, ohne Arg, in einem öffentlichen, angesehenen Kaufhaus brachte ihn weiter auf dem Weg. Freilich waren gewisse Schliche nötig, deren Erfordernis wohl dazu diente, die Spreu vom Weizen zu trennen. Über der Flamme, gerade

weit genug erwärmt, um die Geheimtinte erscheinen zu lassen, zeigte sich auf einer Papiertüte, enthaltend teures Konfekt, was er so sehr begehrt. Zeit und Ort, so sagte das Orakel, waren *Der Tag des Saturn* und *der Turm der Kapelle.*

Die Zuhörer gaben durch heftig ausgestoßene A-Laute zu erkennen, dass sie den Bezug zum zuvor gesehenen Geheimschriftexperiment durchaus herstellen konnten.

Die Wächter der Nacht durchglitten schon die Straßen, ihre Laternen zur Ausleuchtung der dunklen Ecken, das Horn und die Stimme zur Vertreibung aller Schrecknisse und Dämonen gebrauchend, die den braven Bürger ängstigen. Vermummt, in einer jener Roben, die von Ehebrechern oder Mördern gern benutzt werden, gelangte der Wissbegierige vor die hohen Mauern eines Gebäudes, das in Paris jeder kennt und doch für gewöhnlich nur mit gesenkter Stimme zu nennen pflegt: die Bastille! Er klopfte dreimal an eine schwarze Pforte. Eine Klappe wurde aufgeschoben. Der dunkle Spiegel eines großen Auges, in dem sich der volle Mond dem Anwärter entgegenwarf, richtete sich auf ihn. »Bist du bereit für die Dunkelheit?« Der Wartende nickte. »Bist du bereit für die Gesetzlosigkeit?« Er fieberte und nickte. »Bist du bereit für die letzten Geheimnisse?« Das Einhändigen des abgeforderten Goldes bestätigte das. Auch schloss dieser Preis das Gelichter aus. Kreischend ging das Schloss, und der Novize trat ein. Er wandelte durch einen sehr dunklen, von großen Bäumen umgebenen Hof, begleitet vom Junker, der ihm geöffnet. Hören wir im Weiteren des Novizen Bericht ...

Ich musste mich nackt ausziehen und durfte erst weitergehen, als ich einem schwarz livrierten, zwergenhaften Diener auch das letzte meiner Kleidungsstücke anvertraut hatte. Nur die

Maske, die ich trug, wurde mir gelassen. Die Räumlichkeiten waren prächtig und herrlich erleuchtet. Man konnte nur eintreten, indem man über ein großes Kruzifix schritt, das über und über mit von Blut besudelten Hostien bestreut war. Ganz am Ende befand sich die Bibel, die man mit Füßen treten musste. Sie werden mir glauben, dass keine dieser Schwierigkeiten mich zurückhielt, denn das Verlangen, in dieser Gesellschaft der Freunde des Verbrechens Aufnahme zu finden, erfüllte mich so gänzlich, dass ich bereit war, alles dafür zu tun!

Ich trat ein. Eine betörend schöne Frau von vielleicht fünfundzwanzig Jahren präsidierte. Auch sie war vollständig nackt und so herrlich anzuschauen, dass die denkbar größte Erregung sichtbar von mir Besitz ergriff. Ich wusste vor Scham nicht aus noch ein … Allein die Maske verbarg den anderen meine Röte, zumindest im Gesicht. Alle, die uns umstanden, waren ebenfalls nackt und weideten sich an meinem aufgerichteten Geschlecht. Wohl an die dreihundert weitere im Hintergrund hatten sich schon nackt vereint. Es geschah dies mit größter Ruhe. Man hörte kein anderes Geräusch als das, welches die Umstände hervorriefen. Einige gingen zu zweit oder allein spazieren. Viele beobachteten die anderen und befingerten sich angesichts dieser Schauspiele. Mehrere Gruppen hatten sich gebildet, einige bestanden aus acht oder zehn Personen. Viele Männer beschäftigten sich allein mit Männern, viele Frauen gaben sich nur Frauen hin. Es befanden sich mehrere Frauen zwischen zwei Männern. Auch gab es da mehrere Männer, die sich mit zwei Frauen beschäftigten. Weihrauch und Myrrhe brannten in den Räucherpfannen und verbreiteten wollüstige Mattigkeit. Ich sah mehrere Personen, die gemeinsam die Kabinette der Ungezwungenheit verließen. Einen Augenblick später erhob sich die Präsidentin und bat mit leiser Stimme, dass man ihr einen Augenblick zuhören möchte. Einige Minuten darauf umkreisten mich alle …

Plötzlich trat etwas Gewaltsames in ihre Blicke, denn ich sah ihre Augen in den Höhlungen ihrer Masken lüstern funkeln. Drei dunkel livrierte Wächter forderten mich auf, mich auf den Boden zu legen. Als ich mich sträubte, trafen mich die harten Schläge ihrer Stöcke und ließen mich in die Knie gehen. Kräftige Arme zerrten einen Tisch herein, auf dem man mich festschnallte. Die Fesseln schlossen sich so hart um meine Gelenke, dass die Haut riss. Die Präsidentin setzte mir eine Schale an die Lippen, während zweie meinen Kopf festhielten und andere meinen geschlossenen Mund mit Gewalt öffneten, bis sich ein widerlicher Trank in mich ergoss. Meine Sinne schwanden, und nur das Gefühl meines erneut brennend sich aufrichtenden Geschlechtes sowie von tausend Berührungen überall am Körper nahm ich noch mit auf den Weg in die mich bald umfangende Finsternis.

Verlassen wir des Novizen Erzählung und berichten gedrängter, was folgte: Als er wieder zu sich kam, lag er völlig angekleidet in einer dunklen Gasse unweit der Festung, an der er vor Stunden in seiner Verblendung selbst Einlass begehrt hatte. Sein ganzer Leib war blutig und zerkratzt, als hätte man ihn mit Messern geschnitten. Höllisch brannten ihm Geschlecht und alle Wunden, und er stank so sehr nach allem Unrat der Hölle, dass die Passanten sich angewidert abwandten. Er stand auf und wankte, schleppte sich in die rettende Dunkelheit einer Kutsche. Doch all sein Geld war fort, als es ans Bezahlen ging, und so hielt sich der Kutscher mit der Peitsche an ihm schadlos. Seine Geschichte aber, die ihm erst anklagend bei Freunden über die Lippen springen wollte, reute ihn plötzlich so sehr, und er schämte sich derart, dass er gegenüber den Polizisten in der Torburg kein Wort davon erwähnte. Aber er schwor sich, die Erlebnisse dieser Nacht zum Anlass zu nehmen, seine gewissenlosen Schänder zu finden und zu entlarven.

Der Schweiß stand Langustier auf der Stirn, als er das Konvolut wieder zusammenfaltete, und er trocknete sich mit seinem Schnupftuch, ein wenig selbst entsetzt über dessen rote Farbe, sodass er es rasch wieder verbarg. Die Mienen der Gäste waren aschfahl. Der Graf Le Constant räusperte sich.
»Dies sind also die *Schriften,* mit denen man als Enzyklopädist Geld dazuverdienen kann ... Nun, es ist jedem selbst überlassen, wie er dazu steht. Jeder nach seiner Fasson!«, sagte er, etwas unsicher lächelnd.
»Ein offensichtlich an der Lustseuche erkranktes Gehirn!«, rief der Comte du Vavigny in entflammter Empörung, was sowohl der Comte de Stainville als auch der Doktor Quesnay lachend quittierten.
Frau von Scudery hielt ihr Gesicht hinter ihrem Fächer verborgen, der Schäferszenen zur Schau stellte. Der Graf von Bierzot sprach leise mit der Madame de Pompadour, die ihm begütigend die Hand auf den Unterarm legte.
Langustier lächelte und sagte:
»Vergessen wir einmal, dass wir es mit den Ergüssen eines talentierten Schriftstellers zu tun haben, für die er einen willigen Verleger suchte. Gemessen am Geschmack der Zeit mag er sich berechtigte Hoffnungen haben machen dürfen, damit seine Existenz zu sichern! Aber ...«
Er machte eine bedeutungsvolle Pause.
»... er hat nicht bedacht, was er mit seinem Manuskript anrichtete!«
Sein Blick richtete sich auf Madame de Pompadour, während er sagte:
»Wie den heute hier Versammelten nicht unbekannt sein dürfte, werden seit einiger Zeit in diesem Land sämtliche Postsendungen im sogenannten *Schwarzen Kabinett* geöffnet und untersucht. Briefe werden gelesen, bei Bedarf kopiert oder exzerpiert; der übrige Inhalt wird beschrieben, eventuelle Bücher und an-

dere versandte Gegenstände werden nach Art und Gehalt erfasst und so weiter. Anschließend werden die Spuren dieser Untersuchung getilgt, alle Siegel wieder sorgfältig befestigt, und die meisten Sendungen erreichen ihre Adressaten so scheinbar unberührt wie nur irgendetwas.«

An der Reaktion der Marquise du Tessin und des Barons de Craisbillet konnte er sehen, dass sie als einzige Franzosen im Raum von dieser Wahrheit nichts wussten. Natürlich waren auch Balbi, Eichel und de Quattre bass erstaunt ob dieser Eröffnung. Alle anderen sahen Langustier nur unbeweglich und gleichmütig an.

»Beaufranches Brief, das brisante Manuskript enthaltend, wurde ordnungsgemäß abgefangen und untersucht. Doch nachdem dies geschehen, kam er auf ungeklärte Weise abhanden. Er erreichte nie das Verlagshaus Mercier & Mercier.«

Schweres Aufatmen im Raum, wo doch keinerlei Grund dazu vorhanden war.

»Nun haben Sie heute Abend die Ehre, von mindestens drei Agenten der Surêté bedient zu werden!«

Die drei Simons standen unbeeindruckt still. Die Sitzenden dagegen rutschten unruhig auf den Stühlen. Langustier schaute zu Le Bel und korrigierte sich:

»Vier trifft es eher, vielleicht fünf!«

Albert wies dergleichen mit abwehrenden Händen von sich.

»Also vier!«

»Dürfte ich den Lieutenant générale de police bitten, Monsieur Charpentier hereinzurufen?«

Berryer schnippte mit dem Finger, und der Gehilfe aus der Registratur erschien. Man hatte ihm bessere Kleider angezogen, doch sie schlotterten ihm recht unpassend um die Knochen.

»Würden Sie mir bitte sagen, ob Sie jemanden von der Dienerschaft hier im Raum mehr als namentlich kennen?«

Charpentier zitterte.

»*Monsieur, alors!* Wenn ich bitten darf – wir haben nicht ewig Zeit!«
Langustier hatte die Simons gut im Blick. Doch sie hielten still.
»Monsieur Le Bel kenne ich näher«, sagte Charpentier, wohl vermeinend, dass er sich auf diese Weise retten könnte.
»Das ist sicher wahr, mein Herr. Doch ich weiß mit Bestimmtheit, dass Sie auch einen, wenn nicht gar mehrere der hier anwesenden Mitglieder der Familie Simon nicht nur kennen, sondern auch mit ihnen verkehren.«
Berryer schaltete sich ein:
»Los, Mann, was haben Sie schon zu verlieren? Sie haben doch nichts Ungesetzliches getan, oder?«
Charpentier deutete auf Bertrand Simon und sagte:
»Wir nahmen einige Male einen Kaffee zusammen ein. Doch ich schwöre, ich schwöre ...«
Er hatte bereits die Hand zum Schwur erhoben, als Langustier abwinkte und sagte:
»Bitte, ich will Sie vor dem Meineid bewahren, denn wie sollten wir Ihr Zeugnis fortan noch ernst nehmen? Ich habe doch selbst mit angehört, dass der Polizeichef Sie anwies, jenen Herrn dort, auf den Sie zeigten, um weitere Proben aus der Giftküche des Herrn Craisbillet zu bitten!«
Charpentiers Nicken stand im größten Kontrast zu den Rufen der Empörung, die jetzt allenthalben ertönten.
»Craisbillet? Dieser Name fiel gar nicht!«, rief Berryer erstaunt. »Außerdem dachte ich, die Proben kämen vom Diener der Madame O'Murphy!«
Simon Simon, der die O'Murphy auf mehr als eine Art bediente, machte eine verlorene Geste, die wohl heißen sollte: *Ich wusste es beim ersten Mal, als ich diesen Herrn von Toepffer sah, dass das dicke Ende noch kommen würde.*
»Warum haben Sie Monsieur Charpentier diese Proben gegeben?«, fragte Langustier Gabriel Simon.

»Man macht sich mitschuldig, wenn man hilft, etwas zu produzieren, das andere Menschen leiden lässt!«
»Sehr richtig, mein Herr!«, sagte der Graf von Bierzot, der dem Ganzen jetzt zusah wie einer Schmierenkömodie.
»Wie viel davon verließ den Turm?«
»Ein Fass pro Tag«, erwiderte Gabriel widerwillig.
»Und wer hat es bekommen?«
»Das weiß ich nicht. Wir stellten das Fass abends vor den Turm. Am Morgen war es weg; stattdessen stand ein leeres da mit Geld darin.«
»Wie viel?«, fragte Langustier.
»Hundert Louis d'or!«
»Ich höre wohl jetzt auch noch schlecht!«, seufzte die Marquise du Tessin. »Der mittellose Baron, der seit Jahren für nichts bei mir wohnt und dem ich sogar seine teuren Kleider doppelt und dreifach anfertigen lasse, weil er die Marotte hat, immer dasselbe anziehen zu müssen, soll täglich hundert Louis im Nebenerwerb verdienen?«
»Trag es mit Fassung, meine Liebe!«, flüsterte Lasgustier, der neben sie geeilt war und kurz ihre Hand hielt.
»Craisbillet? Der Baron de Craisbillet als Giftmischer?«, rief die Madame de Pompadour von unten herauf.
»Ich bin ... Wissenschaftler!«, krähte Craisbillet und lief zornesrot an. »All meine Experimente kommen der Menschheit zugute, die oftmals unter – vorwiegend jungen, vorlauten – Exemplaren der eigenen Art leidet und händeringend nach Mitteln sucht, sich dieser Lästlinge zu entledigen! Andererseits sind die geistig hochstehenden, guten Exemplare oftmals nicht mehr in der Lage, sich in würdiger Weise zu paaren – da schafft mein Mittel Abhilfe.«
Er fasste den Grafen von Bierzot, der ihn unentwegt mit säuerlicher Miene anstarrte, scharf und höchst unverschämt ins Auge und fragte:

»Stimmt es etwa nicht, Euer Hochwohlgeboren?«
»Dafür wirst du in der Hölle schmoren, du widerwärtiges Insekt!«, schäumte der sogenannte Graf von Bierzot, der jählings aufgesprungen war und nun von seinem Kammerdiener, der Pompadour und dem Doktor Quesnay umringt wurde, damit er sich nicht etwa vergaß und vom unbändigen Zorn zu nicht standesgemäßen Handlungen hinreißen ließ.
»Wir sind der Sache schon lange auf der Spur – und jetzt das!«, stöhnte Madame de Pompadour und ließ sich wieder auf ihrem Stuhl nieder.
»Wer sind *wir,* Madame?«, fragten Langustier und Berryer fast gleichzeitig.
»Dann werde ich also taub wegen *Ihnen!*«, schrie der Graf von Bierzot, aufs Neue sich aufrichtend und den Baron mit unsichtbaren Pfeilen durchbohrend.
Im nächsten Moment schon fuhr er herum. Sein Blick suchte seine Favoritin O'Murphy, die sich vergeblich unsichtbar zu machen versuchte und sich unter seinen sengenden Blickstrahlen wand wie ein weiblicher Wurm. Sie hatte doch immer eine Philole mit dabei, wenn sie ihn mit ihren Kurven beglückte? Er schlug in einen der noch nicht aufgegessenen Busenpuddings vor Ärger, dass die Vanille sich im halben Raum verteilte. Ein Brocken klatsche dem Comte de Stainville mitten ins Gesicht, während ein anderer im Schoß des darob errötenden Eichels landete. Nach einem schrecklichen Augenblick betretenen Schweigens sagte Madame de Pompadour, mit Verspätung die Frage Langustiers und Berryers aufgreifend:
»Beaufrange hat mir seinen seltsamen Roman zu lesen gegeben. Ich habe ihn Le Bel gegeben, damit er eine Abschrift erstellte. Diese Abschrift verschwand aus meinem Sekretär. Daraufhin bat ich den Comte de Vavigny, der Sache nachzugehen.«
»Mit geringem Erfolg«, wiegelte der Comte ab. »Mir scheint, der Dieb des Manuskripts machte sich einen Scherz daraus, ge-

wisse Details nachzustellen, um einer Veröffentlichung den nötigen Skandal beizugesellen. Auf den Baron Giftfrosch bin ich nicht gekommen ...«

»Wie nennen Sie mich?«, keifte der Baron.

»Woher wissen Sie, welches überaus giftige Tier er in seiner Sammlung hat?«, fragte Langustier den Comte.

»Ich ... Das ... habe ich nur so gesagt – Frösche verspritzen doch Gift, nicht wahr?«, stotterte der Comte.

»Das sind Kröten!«, belehrte ihn Craisbillet. »Kröten spritzen! Frösche tun gar nichts mit ihrem Gift. Wer sie berührt, besonders diesen einen, von dem hier die Rede, ist des Todes!«

»Was ist das – ich habe das nicht ganz verstanden: ein aphrodisisches Extrakt aus einem Frosch? Das klingt spaßig!«, sagte die Marquise du Tessin und lachte.

»Fledermausblut, Mumia und eine Nadelspitze Giftschleim vom Schrecklichen Pfeilgiftfrosch – das ist das ganze Geheimnis einer erfüllten Liebesnacht, Madame!«, sagte der alte Baron mit einer süßlich schwingenden Stimme.

»Das ist gotteslästerliches, verderbtes Geschwätz!«, donnerte der Abbé aufbrausend, und der Graf Le Constant musste ihn bei der Hand fassen, um ihn zu beruhigen – sprich: davon abzuhalten, seinem Sitznachbarn Craisbillet an die mürbe Gurgel zu springen.

»Woher wussten Sie von dem Giftlabor des Barons?«, fragte Langustier den Comte noch einmal.

»Gar nichts wusste ich ...«

»Als ich Sie bei der Marquise traf, die schwerlich viel gesehen haben wird, haben Sie etwas gesucht und nicht gefunden. Dazu war es zu gut versteckt, und Sie hatten nur kurz Zeit für Ihren Abstecher in die Bedientenkammern – so lange, bis Bertrand Simon mich nach oben geleitet hatte. Doch die Surêté hat Nachsuche gehalten – heute, als die Marquise und ihr Diener bereits auf dem Weg hierher waren!«

»Was? Das ist eine Unverfrorenheit, wie kommt man dazu, in

mein Haus einzubrechen, während ich nicht da bin?«, rief die Marquise du Tessin.

Langustier eilte rasch zu ihr und flüsterte:

»Alles ist gut, meine Liebe – es ist kein Schaden entstanden! Nur Aufklärung!«

Bei dem Wort »Aufklärung« verklärte sich ihr Blick, und sie sagte leise:

»Aufklärung tut hier wahrlich not!«

In diesem Augenblick hechtete Bertrand Simon in Richtung Tür, wo ihn allerdings zwei Polizisten abfingen. Langustier fragte ihn, wobei er ihm das Manuskript unter die Nase hielt, aus dem er eingangs vorgelesen:

»Dieses Manuskript fand man in der Strohmatratze Ihres Nachtlagers. Können Sie uns verraten, wie es dorthin kam?«

»Bertrand!«, zischte die Marquise ungläubig. »Sie ungezogener Bengel!«

Bertrand sträubte sich heftig dagegen, in die Nähe des Comte de Vavigny gezerrt zu werden, wo nun auch Langustier Aufstellung bezog.

»Er hat es gestohlen, er hat es bei sich versteckt! Ist das nicht eindeutig?«, fragte der Comte und fügte aufbrausend hinzu: »Was habe denn *ich* damit zu schaffen?«

Langustier straffte sich:

»Sie hatten allen Grund, Beaufranches Werk zu fürchten, denn es beschreibt Ihr kleines, schmutziges, dunkles aber überaus einträgliches Geschäft sehr gut!«

Der Comte de Vavigny war für einen Moment sehr farblos, und sein Blick wurde stumpf. Dann kehrten Licht und Triumph in seine Augen zurück:

»Beaufranges Roman ist reine Erfindung. Sie haben doch keinerlei Beweise für irgendetwas von alledem, was sich der Chevalier da aus der Feder gesaugt hat!«

Langustier wiegte den Kopf und erwiderte ruhig:

»Gehen wir die Sache einmal chronologisch durch: Seit einem halben Jahr sind der Brief und das Manuskript verschwunden, außerdem auch die Kopie des Manuskripts, welche Madame de Pompadour anfertigen ließ. Eine erneute Niederschrift, die kurz vor dem Abschluss stand, verschwand ebenfalls. Madame, glauben Sie wirklich, es sei einzig und allein Ihre Unachtsamkeit und mangelnde Ordnung gewesen, die diesen andauernden Verlust hervorgerufen?«

»Ich, also ... Ja!«, sagte Madame de Pompadour.

»Nun, dann muss ich Sie leider oder glücklicherweise enttäuschen. Dort sitzt der Herr, der sowohl die von Monsieur Le Bel angefertigte Kopie als auch die bei Ihnen liegende, noch unfertige neuerliche Niederschrift des *Vorhangs* verschwinden ließ!«

Er deutete auf den Comte, der nach kurzer Schreckensstarre in schallendes Gelächter ausbrach.

Der Graf von Bierzot befahl mit einem wippenden Fingerhaken seinen Kammerdiener zu sich und fragte sehr laut und von einem wehenden Schleier der Trunkenheit getragen:

»Le Bel, was ist das mit diesen verdammten Kopien und Manuskripten? Schrift und Schrift und erneute Niederschrift? Ich verstehe nur noch Marstall ... Bringen Sie mir noch so ein Vanillebrüstchen und eine Flasche Champagner! Ja, soll ich denn hier verdursten?«

Auf einen Wink Langustiers wurden derweil hereingeführt: die Bedienung aus dem Café de la Bastille und der Tütenkleber Louis vom Verkaufsstand des Delikatessenhändlers Papille im Hôtel d'Aligre.

»Sehen Sie hier vielleicht denjenigen, der Sie für gewöhnlich mit jenen Phiolen beliefert, die Sie mir gezeigt und von denen Sie mir eine zum Ausprobieren geschenkt haben?«, wollte Langustier von der Bedienung wissen.

Der Graf von Bierzot konnte seinen Blick kaum bezwingen, die

Bedienung mit den Augen auszuziehen, und wies Le Bel wegen seines Ohrenleidens sehr lautstark an, sich zu notieren:
»Sie kriegt alles, was Sie will, aber schaffen Sie sie noch heute Nacht zu mir in mein Bett!«
»Sie müssen ein bisschen auf die Contenance achten, mein Freund!«, flüsterte indes seine Sitznachbarin ihm zu.
»Selber Contenance! Wollen Sie, dass ich heute Nacht allein bleibe?«
Sie schwieg betreten, und er räkelte sich siegesgewiss auf seinem Stuhl.
Derweil hatte die Verhörte, die sich als Madelaine Vivier vorstellte, bereits den Comte und Bertrand Simon mit hinweisenden Blicken bedacht.
»Der Herr dort! Manchmal auch jener«, sagte sie. »Im Turm musste ich die Präsidentin spielen. Ich habe alles nur auf ihr Geheiß getan!«
»Ich verfluche dich, du Hure!«, schrie Bertrand Simon, doch seine Bewacher hielten ihn fest.
»Wer gab Ihnen das schöne viele Geld dafür, dass Sie diese Schriftzüge mit Zitronensaft auf die Tüten der Marzipanrosen abgemalt haben?«, fragte Langustier Papilles Mitarbeiter.
»Der feine Herr dort!«
Er deutete auf den Comte de Vavigny.
»Was redet er da? Ist er nicht recht bei Trost?«, sagte dieser und wischte sich mit den Händen die Seidenärmel seines Gewands, als wäre er mit Straßenstaub beworfen worden.
Der Tütenkleber Louis war nicht aus der Ruhe zu bringen.
»Sie haben mir so viel Geld gegeben, dass ich nicht mehr bei Papille hätte arbeiten müssen, aber Sie gaben mir noch mehr dafür, dass ich's weiterhin tue. Sie gaben mir noch mehr, dass ich nie selbst zum Turm gehe, und waren so freundlich, mich darauf hinzuweisen, dass nur die verrufensten Gourmands dort verkehrten, welche die Angewohnheit hätten, einmal im Monat

einen Knaben meines Alters in ihrer Runde zu steingen, zu vierteilen und anschließend zu kochen und zu verspeisen!«
Der Raum war ein einziges Chaos. Alle schrien durcheinander, bis Langustier mit erhobenen Armen um Ruhe bat.
»Diese Indizien sollten genügen, um den Verdacht zu erhärten, dass Sie, Comte de Vavigny, tatsächlich etwas betreiben, das dem Zirkel in Beaufranges Roman ähnelt. Was der Chevalier sich ausgedacht, haben Sie mit viel Geschick und einem wahren Talent für das organisierte Verbrechen in die Tat umgesetzt: Sie haben Hunderttausende von Louis verdient! Es wird wohl doch ein Verlustgeschäft, das glaube ich Ihnen prophezeihen zu dürfen ... Beaufrange wurde zu einer immer größeren Bedrohung Ihres Geschäftes. Irgendwann hätte er es geschafft, seinen Roman zu veröffentlichen. Was hätten die Mitglieder Ihrer Gesellschaft der Freunde des Verbrechens dann wohl getan? Hätten sie weiterhin Lust empfunden, wo ganz Paris ihre Ausschweifungen gedruckt vor sich gehalten hätte? Beaufrange jedenfalls musste verschwinden, damit Sie weiterhin dieses einträgliche Geschäft betreiben konnten!«
»Das ist ja absurd! Sie meinen, ich hätte ihn getötet? Lächerlich! Ausgeburt eines kranken Kopfes! Perfide Verleumdung!«
Berryer sagte:
»Ich habe beim Gouverneur der Bastille bereits wegen einer Ortsbesichtigung vorsprechen lassen. Doch Monsieur d'Abadie scheint noch gewisse Schwierigkeiten zu haben, die einen Ortstermin vor Ende der Woche verbieten.«
Langustier sah ihn unwillkürlich mit seiner Reitgerte auf nackte, unverschämte Tatsachen schlagend. War d'Abadie in die Sache verstrickt und brauchte noch Zeit, die Spuren zu tilgen? Es wunderte ihn keineswegs.
»Sie waren gemeinsam mit Ihrer schauspielerisch hochbegabten Freundin ...«, er sah vom Comte zur Scudery hin, die auf ihrem Stuhl förmlich versank, »... für die fleischliche Ausstaffierung

eines königlichen Lustgartens verantwortlich – jetzt werden Sie dieses Ehrenamt übrigens wohl abgeben müssen –, daher sind Sie es durchaus gewohnt, willige Töchter aus guten Häusern mit den Grundbedingungen gesellschaftlichen Aufstiegs in Frankreich vertraut zu machen!«

Madame de Pompadour fuhr auf, und rief:

»*Mon Dieu,* Diskretion, mein Herr!«

Doch keiner achtete darauf.

»Le Bel«, fragte der Graf von Bierzot, mit rudernden Handbewegungen seinen Kammerdiener heranziehend, »was ist das für ein Park? Ich erfahre immer alles als Letzter ...«

Was der Diener ihm erklärte, von der entsetzten Madame de Pompadour assistiert, bugsierte ihm ein breites Grinsen aufs Gesicht, das wie angeklebt eine Weile saß.

»Wollen Sie nicht hören«, bohrte Langustier weiter am Comte, der von Konvulsionen unbändiger Wut geschüttelt zu werden schein, »wie Bertrand Simon zu jenem Manuskript kam, das Sie kürzlich vergeblich suchten? Er hat Sie damit erpresst, denn mit der Kenntnis der eingenommenen Reichtümer dessen, der einen benutzt, wachsen die Wut und die Gier!«

»Sie sind ja nicht recht bei Verstand!«, sagte der Comte.

»Der findige Bertrand hat das abgefangene Original in der Registratur der Surêté entwenden lassen – durch seinen Busenfreund Charpentier!«

Dieser machte einen unbeholfenen Versuch zu fliehen, wurde aber von Berryer selbst aufgehalten.

»Es war Ihr größter Fehler«, sagte Langustier, während er dem Comte die Hand auf die Schulter legte, »jenen Mann zu unterschätzen, den Sie dazu gebracht haben, Ihren Erzrivalen in der Gunst Ihrer Herrin und Ihren Todfeind, weil geistig Sie so überragenden, Beaufrange zu töten – vor Ihren Augen« – er sah zum sogenannten Grafen von Bierzot –, »gräfliche Durchlaucht, und neben Ihnen« – er sah zum sogenannten Grafen Le Constant –

»gräfliche Durchlaucht! Ich kann es mir nur dadurch erklären, dass sie glaubten, seiner durch alles Geld, das sie ihm gaben, sicher sein zu können. Doch Blutgeld dieser Art weckt stets die Gier nach mehr.«

Der Comte schüttelte sich vor gespieltem Lachen.

»Guter Versuch, aber nur Indiz für Ihren ererbten Schwachsinn!«, keckerte er.

»Ha!«, entfuhr es der Madame de Pompadour, die sich mit aller Kraft Luft zufächelte.

»Das ist doch ganz unmöglich!«, fuhr die Marquise du Tessin auf. »Mein Bertrand – ein Mörder? Sie müssen sich irren!«

»Leider nein, beste Marquise! Bringen Sie mir unseren Informanten!«, forderte Langustier einen der Polizeibeamten auf.

Es krächzte und krähte, und ein kleiner, grau-rot-weiß gefiederter Geselle, auf einem Polizisten herumkletternd, erschien im Raum.

»Der Papagei des Barons!«, rief die Marquise erfreut, denn sie liebte das Tier über alles. An der Stimme hatte sie es erkannt.

»Lora, komm her zu deiner Freundin!«

Langustier wies den Beamten an, ihrem Wunsch zu willfahren.

»Fragen Sie Madame Lora mal nach Ihrem Diener Bertrand!«

»Lora, was erzählen sie da von unserem lieben Bertrand?«

Der Papagei kauderwelschte ein bischen herum. Plötzlich aber sagte er:

»Bertrand – flinker Teufel!«

»Ja, da hast du recht, meine Liebe! Trotz seines dicken rechten Fußes ist er erstaunlich flink. ›Teufel‹ für den Dickfuß Bertrand, ist das nicht intelligent?«, fragte die Marquise begeistert in die Runde.

»In der Tat, das hat der Baron seiner einzigen Gesprächspartnerin gut beigebracht!«, bestätigte Langustier.

Lora füllte die Pause, indem sie die ganze Litanei abspulte, während der Polizist sich wieder mit ihr entfernte:

»Voltaire – verrückter Affe! Rousseau – falsche Schlange. Montesquieu – geiler Bock! Bertrand – flinker Teufel! Geoffrin – eingebildete Pute!«

Der Graf Le Constant konnte es nicht vermeiden, nach heftig unterdrücktem Glucksen bei der letzten Apostrophierung laut herauszuprusten.

Langustier hatte den an der Tür lauschenden Lefaibre gebeten, ihm die Stofftasche mit dem gestohlenen Gewand und dem Schuhwerk zu bringen.

»Ziehen Sie einmal diese Schuhe an!«, forderte Langustier Bertrand Simon auf.

Der tat es, und die Vergrößerung des rechten Schuhes war nicht nur *wie* für ihn gemacht – sie *war* für ihn gemacht!

»Gestehen Sie: Wer hat Sie mit der Ermordung Pierre de Beaufranges beauftragt? Wen wollten Sie mit dem Manuskript jenes kompromittierenden und alle Lust tötenden Romans zu immer größeren Geldzahlungen an Sie veranlassen?«

Bertrand senkte erst den Blick, dann hob er ihn wieder und richtete ihn hasserfüllt auf den Comte de Vavigny.

»Das kann nicht wahr sein!«, schrie Madame de Pompadour und warf beim ruckartigen Aufstehen ihren Stuhl um. Sie eilte an den seitlich Sitzenden vorbei und stürzte sich auf den Comte, der sie erblassend kommen sah. »Sag mir, dass das nicht wahr ist!«

Er druckste herum, dann senkte er den Blick. Urplötzlich sprang er quer über die Tafel, die zum Glück leeren Schüsseln umwerfend sowie die wertvollen – indes geschmacklosen – Tafelaufsätze.

»Biche, fass!«, rief der Graf Le Constant.

Kurz bevor er das Fenster erreichte, senkten sich die kleinen, feinen, aber sehr schmerzhaft zubeißenden Zähne des Windspiels in eine Vavigny'sche Wade. Mit einem Schrei ging der Comte zu Boden und wurde sogleich von den Polizisten der Surêté festgenommen.

»Touché, mein lieber Toepffer!«, sagte der Graf Le Constant und zwinkerte Langustier freudig zu.
»Übrigens«, sagte dieser, »hat die Hausdurchsuchung im Taubenturm des Barons Craisbillet auch die Liste seiner sonstigen Kunden zutage gefördert, von denen die meisten, nehme ich an, auch Mitglieder jener Gesellschaft sein dürften ...«
Er wollte anfangen, vorzulesen, doch der Graf Le Constant nahm ihm die Liste aus der Hand.
»Mhm ... mmh ... Ach, sieh mal an! ... Bah! Von dem hätte ich es nicht gedacht! ... Tsetse, die Aufklärer ... *Enzyklopädie* schützt vor Torheit nicht ... Montesquieu, nun, das war ja klar. Aber mein Freund, mein lieber Freund ... Und ich dachte, er wäre jetzt bei Genf sicher untergebracht ...«
Er ließ die Liste sinken und hielt sie an eine Kerzenflamme.
»Diese Schmach der Enthüllung möchte ich nun doch meinem besten Feinde Voltaire nicht zumuten. Hat übrigens jemand d'Alembert gesehen?«
D'Alembert war verschwunden.

XXX

Der Graf Le Constant schien trotz des turbulenten Abends munter und erfrischt wie gerade aufgestanden. Er fuhr mit de Quattre, Balbi und Eichel, die mehr Gespenstern als lebenden Seelen glichen, ins Hôtel Impérial ab, nachdem ihm sein Hofküchenmeister geschworen hatte, baldmöglichst seiner in wenigen Stunden gen Potsdam abgehenden Reisegesellschaft nachzufolgen. Selbstredend konnte der sogenannte Graf der dringlichen Bitte seines Küchenmeisters, dem Abbé Barthélemy bei den höchst nötigen Aufräumarbeiten zu helfen, nichts entgegensetzen.
Endlich hatten sich – um drei Uhr des Morgens – auch die übri-

gen Kutschen zur Abfahrt formiert. Der Graf von Bierzot hatte von zehn Soldaten hinausgetragen und in die erste Kutsche gelegt werden müssen, deren Tür sein Kammerdiener Le Bel aufhielt.

Nur die völlig betrunkene O'Murphy, von ihrem geliebten Diener notdürftig gestützt, irrte ohne Fahrgelegenheit umher. Madame de Pompadour, die nicht viel weniger gebechert hatte, aber weitaus besser mit dieser Ladung umzugehen wusste, holte kurz vor ihrem Einstieg in die erste Kutsche mit der behandschuhten Rechten aus und verpasste nacheinander ihrer Gegnerin und deren Geliebten zwei solche Schläge, dass die beiden der Länge nach im Schmutz der Straße landeten.

»Nach uns die Sintflut!«, rief Madame de Pompadour und schlug die Wagentür zu.

Langustier hörte die Schreie der O'Murphy, die sich fluchend aufrappelte und um die Belebung ihres bewußtlosen Dieners bemühte. Er linste durchs Dachfenster und sah, wie die ramponierte Schöne, auf ihre Schuhe Verzicht leistend, das Trittbrett der letzten, schon anrollenden Polizeikutsche erklomm.

Es war der Polizeichef selbst, der anhielt, die Schuhe aufsammelte und sich mit der Gepeinigten in den Wagen begab. Auch der hübsche Simon wurde aufgeladen. Schließlich rappelte alles davon, und nur ein Eulenschrei war noch zu hören.

»M. de Pomp. hat eine eiserne Faust!«, sagte Langustier zur Marquise du Tessin neben sich im Bett, hoch oben in einem der Dachzimmer im Palais des Abbé.

Er hatte ihr die Szene am dunklen Rondell so lebhaft geschildert, dass sie ihm lachend ins Ohrläppchen biss.

»Willst du nicht das verdünnte Gift des Fledermausfrosches ausprobieren?«, fragte sie kichernd.

Er nahm die kleine Phiole und schleuderte sie in hohem Bogen auf die Straße hinunter. Und sie versanken im Wohlgefallen der Nacht.

Historische Stichworte

Aphrodisiaka und Gifte in Versailles und Paris 1600–1800
Marie Madeleine Marquise de Brinvilliers, geboren 1630, hatte einen Verschwender geheiratet. Um wieder zu Geld zu kommen, entwickelte sie den teuflischen Plan, ihren Vater und ihre drei Geschwister umzubringen, so an das väterliche Erbe zu kommen und selbiges mit niemandem teilen zu müssen. Der Abenteurer Jean Baptiste Sainte-Croix wurde ihr Liebhaber und Erfüllungsgehilfe in Sachen Mord, denn er war bei den kundigsten Giftmischern Italiens in die Lehre gegangen.
Aus Arsenik, Vitriol und Krötenfett rührte Sainte-Croix eine tödliche, indessen auch tödlich langsam wirkende Mischung her, welche von der Mörder-Marquise zunächst testweise auf Zwieback gestrichen und an die Armen des Pariser Krankenhauses »Hôtel-Dieu« verteilt wurde. Diese Tests verliefen überaus erfolgreich, sodass 1666 der Vater und 1670 die beiden Brüder Marie Madeleines dran glauben mussten. Als auch die Schwester schwer krank wurde, mehrten sich die Stimmen, die ein Verbrechen vermuteten.
1672 dann machte Sainte-Croix einen dummen Fehler, denn er vergiftete sich versehentlich selbst. In seinem Nachlass fand man eine Kassette mit einem eigenhändigen Geständnis und einer haargenauen Auflistung aller Giftmischungen, die er hergestellt hatte, und sämtlicher seiner Kunden. Die Liste umfasste Madame de Montespan, Mätresse Ludwigs XIV., die Herzogin von Orleans (des Königs Schwägerin) und die Marquise de Brinvilliers. Die Brinvilliers floh in ein Kloster in Lüttich.
Der Polizeichef Ludwigs des XIV., Gabriel Nicolas de La Reynie, nachdem er seine akribische Aufklärung des Falles abgeschlossen hatte und eine recht eindeutige Beweiskette vorweisen konnte, überzeugte die Äbtissin jenes Zufluchtsklosters

davon, besser zu kooperieren. Man lockte die Brinvilliers unter einem Vorwand vor die Klosterpforte, wo sie sofort festgenommen wurde. Nach ausführlichem Geständnis verlor sie am 16. Juli 1676 ihren Kopf, bevor man ihre Leiche zur Sicherheit auch noch verbrannte.

Während seiner Recherchen war La Reynie indes auf noch viel brisantere Tatsachen gestoßen: Ganz offenbar existierte in Paris ein ganzes Netzwerk von Giftmischern, Satanisten, Hexern und Kindsmördern. Die Kundschaft der Produzenten von Liebestränken reichte bis in die Spitzen der Gesellschaft.

Im April 1677 beraumt der Sonnenkönig eine *Chambre ardente* an – ein seit dem 16. Jahrhundert gebräuchliches außerordentliches Inquisitionstribunal, so genannt wegen der harten Strafe (gewöhnlich Feuertod), die von demselben verhängt wurde.

La Reynie machte als Leiter der Chambre schockierende Entdeckungen: Bei Schwarzen Messen kam es zu kannibalischen Handlungen. Die Schlüsselfigur all dieser Abscheulichkeiten war Catherine Deshayes, von ihrer Kundschaft vertraulich »La Voisin« (die Nachbarin) genannt. Bei ihr war gegen bare Münze alles zu haben: Gift, Liebestränke, Abtreibungen, Teufelsbeschwörungen. Sie hatte sich mit ihren Produkten bereits ein Vermögen verdient. Aber auch sie konnte es nicht lassen, über ihre Abnehmer genau Buch zu führen, Aufzeichnungen, die ihr übel bekommen sollten.

1679, nach der Verhaftung der Voisin, erfasste La Reynie erst die ganze Tragweite des Falles. Die Liste der vernommenen Zeugen wurde länger und länger. Bei der Voisin hatten gekauft: die Herzogin von Angoulême und der Erzbischof von Narbonne, die Marquise d'Orléans, ein königlicher Prinz, Ludwigs Ex-Mätresse Olympia Mancini und sogar der Hofdichter Jean Racine! Nebenbei kamen schockierende Einzelheiten zutage – etwa dass Madame de Lusignan sich gern splitternackt mit einer Osterkerze vergnügte.

Als bekannt wurde, dass auch die 38-jährige Françoise-Athénaïs de Rochechouart de Mortemart, Marquise de Montespan, die (nach elf Jahren und sieben Kindern) abgelegte Hauptmätresse Louis' XIV., bei der Deshayes eingekauft und den König mit einem Gebräu aus Fledermausblut, getrockneten Maulwurfspfoten und zermahlenen Föten in stark gewürztem Wein beinahe vergiftet hatte, war der Gipfel des Skandals erreicht. Die Montespan hatte bei sich und dem König die alte Lust wieder erwecken wollen, doch die Tränke der Voisin verursachten beim König nur Schwindelanfälle und Sehstörungen nach jedem Schäferstündchen. Auch die Zuflucht zu Schwarzen Messen, wo sie sich vor dem Beischlaf Hostien zwischen die Beine legte, brachte der Marquise de Montespan keinen Erfolg.
So hatte sie den verzweifelten Entschluss gefasst, den König und seine neue Geliebte, die blutjunge und bildhübsche Marie Angélique de Scoraille de Roussille, Duchesse de Fontanges, zu ermorden: durch echtes Gift, das sie bei der Nachbarin kaufte.
Als La Reynie dies dem König 1680 darlegte, ordnete dieser Verhaftung und Verhör von 319 Personen an, unter denen sich zehn Angehörige des Hochadels befanden. 36 der Ketzerei Angeklagte wurden hingerichtet, andere verschwanden in der Bastille. Die Marquise de Montespan und Olympia Mancini wurden in die Verbannung geschickt. Nach außen drang nichts von der unfreiwilligen Verstrickung des Königs in diesen Schlamassel – wie hätte er vor aller Welt dagestanden, als Opfer giftiger Liebestränke?
Bei der öffentlichen Verbrennung der Voisin im Februar 1680 stieß »die Hexe« Deshayes, wie Marie de Sévigné berichtete, »bis zum letzten Augenblick grauenhafte Flüche aus«.

Bastille

Die Bezeichnung *bastille* stammt aus dem Französischen und heißt auf Deutsch etwa *Kleine Bastion*. Eine Bastion hat die Funktion einer Stadtmauer inne, ist eine Trutzburg und Teil eines Festungswalls. Während des Hundertjährigen Krieges wurde die *Bastion de Saint-Antoine* unter König Karl V. in Auftrag gegeben und durch dessen Finanzminister Hugues Aubriot erbaut, um einer Eroberung der Stadt durch englische Truppen Einhalt gebieten zu können. Das Bauwerk lag an der Seine und war durch einen linearen und symmetrischen Grundriss charakterisiert, wodurch jeweils vier Türme auf der Feldseite und der Stadtseite zum Erscheinungsbild der Bastion gehörten. In späteren Jahrhunderten, so auch während des französischen Absolutismus, wurde die ehemalige Trutzburg als Gefängnis genutzt. Je nachdem, wie finanzkräftig inhaftierte Personen oder deren Familien waren, wurden sie behandelt, und es wurden ihnen Zellen mit unterschiedlicher Ausstattung zugewiesen. Indes werden die Haftbedingungen in der Literatur und Forschung ambivalent geschildert: Sie könnten von nicht unangenehm bis zutiefst grausam gereicht haben, je nachdem welche Quelle herangezogen wird. Gesichert scheint allerdings zu sein, dass tiefer gelegene Zellen für arme oder mittellose Insassen reserviert waren, wohingegen wohlhabene Gefangene in den höheren Zellen einige Vorzüge genossen; so beispielsweise der Schriftsteller Marquis de Sade, der wohl nur deshalb einige seiner Werke während der Haft hat verfassen können, weil ihm Schreibgerät und Papier zur Verfügung gestellt wurden. Die Bastille war ein verpachtetes Unternehmen, das eine genau kalkulierte Stellung in politischen und ökonomischen Verflechtungen innehatte. Opponenten, die in ihr weggesperrt wurden, konnten keine subversiven Botschaften mehr verbreiten und nicht mehr so einfach publizieren.

Eishändler Procope

Das Café Procope, 1686 von dem Italiener Francesco Procopio dei Coltelli eröffnet, war das zentrale Café der Enzyklopädisten. Es war der erste Ort in Paris, an dem im 18. Jahrhundert Speiseeis hergestellt und verkauft wurde. Procopes Sohn war auch Eislieferant für die oberen Fünftausend.

Ernährung, Tafelsitten und Küchen im 18. Jahrhundert

Die einfachen Leute im viel gepriesenen Jahrhundert der Aufklärung ernährten sich miserabel. Mit Ausnahme des allgegenwärtigen ausgekochten Suppenfleisches blieben Fleischgerichte meist den Festtagen vorbehalten (wovon die sprechenden Ausdrücke für das Festtagsgewand kündeten: »Fleischanzug« hieß es im französischen Berry; »Bratenrock« in manchen Gegenden Deutschlands). Tierisches Eiweiß und Fette lieferten über die Woche vor allem Eier, Milch, Butter und Käse. Getreide aller Art in Saucen-, Brei-, Fladen- oder Kloßform sowie dunkles Brot waren Hauptlieferanten für die Kohlenhydrate. Reis aus Italien oder Spanien galt als minderwertig, Nudeln blieben mehr oder weniger auf Italien beschränkt. Kartoffeln waren zwar bekannt und ihr Anbau wurde in Brandenburg-Preußen gar vom König per Dekret verordnet, doch im Küchen-Alltag spielten sie noch keine Rolle. Populärstes und sättigendstes Gemüse im 18. Jahrhundert waren Bohnen. Salate aus Salatpflanzen und/oder Gemüse waren in der armen Küche die Ausnahme, denn sie sättigten nicht und hatten daher keine erkennbare Funktion. Das 18. Jahrhundert blieb angesichts rapide steigender Bevölkerungszahlen im Großen und Ganzen ein Jahrhundert des Mangels. Die Mortalität sank dank erfolgreicher werdender Medizin und steigenden Wissens in puncto Hygiene. Nahrungsmittelproduktion und -verteilung hinkten hinter den Bedürfnissen her. Daher suchte man dem Gros der Menschen zu suggerieren, dass etwa Fleisch nicht zwingend notwendig sei. Rein frugale und vegetarische Ernährung war jedoch gefährlich, wenn der nötige Abwechslungsreichtum fehlte. Mangelerkrankungen bis hin zu Skorbut in strengen Wintern waren die Folge.

Eine beachtenswerte Koch- und Genusskultur in Europa gab es nur in einer verschwindend kleinen reichen Oberschicht. Das sorglose Speisen in großbürgerlichen und adeligen Haushalten war ein Schmausen und Tafeln, dessen Opulenz nur durch die Grade des Reichtums eingeschränkt wurde. Der Barock hielt sich in seinem Hauptgrundsatz (mehr ist mehr ...) bis ins ausgehende 18. Jahrhundert. Tafeln bei der Haute-Volée war nicht selten die reine Schau.

Der sogenannte *service à la française* war dadurch gekennzeichnet, dass viele Schüsseln mit unterschiedlichen Gerichten zur selben Zeit auf dem Tisch standen, aus denen sich dann reihum jeder bediente oder vom Personal bedient wurde. Wenn es eine große Schüssel in der Mitte gab, die stehen blieb, so hieß sie *dormant*. Der französische Service hatte den großen Nachteil, dass die Speisen bereits erkaltet waren, wenn der einzelne Gast seinen Teil erhielt. Mitunter standen die Schüsseln schon lange vor Beginn des Mahls parat. Nicht selten wurde zu Schau-Zwecken lang und breit auf Beistelltischen tranchiert bzw. portioniert. Der heute weltweit übliche russische Service *(service à la russe)*, bei dem das Mahl in einzelne, aufeinanderfolgende Stationen aufgeteilt ist, die separat für jeden Gast aufgetragen werden, wurde erst im 19. Jahrhundert Mode.

Die in den Menüfolgen verwendete Bezeichnung *Gang* bedeutet in diesem Zusammenhang eine *Abteilung von Schüsseln*. Mit *Schüssel* war ein Gericht gemeint, das eben in einer Schüssel oder Terrine aufgetragen wurde.

Im Großen und Ganzen unterschieden sich feudale oder aufgeklärt-absolutistische Küchen kaum von denen der einfachen Leute: Es waren rauch- und dunstschwangere Räuberhöhlen, in denen über offenem Feuer gesotten und gebraten, allenfalls über

Frühformen des Topfherdes gebrutzelt wurde. Ausgeklügelte Sparherde (etwa der Rumford'sche), bei denen die Hitze besser einzusetzen, der Rußgehalt der Raumluft geringer und der Bedarf an Holz oder Kohle kleiner war, kamen erst Ende des Jahrhunderts auf. Rechauds, wie man sie heute kennt – elektrische Wärmeplatten –, gab es im 18. Jahrhundert natürlich noch nicht; was man hatte, waren Kochkisten, Stövchen, die Bain-Marie (Wasserbad) und Wärmeglocken.

Verglichen mit dem heutigen Inventar fehlten vor allem Kühlschrank, Mixer und Pürierstab. Zum Kühlen in den Sommermonaten waren bestenfalls Eis aus einer Eisgrube, vermischt mit Wasser und speziellen Salzen zu einer Kältemischung, oder aber der Luftzug eines nicht genutzten Kamins vorhanden. Alles, was heute der Elektromixer bewältigt, geschah von Hand – der Handmixer aus Drahtschlaufen fehlte noch; hier hatte man den Astquirl (eine vielstrahlige Verzweigungsstelle im Nadelholz) oder eine Miniaturausgabe des Reisigbesens, von der wohl die Bezeichnung »Schneebesen« herrührt. Zum Pürieren wurden Mörser aus Stein oder Holz verwendet. Das Garen *à point* war eine Kunst der erfahrenen Küchenchefs. Man darf annehmen, dass die meisten Gerichte viel länger garten und folglich nach heutigem Verständnis verkocht waren.

Die Zahl und Art der Speisen waren nie eindeutig festgelegt. Ein Gang konnte aus nahezu beliebig vielen Gerichten bestehen, je nachdem wie viele Gäste zu bewirten und wie freigebig die Gastgeber waren. Um 1740 bestand ein durchschnittliches bürgerliches Mittagessen von zehn Personen aus zwei Gängen und Dessert. Als erster Gang kamen etwa Suppenfleisch, ein Entree von Kalbfleisch in eigener Brühe und ein Horsd'œuvre auf den Tisch. Als zweiten Gang dann gab es Truthahn, Gemüse, Salat und eine Crème aus Erbsen und Sahne. Das Dessert bestand aus Früchten, Käse und Eingemachtem. Kaffee zum Nachtisch war um 1740 noch selten; eine Neuerfindung dagegen beliebt: Ra-

tafia-Likör aus grünen Walnüssen und aromatischen Kräutern, mit Nelken oder Kirschen zusätzlich aromatisiert.
Im gehobenen Haushalt eines Grandseigneur oder Großbürgers reichte man als absolutes Minimum etwa in drei Abteilungen: 1. ein ordentliches Fisch- oder Fleischgericht mit Gemüsen, vier kleinere Schüsseln und zwei Horsd'œuvres (Vorspeisen, Amuse-Gueules, Entrees etc.); 2. einen Haupt-Braten, zwei Entremets (Zwischengerichte, meist Gemüse, allenfalls Eier, Schinken oder Wurst als tierische Zutat) sowie 3. als Dessert wahlweise Früchte, Kompott, Sorbets, süße Crèmes, Pralinés etc. Im Anschluss Kaffee und Kuchen oder Gebäck. Als Faustregel zum Abstimmen von Gästezahl und Zahl der Schüsseln nannte ein Kochbuch von 1714: sechs bis acht Gäste – pro Abteilung (je Gang) sieben verschiedene Gerichte; zehn bis zwölf Gäste – pro Abteilung (je Gang) neun verschiedene Gerichte; 30 bis 35 Gäste – pro Abteilung (je Gang) 43 verschiedene Gerichte.
Wenn der wohlhabende Financier La Mosson in Montpellier einmal ein Abendessen von zwei Gängen und Dessert gab, bei dem jeder der beiden Gänge 140 verschiedene Gerichte umfasste (50 von gekochtem oder gedämpftem Fleisch, 50 Braten, 20 Geflügelgerichte und 20 Pasteten) und das Dessert 160 verschiedene süße Delikatessen, so darf man annehmen, dass er um die hundert Personen bewirtete und bei seinem Souper schlicht *gewöhnlichen* Aufwand trieb.
Die in älteren Kochbüchern häufige Garniturbezeichnung *à la financière* bezieht sich tatsächlich auf den Reichtum des Wohlhabenden, der eine bestimmte Speise mit besonders kostspieligen Zutaten hatte zubereiten lassen. »Der Präsident des Brosses in Dijon verlangte dreimal mehr Gerichte als Gäste. [...] [E]s ist kein Wunder [...], daß es in Paris niemand gab, der reich genug gewesen wäre, mittags und abends offenes Haus zu halten. Der reiche Samuel Bernard, der 1739 starb, ließ sich sein Mittagessen

im Jahr 150 000 Francs kosten, was nach heutigem [i. e. 1919!] Geldwert ungefähr einer halben Million [Francs] entsprechen würde.« (Max von Boehn: *Rokoko. Frankreich im XVIII. Jahrhundert.* Berlin 1921, S. 468 f.) Wir möchten uns nicht vorstellen, wie viele Millionen Euro das 2013 wären …

Friedrich II. und die Madame de Pompadour
Durch seinen Gesandten George Keith, genannt Lord Marishal (der im vorliegenden Roman nicht vorkommt, weil er bereits 1754 auf eigenen Wunsch die Gesandtschaft niederlegte und stattdessen zum Gouverneur der preußischen Exklave Neuchâtel wurde), war Friedrich II. 1753 über die Verhältnisse in Versailles und in ganz Frankreich gut informiert. Er kam, wiewohl er die Madame für wohlgesinnt hielt, seine Interessen betreffend, zur Ansicht: »Ein Land, in dem die öffentlichen Angelegenheiten vom Einfluß einer Frau abhingen, sei sehr zu beklagen.« (Friedrich II. König von Preußen: *Totengespräch zwischen Madame de Pompadour und der Jungfrau Maria.* Hrsg. von Gerhard Knoll. Berlin 1999, S. 36) Er hat sich, trotz eines durch Voltaire übermittelten »Grußes« der Madame, nie zu einem Briefwechsel mit der nicht standesgemäßen Mätresse herabgelassen, die – nachdem der österreichische Staatskanzler Kaunitz während seiner Gesandtschaft sie bereits notorisch gegen Friedrich aufgestachelt hatte – eine immer feindseligere Haltung Preußen gegenüber einnahm. »Nachdem Anfang 1757 Nachrichten über einen möglichen Sturz der Pompadour kursierten, wollte Friedrich ihr im September 1757 die Grafschaften Neuchâtel und Valangin anbieten lassen, um sie zum Frieden zu bewegen. Nach verschiedenen Gerüchten über ihren Friedenswillen stellte Friedrich Ende 1760 resigniert fest, daß seine Feinde zur Zeit in Frankreich das Sagen hätten: der Dauphin, die Pompadour und der Herzog von Choiseul.« (Friedrich II. König von Preußen: *Totengespräch*, S. 38) Der am Tisch

mitessende Comte de Stainville trug ab 1758 den Titel Duc de Choiseul. Friedrich II. hat ihn später wegen seiner antipreußischen Gesinnung gehasst.

Friedrichs Reise in die Niederlande 1755

Am 5. Mai 1755 fuhr Friedrich II. von Potsdam nach Pitzpuhl bei Magdeburg, wo er eine Revue anschaute (Militär, nicht Tingeltangel!). Über Minden und Bielefeld, Lingen und durch Ostfriesland ging es nach Emden, zum preußischen Nordseezugang, wo er am 15. anlangte. Durchs Hochstift Münster fuhr er tags drauf weiter nach Wesel, wo er am 17. ankam und bis zum 19. blieb. In diesen Tagen traf er wiederholt mit dem Mathematiker d'Alembert zusammen. Näheres aus Rödenbecks *Tagebuch oder Geschichtskalender:* »Von Wesel aus trat der König incognito, und bloß von dem Obersten Balbi und einem Pagen begleitet, eine Reise nach Holland an. In Amsterdam besah er die berühmte Gemäldesammlung des Kaufmann Bramkamp und das schöne Landhaus des reichen Israeliten Pinto zu Tulpenburg, dann ging er auf der gewöhnlichen Barke nach Utrecht, um die schönen Landhäuser längs der Vechte zu sehen. Auf dieser Wasserfahrt lernte er den Herrn von Catt, seinen nachherigen Gesellschafter, kennen. Dieser erzählt davon in einem seiner Briefe an einen Bekannten, Herrn de Lavereux, Folgenes: ›[...] Nach einiger Zeit kam aus der Kajüte ein Mann in zimmtfarbenem Kleide mit goldenen Knopflöchern, der eine schwarze Perücke trug und sich Gesicht und Kleid mit Spaniol ziemlich befleckt hatte. Der Unbekannte fixierte mich eine Zeit lang und fragte sodann ohne weitere Vorrede: Wer sind Sie, mein Herr? Dieser kavalierische Ton von einem Unbekannten, dessen Äußeres nichts sehr Wichtiges verkündigte, war mir zuwider, und ich weigerte mich, seine Neugier zu befriedigen. Er schwieg. Einige Zeit darauf nahm er einen höflichern Ton an und sagte: Kommen Sie doch hier zu mir herein, mein Herr! Sie werden sich da besser befinden als in der Barke unter dem Tabaksrauche.‹« Die beiden plaudern über alles Mögliche, und Friedrich II. stellt sein Gegenüber durch verschiedene dümmliche Behauptungen auf die Probe. Catt pariert sehr zur Zufriedenheit seines Prüfers. Plötzlich versuchte Friedrich »zu beweisen: die Schöpfung sei unmöglich. Ich fing an, den letzten Punkt zu widerlegen. Allein, wie kann man Etwas aus dem Nichts schaffen? sagte er mir. Davon ist nicht die Rede, antwortete ich ihm, es kommt darauf an, zu wissen, ob ein solches Wesen, wie Gott, dem, was nicht ist, Existenz geben kann oder nicht. Er schien verlegen und versetzte: Aber die Welt ist ewig. Sie gerathen in einen Zirkel, entgegnete ich, wie wollen Sie da heraus? Ich setze darüber hinweg, sagte er. Darauf fing er an zu lachen und von anderen Dingen zu sprechen. Welche Regierungsform halten Sie für die beste? fragte er unter andern. Die monarchische, wenn der König gerecht und aufgeklärt ist. Sehr wohl, entgegnete er, aber wo findet man dergleichen Könige? und damit that er einen Ausfall auf die Könige, die mich nicht im geringsten auf die Vermuthung bringen konnte, daß er einer sei.« (Karl Heinrich Siegfried Rödenbeck: *Tagebuch oder Geschichtskalender aus Friedrich's des Großen Regentenleben*. Berlin 1840, Band II, S. 275 ff.) Am 24. Mai 1755 war der König zurück in Wesel, seine Rückfahrt von Utrecht war über Arnheim verlaufen. Über Hamm und Lippstadt ging es sofort weiter gen Potsdam, wo er am 27. eintraf. Die im vorliegenden Roman behauptete Reise nach Versailles und Paris sowie alle dort vorgekommenen Seltsamkeiten sind erfunden. Dieser Abstecher hätte mit Sicherheit 14 Tage in Anspruch genommen (inklusive Hinfahrt aus den Niederlanden und Rückfahrt). Rödenbeck verzeichnet allerdings bis zum 28. Juli 1755 keine wichtigen Ereignisse, sodass durch die Fiktion nur das Treffen mit den Ministern von Borcke und von Podewils am 8. sowie ein Essen mit dem Prinzen Ferdinand in Gefahr gerieten auszufallen.

Geldwert

Die (oder das) Livre (wörtlich eigentlich: das Pfund) war lange Zeit eine reine Rechengröße. Schließlich wurde der Gegenwert in Münzen wie folgt angegeben: Eine Livre entsprach 240 Deniers, 20 Deniers waren ein Sou (oder Sol). Drei Livres ergaben einen Taler bzw. Ecu. Die Umrechnung in Louis d'or war nicht so glatt: Ein Louis d'or entsprach 5 840 Deniers, also etwa 24,4 Livres. Anhand der einstigen Kaufkraft lässt sich der damalige Geldwert veranschaulichen: 1755 kostete ein Brot in Paris im Durchschnitt sieben Sous, also etwa eine Drittel-Livre. Die Fahrt mit der Fahrpost von Lille nach Paris kostete knapp 30 Livres, wohingegen der Tageslohn eines Arbeiters etwa zwei Livre pro Tag betrug, der eines Vorarbeiters drei. Für einen Louis d'or musste man um 1790 etwa vier Monate arbeiten (als einfacher Handwerker). Für 12 Denier (eine gängige Kupfermünze) musste man etwa drei Stunden arbeiten. Die Louis- d'or-Goldstücke entsprachen den spanischen Dublonen bzw. Pistolen. Ein Louis d'or wog anfangs 6,7 Gramm und wurde in 916er Gold (22 Karat) geprägt. Später änderten sich die Gewichte. Markant sind die im Wappen abgebildeten Lilien, welche im Münzbild vieler französischer Münzen zu finden sind. Es gab ½-, 1-, 2-, 4-, 8- und 10-Louis-d'or-Goldmünzen.

Inkognitoreisen

In adeligen Kreisen, auch bei regierenden Fürsten, waren Inkognitoreisen im 18. Jahrhundert gang und gäbe. Sie sollten vor allem die Kosten für Repräsentation mindern und erleichterten auch das Hofzeremoniell. Herausragendes Beispiel ist Kaiser Joseph II., der als Graf von Falkenstein zwischen 1768 und 1787 viele Male inkognito durch Europa reiste, u. a. auch zu seiner Schwester Marie-Antoinette nach Versailles. Friedrichs Inkognitoreisen nach Frankreich 1740 sowie in die Rheinlande (und nach Holland) 1755 dienten vordergründig militärischen Zwecken.

Immanuel Kants »Allgemeine Naturgeschichte ...«
Die Originalausgabe dieses höchst sonderbaren Werkes, in dem der junge Immanuel Kant u. a. über die Temperamente der Bewohner des Sonnensystems in Abhängigkeit von der Entfernung zur Sonne philosophiert, erschien im März 1755 mit der Autorenbezeichnung »Imm. Kant« bei Johann Friedrich Petersen, Königsberg und Leipzig.

Honoré Langustier
Honoré Langustier (eigentlich H. Pierre André Laurent-Etienne) wurde geboren am 28. Februar 1702 im Haus Kammerzell am Münsterplatz in Straßburg als Sohn des Adlerwirtes Alphonse René Antoine-François Augustin Langustier und seiner Frau Jeanne Antoinette Elisabeth Langustier, geb. Montgolfier. Honoré erhielt bei seinem Vater eine Ausbildung zum Koch, während er sich als Autodidakt in Sprachen und Wissenschaften fortbildete. Als Alphonse René Langustier 1710 als erster Bratenmeister und zweiter Pastetenbäcker an den Hof des Sonnenkönigs berufen wurde, folgten ihm Frau und Sohn. Honoré wurde 1712 Küchengehilfe und trat 1713 eine Lehre bei Mâitre Emile Noël in Schloss Fontainebleau an. Nach dem Tod Ludwigs XIV. 1715 übernahm dessen Urenkel und Thronfolger Ludwig XV. auch die Langustiers in seine Dienste; Alphonse René arbeitete fortan in den Tuilerien, Honoré blieb noch in Fontainebleau, bis der damals siebenjährige König 1722 seine Residenz nach Versailles verlegte und die Langustiers entließ. Alphonse René Langustier zog mit Frau und Sohn Honoré nach Straßburg und erwarb den Rabenhof am Quai des Bateliers. 1723 heiratete Honoré die Wirtstochter Marie Louise Charlotte Haguenau aus Lahr. Geburt der Tochter Marie. Nach dem Tod

des Vaters 1730 führten Mutter und Sohn die Wirtschaft weiter. Tod der Mutter 1736. Tod der Ehefrau 1738. 1740 stieg der inkognito (als Graf du Four) reisende junge preußische König Friedrich II. im Rabenhof ab und war von Honoré Langustiers Bildung ebenso angetan wie von seiner Kochkunst. Er lud ihn ein, als Zweiter Hofküchenmeister nach Berlin zu kommen, wo Honoré Anfang Oktober 1740 eintraf. Zeitweise hatte er eine Wohnung in der Roßstraße in Berlin, wo seine Tochter ab 1740 das Stolzenhagen'sche Delicatess-Comptoir weiterführte. 1766 schenkte ihm der König ein Haus in Potsdam. 1767 heiratete er Rahel Schönermark und baute am Ufer des Heiligen Sees die Villa Langustier (1945 zerstört). Honoré Langustier starb am 22. März 1787 in Wissembourg bei einem Kutschunfall auf einer Reise in seine Heimatstadt.

O'Murphy

Marie-Louise O'Murphy, 1737 als Tochter eines irischen Einwanderers in Rouen geboren, stand mit 14 Jahren zum ersten Mal nackt für François Boucher Modell, welcher Aktzeichnungen und Ölbilder nach ihr anfertigte. Von einem Höfling dem König vorgestellt, wurde sie eine der Mätressen Ludwigs XV. Aus der Beziehung ging mindestens eine Tochter hervor. Nach zwei Jahren versuchte sie die Lieblings-Mätresse des Königs, Madame de Pompadour, zu verdrängen. Diese jedoch obsiegte, ließ die O'Murphy mit dem Adligen Jacques de Beaufranchet verheiraten und entfernte sie so vom Hof.

Nach dem Tod von Beaufranchet heiratete die O'Murphy 1759 François Nicolas Le Normant, nach dessen Tod 1783 schließlich ging sie eine Ehe mit dem fast dreißig Jahre jüngeren Politiker Louis-Philippe Dumont ein. Sie starb 1814 in Paris.

Parc aux Cerfs

»Hirschpark« war ursprünglich der Name eines Versailler Viertels, welches zu Zeiten Louis' XIII. als Hirschgehege gedient hatte. Unter Louis XIV. entstand im Zuge des Ausbaus des Versailler Schlosses ein neuer Stadtteil. Louis XV. erwarb 1755 in der Rue Saint-Médéric durch einen Strohmann namens Cremers zwei Häuser, die durch einen Garten miteinander verbunden waren: die Nummern 2 und 4. Die Kammerfrau der Madame de Pompadour, Madame du Hausset, will dort jeweils immer nur eine junge Frau gesehen haben, die sich für den König prostituierte. Heute geht man davon aus, dass es mindestens zwei bis drei Damen waren, die im Hirschpark ihren eigenen Haushalt samt Kammerfrau, Köchin, Diener und Gouvernante hatten. Ausgewählt wurden sie vom Kammerdiener des Königs, Dominique Guillaume Le Bel, einem ehemaligen Geliebten der Mutter von Madame de Pompadour. Diese betrieb auch selbst die »Versorgung« des Hirschparks mit jungen Frauen, um den König bei Laune zu halten und seine freundschaftlichen Gefühle für sie zu beleben. Die Häuser existieren noch heute, doch man kann sie, da sie sich in Privatbesitz befinden, nicht besichtigen.

Pornografie in der Bastille

Literarische Darstellungen, die man heute erotisch und pornografisch nennen würde, waren im 18. Jahrhundert noch nicht klar abgrenzt vom normalen Roman. Angesichts überall wacher Zensorenaugen erschienen derartige Romane anonym oder unter Pseudonym, oft auch, zur Irreführung der Zensur, in ausländischen Verlagen (deutsche Autoren in England, französische in den Niederlanden oder England etc.). Es gab einen breiten Absatzmarkt dafür, und derlei zu verfassen war für viele Autoren in Geldnot die einzige Rettung. Beispiele für literarisch hochwertige Romane des Genres sind etwa *Der Sofa*

(1742) von Claude-Prosper Jolyot de Crébillon, Diderots *Indiskrete Kleinode* (1748) oder Mirabeaus *Der gelüftete Vorhang oder Lauras Erziehung* (1786). Das beste Beispiel für einträgliche und zügellose literarische Pornografie im Jahrhundert der Aufklärung bieten jedoch ohne Zweifel die Schriften von Donatien Alphonse François Marquis de Sade. Die im vorliegenden Roman eingebauten »Zitate« aus dem fiktiven Roman *Der Vorhang* sind eine Hommage an ein Kapitel aus de Sades *Geschichte der Juliette,* betitelt: *Die Gesellschaft der Freunde des Verbrechens.* De Sade war 1784 bis 1789 in der Bastille inhaftiert, wo er ungestört lesen und schreiben durfte. Seine Ehefrau zahlte für die Haft und lieferte ihm Süßigkeiten, Wein und Bücher. Hier vollendete er seine schriftstellerische Selbstausbildung (wie immer man zu seiner erlangten Professionalität stehen mag). In der Bastille wurde u.a. der Roman *Die 120 Tage von Sodom* vollendet, der auf einer zwölf Meter langen Schriftrolle, in der Mauer verborgen, bei der Schleifung des Bauwerks gefunden und aufbewahrt wurde. De Sade hielt diesen Roman, sein pornografisches und »sadistisches« Hauptwerk, zeitlebens für verschollen. Erst 1904 kam es zu einer ersten Veröffentlichung, sogar zu einer historisch-kritischen Ausgabe 1931–1935 und zu einer Verfilmung durch Pasolini 1975, der die Handlung ins faschistische Italien transponierte.

Schrecklicher Pfeilgiftfrosch
Der Schreckliche Pfeilgiftfrosch gilt als der giftigste Frosch der Welt. Er erreicht eine Länge von 4,5 Zentimetern. Der Rücken des Frosches ist goldgelb, orangegelb, gelbgrün oder selten mintgrün gefärbt. Meist ist die Bauchseite dunkelbraun bis schwarz. Männliche Exemplare sind kleiner und weniger kräftig als die Weibchen. Er kommt nur in einem einzigen Flussgebiet in Kolumbien vor (am Rio Saija) und ist vom Aussterben bedroht. Die überall auf der Welt wegen ihrer einmaligen Färbung

bei Aquarianern nachgezüchteten Frösche sind nicht giftig; nur die wild lebenden entwickeln das Gift aus den Inhaltsstoffen der Beutetiere.

Spiegelsaal

Das Herzstück der Schlossanlage von Versailles wurde 1678–1684 gebaut. Der Sonnenkönig nutzte den Saal, um seinen Hofstaat und seine Staatsgäste zu unterhalten und einzuschüchtern. Der Ort blieb geschichtsträchtig: Wilhelm I. wurde im Spiegelsaal zum deutschen Kaiser proklamiert, der Vertrag von Versailles wurde dort unterzeichnet, und ein G-7-Gipfel fand in der 73 Meter langen Galerie statt. Als man 2003 begann, die 1000 Quadratmeter Deckenmalerei, die 1100 Quadratmeter Marmorverzierung, die 20 versilberten Bronzelüster, 17 Fenstertüren und 357 Spiegel zu restaurieren, musste dafür ein ganzes Bataillon von Experten engagiert werden. 20 Firmen, 70 Restauratoren und 30 Techniker waren bis 2007 mit dem Prunkstück beschäftigt. Gekostet hat die Restaurierung am Ende rund zwölf Millionen Euro.

Sûreté und Schwarzes Kabinett

Der im Roman erwähnte Nicolas René Berryer Comte de La Ferrière war zur fraglichen Zeit tatsächlich Polizeichef (Lieutenant générale de police) von ganz Frankreich; allerdings ist die erwähnte *Sûreté* in Paris erst vom Gauner und Geheimdienstmultitalent Eugène François Vidoqc 1812 aufgebaut worden. Hinwiederum »wahr« ist, dass der von Madame de Pompadour begünstigte Berryer die Postüberwachung im Schwarzen Kabinett unter sich hatte. Die *Police Nationale* (im Verbund mit der ländlichen *Gendarmerie* und der *Gemeindepolizei* agierend) hieß von 1944 bis 1966 *Sûreté Nationale*.

Foto: Tanja Nittka

TOM WOLF

Geboren 1964 in Bad Homburg, studierte Literaturwissenschaft und Philosophie in Mainz, Bamberg, Marburg und Tübingen. Von 2000 bis 2010 lebte er als freier Schriftsteller in Berlin, wo er seine erfolgreichen PreußenKrimis um den preußischen Hofküchenmeister Honoré Langustier zu schreiben begann. Seit 2011 lebt und schreibt er in Putlitz, der ältesten Stadt in der Prignitz. Tom Wolf wurde im Jahr 2005 mit dem Berliner »Krimifuchs« ausgezeichnet und war von Februar bis Juni 2006 »Stadtschreiber zu Rheinsberg«.

Im berlin.krimi.verlag erschienen sind bislang die Honoré-Langustier-Bände »Königsblau – Mord nach jeder Fasson« (auch als Hörbuch); »Purpurrot – Tödliche Passion«; »Rabenschwarz – Zepter und Mordio«; »Schwefelgelb – Mörderische Kälte« (auch als Hörbuch); »Smaragdgrün – Teuflische Pläne«; »Silbergrau – Blutige Spiele«; »Goldblond – Verheerende Torheit«; »Muskatbraun – Zerstreute Gesellschaft«; »Kreideweiß – Tödliche Schreie«; »Kristallklar – Mord à la carte« und »Glutorange – Zehrende Flammen« sowie die Gerardine-de-Lalande-Krimis »Der rote Salon«, »Die letzte Bastion« und »Das spanische Medaillon«.

Besuchen Sie den Autor im Internet: www.tom-wolf.jimdo.com

Alle Fälle von Honoré Langustier:

Königsblau – Mord nach jeder Fasson
ISBN 978-3-89809-009-4

Purpurrot – Tödliche Passion
ISBN 978-3-89809-013-1

Rabenschwarz – Zepter und Mordio
ISBN 978-3-89809-018-6

Schwefelgelb – Mörderische Kälte
ISBN 978-3-89809-019-3

Smaragdgrün – Teuflische Pläne
ISBN 978-3-89809-026-1

Silbergrau – Blutige Spiele
ISBN 978-3-89809-028-5

Goldblond – Verheerende Torheit
ISBN 978-3-89809-501-3

Muskatbraun – Zerstreute Gesellschaft
ISBN 978-3-89809-504-4

Kreideweiß – Letzte Schreie
ISBN 978-3-89809-512-9

Kristallklar – Mord à la carte
ISBN 978-3-89809-514-3

Glutorange – Zehrende Flammen
ISBN 978-3-89809-523-5

berlin.krimi.verlag
im www.bebraverlag.de

Alle Krimis
ca. 272 Seiten,
je ca. 9,95 € [D]

Theodor Fontanes dritter Fall

ISBN 978-3-89809-518-1

9,95 €

»Wer Fontane als charismatischen Amateur-Ermittler kennen lernen möchte, dem seien die Fontane-Krimis von Frank Goyke empfohlen.«

Oranienburger Generalanzeiger

berlin.krimi.verlag
be.bra verlag

Mord in Eberswalde

ISBN 978-3-89809-521-1

9,95 €

»Fontanes 4. Fall ist wieder herrlich altmodisch, authentisch und unaufgeregt erzählt.«

ekz-Informationsdienst

berlin.krimi.verlag
be.bra verlag